동리정사

이성수 장편소설
동리정사

초판 발행 2025년 6월 30일

지은이 이성수

표지그림 홍태규
표지디자인 김영옥
편집디자인 이성자
교정 원순자

펴낸이 임화자 · 김운기
펴낸곳 문학공동체샘물
등록일 2025년 2월 19일
등록번호 제 2025-000030호
주소 16348 경기도 수원시 장안구 파장천로25번길 9
전화 031-269-9991 **팩스** 031-241-2321
전자우편 saemmul25@naver.com

값 20,000원

ⓒ이성수, 2025
ISBN 979-11-992167-3-0 03810

*이 책의 판권은 지은이와 문학공동체샘물에 있습니다.
 양측의 서면동의 없는 무단 전재 및 복제를 금합니다.

본 출판물은 화성특례시, 화성시문화관광재단의 〈2025 화성예술지원〉
사업 지원을 통해 제작되었습니다.

후원 | 화성특례시 화성시문화관광재단

동리정사

이성수 장편소설

문학공동체샘물

작가의 말

 자본의 속성은 이윤의 추구다. 권력도 대동소이하다. 냉철한 이성으로 유불리를 판단하여 행동한다. 반면, 문화와 예술은 감성을 바탕으로 작용한다. 자본의 입장에서는 효용과 효율이 별로인 분야다. 요즈음 들어 메세나 운동에 참여하는 기업이 늘어나는 추세이다. 그러나 과거에는 딴판의 환경이었다. 그런 삭막한 환경에서 이탈리아 피렌체의 메디치 가문은 문예를 장려하고 후원했다. 자본을 쏟아부었다. 유럽 전역으로 확산시켜 오늘날 르네상스라 일컬어지는 문예 부흥 운동의 시원이 되었다. 중세 유럽문화의 원류가 되었다.

 한국에도 조선판 메디치 가문이 있었다.
 이 소설 무대, 동리정사가 그랬다. 동리정사는 유네스코 인류무형문화유산 판소리의 아버지라 불리는 신재효가 세운 사설 기관이다. 조선 후기에 예술문화 중심지 역할을 했다. 수백 명의 소리꾼을 조건 없이 전적으로 후원했다. 수많은 명창을 배출해 냈다. 당대 최고 권력자가 주최한 경복궁 낙성식 연회에 최초 여류 소리꾼인 무명의 진채선을 세우는 모험을 결행했다. 다양한 도전을 통해 새로운 예술의 세계를 지향하여 모색하고 실행했다. 구전으로만 전수되어오던 판소리를 여섯 바탕으로 체계화하고 판소리 이론(4대 범례 : 인물. 사설. 득음. 너름새)을 정립하여 교육하고 훈련했다. '도리화가' '광대가' 등 수십 편의 단가 등을 창작하여 판소리 사설 문학을 태동시켰으며 '춘향전' '박타령' '토끼타령' '심청전' 등을 창극화했다. 오늘날 K Culture에 세계인이 흥분하는 까닭도 따지고 보면 판소리에 맥이 닿아있어서다. 이를테면 신재효가 우리 문화예술의 기반을 닦은 덕분이다.

'創意的인 建築 活動으로 自己 啓發'
위 문구는 저자의 직장 사훈이다. 건축설계와 감리업무의 수행을 통한 이윤 추구가 목적인 여느 기업이다. 그런데도 최고경영자는 이윤에만 연연하지 않는다. 임직원이 열린 사고로 업무의 유•무관을 가리지 않는 창조적 재능 함양을 요구한다. 사회를 위해 맘껏 펼치기를 바란다. 수시로 강조한다. 필요한 지원을 한다. 글쓰기를 격려하고 응원한다. 동리정사의 기시감이 드는 지침이라서, 저자에겐 크나큰 힘이다.
㈜천일건축엔지니어링 한규봉 회장과 한용택 부회장께 머리 숙여 감사하다.
이 작품은 판소리 세계를 통해 선각자의 삶을 그린 대서사시이다. 판소리의 탐색과 연구로 가능한 작업이다. 이를테면 과도하고 무례한 취재의 결과이다. 그러함에도 도움을 아끼지 않은 판소리명창 전남대학교 전인삼 교수께 깊이 감사하다.

심덕섭 고창 군수께서는 군민 모두가 행복한 활력 넘치는 유네스코 세계유산도시 고창의 발전을 위해 밤낮을 가리지 않고 열정을 쏟아붓고 있다. 그 바쁜 와중임에도 추천사로 응원하고 격려해 주었다. 감사하다.

前 고창군수 유기상 박사께서는 인문학자이며 행정가이기도 하다. 특히 탁월한 고창지역 연구 성과가 있다. 조언을 아끼지 않았으며 장문의 추천사로 응원하고 격려해 주었다. 감사하다.

이만천 前 KBS PD께서는 재직 시 문화예술에 대한 의미 깊고 가치 높은 방송 교양 제작물을 수없이 제작했었다. 그 경험과 경륜이 묻어나오는 서평으로 응원했다. 감사하다.

김운기 수원문인협회 회장은 협회 행정으로 눈코 뜰 새가 없다. 그러함에도 서평으로 응원했다. 감사하다.

소설 빛깔을 눈부신 그림으로 녹여낸 홍태규 화백과 표지 디자인으로 소설의 품격을 한 층 높여놓은 ㈜디자인카운티 김영옥 대표께 감사하다.

소설 출간은 화성예술지원 정책 덕분이다. 정명근 화성시장과 화성문화재단 관계자에게 감사하다.

2025년 6월
저자 이성수

심덕섭(고창군수)

  고창에는 유네스코가 인정한 세계보물이 일곱 가지나 있다. 고창군 전 지역이 유네스코 생물권보전지역이다. 세계 자연유산인 고창갯벌과 세계지질공원 병바위 등이 있으며 세계 최대의 고인돌 군락지가 있다. 동학농민혁명 기록물인 무장포고문 등 세 건의 유네스코 세계기록 유산으로 등재되어 있다. 인류무형문화유산으로 등재된 고창농악과 신재효가 집대성한 판소리가 보존되어 발전한다. 이를테면 국내에서는 유네스코 보물을 가장 많이 지닌 유네스코 세계유산도시 고창이다. 그뿐만 아니다. 고창 땅 어디를 가든 역사와 문화의 숨결이 서려 있다. 격조 높은 인문의 향기가 뿜어진다. 기분이 저절로 좋아지는 환경을 가졌다.

  최근 BTS(방탄소년단) 열풍, 한강 작가의 노벨문학상 수상 등 전 세계를 주름잡는 'K컬쳐'의 핵심에는 문화예술에 대한 지속적인 관심과 지원이 있었다. 170여 년 전 전라도 고창 땅에도 전국의 재주꾼들을 모아 숙식을 제공하고, 체계적으로 교육해 무대에 서게 하는 시스템이 있었다. 농사지을 땅과 농사꾼이 최우선시되던 시절에 가히 혁신적이라 부를만하다.

'소설 동리정사'는 '한국의 메디치 가문', '동양의 셰익스피어' 동리 신재효 선생과 문하생들의 인내 이야기다. 예술적 역량을 키워내고, 예술가를 지원하는 지난한 시간을 이 악물고 버텨내 비로소 수많은 명창이 탄생할 수 있었다. 시·공간을 뛰어넘어 오늘날의 순수문화예술 지원과 관심에 큰 울림을 전한다.

고창군에서는 수년을 걸쳐 동리정사를 재현했다. 신재효 선생의 업적을 기리고 계승 발전시키기 위함이다. 그곳에서 명창초청 판소리 아카데미를 운영한다. 전공자들이 합숙하면서 실력을 연마하고 있다. 일반인들도 판소리의 진가를 체험할 수 있는 프로그램 등을 진행하며 학술대회 등 지속적 연구 활동을 진행하여 판소리 대중화를 시도하고 있다.

'소설 동리정사'는 시의적절한 작품이다. 읽고 또 읽었다. 이 소설이 널리 널리 읽히고 알려져서 동리정사의 의미와 가치가 높아지고 넓어지기를 소망한다. 신재효 선생의 업적이 세상에 회자하기를 고대한다.

유기상(문학박사, 전 고창군수)

#문화강국 코리아의 비결
_이성수의 소설 <동리정사>

 구천 년 민족사의 가장 빛나는 인물을 꼽는다면 동리桐里 신재효와 해몽海夢 전봉준이다. 두 위인이 모두 방장산 벽오봉 정기 받은 높을고창 인물이다. 고창의 별칭으로 예향, 의향 외에 인물의 고장 고창이라고 부른다. 왜 고창에서 걸출한 인재가 많이 나올까? 인걸은 지령이고, 지령은 대대로 내려온 집단염원의 응결체다. 고창 선인들의 집단염원인 사람 키우기, 봉황같이 태평성세를 만들 인물을 고대하며, 봉황의 보금자리인 벽오동을 고창의 진산 이름에 붙인 것이다. 불운한 천재 신재효는 벽오봉에 숨겨진 인재 양성 비결을 일찍이 알아챘다. 아호를 동리로 짓고, '동리정사' 사랑채 대문을 벽오봉을 향하게 하고, '동리정사' 마당에 벽오동나무를 심은 것도 그런 염원을 담은 설계였다.

동학농민혁명 지도자 전봉준은 그의 아호 해몽海夢처럼 바다 같이 평등하고 너른 세상을 꿈꾼 통큰 혁명가다. 신재효는 조선의 나라 판을 바꿀 봉황알을 품기 위해 스스로 봉황의 둥지인 벽오동나무 마을桐里이 되어, 가진 것을 모두 사회에 돌려주고 헌신한 문화혁명가다. 신재효가 죽은 뒤 꼭 10년 뒤에, 전라도 고창 땅의 무장기포로 불붙은 동학농민혁명 진군의 불화살을 당긴 이가 전봉준이다. 전봉준은 소년 시절 매일 아침 벽오봉에 뜨는 해를 우러르며 꿈과 통을 키운다. 혁명의 불쏘시개와 도화선을 만든 작업, 민중들의 사회개혁 의식화 교육, 혁명 전사 양성과 조직화 사업 등을 벌인 예술혁명 교육사령부 격이 바로 신재효의 '동리정사'인 셈이다. 쿠바 혁명의 지도자 '체 게바라'는 그의 대표시 '나의 손끝'에서 "아름다움과 혁명은 서로 대립되는 것이 아니다." 통찰한다. 아름다운 문화혁명가 신재효와 '동리정사'를 떠오르게 하는 혁명의 노래 눈대목이다. 신분상 한계로 세속적 출세와 활동이 제약되는 중인 출신 신재효는 조선의 정치판, 나라 꼴을 확 뒤집고 싶은 울분과 통한과 열정을 판소리 귀곡성鬼哭聲으로 토해낸다. 부조리한 세상을 판 갈이 하려면 꼭 봉황같은 사람을 키워내야 한다. 소리꾼 꿈나무를 먹이고 입히고 키워내 스타로 만들고, 혁명의 선봉장으로 삼기로 한 것이다. 실제로 신재효가 키운 재인 홍낙관은 전봉준 휘하의 비밀병기인 재인 부대를 이끌고 농민군의 사기를 충전하게 만드는 맹활약을 한다. 한없이 강하고 아름다운 꽃심으로 세상을 바꾸려던 문화혁명가 신재효와 그의 선도적 문화복지공동체였던 '동리정사'가 150여 년 만에 되살아났다. 케이팝 시대 탄핵 시국 소용돌이 속에서 쓰인 〈동리정사〉는, 건축 엔지니어 소설가 이성수가 일생의 내공을 담아 이야기 틀을 짜 맞추고 정교하게 마무리한 장편소설 〈동리정사〉로 재건축되었다.

통쾌한 이야기를 저술하려는 쾌술快述 이성수 작가의 신작 장편소설 〈동리정사〉를 읽었다. 신이 나서 행간까지 읽고 또 읽었다. 모처럼 눈과 귀가 시원해졌다. 소설 속의 무대와 주인공들이 마치 내가 보았던 영화 속 한 장면처럼 생생하게 그려진다. 왜 그럴까? '인문학 수도 고창'이 시절 인연을 만나자, 봉황을 기다리는 군민들의 집단염원이 새겨진 벽오봉이 마치 봉황을 추는 듯하다. 동리 신재효의 못다 피운 꿈, '동리정사' 혼불의 불씨를 다시 살려내는 일을 생애의 사명으로 아는 내가 그토록 기다리던 바로 그 소설이었다. 기쁜 마음으로 새벽에 동리정사를 한 바퀴 돌아보니, 과연 동리선생의 조곤조곤 훈계하는 목소리가 들려오기 시작한다. 신재효 집안이 대대로 적선하여 발복한 '동리정사'의 땅 기운이 감응한 소설이다. 벽오봉 일출의 오묘한 하늘 기운이 천우신조 울력하여, 필시 이성수 작가의 인생 소설 〈동리정사〉를 국난 와중에 희망의 연꽃처럼, 문화 대국 코리아의 증거로 보내주신 것이리라.

오늘날 세계문화의 줄기 흐름이 된 한류와 케이컬쳐의 못자리가 바로 '동리정사'다.

흔히 신재효를 판소리 여섯 바탕을 정리한 판소리의 아버지, 동양의 셰익스피어라 부른다. 이것은 문틈으로만 들여다본 신재효 평가다. 그는 개판인 조선의 나라 판을 사람 판으로 바꾸라는 하늘의 뜻을 받고 온 별이었다. 북두칠성 별에서 조선의 궁벽진 땅, 고인돌 시대와 모로비리국 시대의 한 때는 한반도 첫 수도이던 고창으로 내려온다. 다시 '문화수도 고창', '문불여 고창'으로 살려내라는 계시를 케이 팝의 뿌리 샘인 '동리정사'에서 펴신 것이다. 고창에 오신 날과 같은 날에 다시 칠성판을 타고 하늘별로 되돌아갔다. 탄생일과 사망일이 같은 것만 봐도 하늘이 내신 비범한 신재효의 생애다.

#가진 자·배운 자의 책무를 다한 신재효

판소리를 집대성한 그의 업적만으로도 한국 문학사에 해와 달처럼 빛나는 공적이다. 그러나 필자는 신재효의 판소리 업적 이외의 비교적 잘 알려지지 않은 공적들을 주목해야 한다고 외친다. 그는 판소리 사설로써, 동학농민혁명의 여건 조성, 민중 의식 교육을 실행한 아름다운 예술 혁명가다. 굶주리는 사람들을 구호하면서도 각자의 재능 울력으로 상부상조하게 하는 근대적 구호와 자활복지 개념의 실천가다. 여성과 무당을 사람 취급마저 아니 하던 그 시절에, 신재효는 목숨 걸고 무녀 출신 진채선을 소리꾼으로 키워 기어이 경복궁 낙성연 무대에 세운다. 조선 여성의 하늘에 덮힌 두꺼운 철갑천정을 단숨에 깨뜨린 용기 있는 여성인권운동가 신재효의 강철 심장이 해낸 일이다. 요즈음 말로 판소리 아이돌 스타 양성소, 예술 인재 양성 교육기관이 '동리정사'다. 집안 재산을 다 털어 문화나눔과 예술가 지원사업인 동리운동(메세나 운동)을 행한 문화나눔 선구자다. 이토록 숭고한 뜻이 담긴 '동리정사'를 판소리공원으로 비하한 일은 역사 날조이고, 두고두고 바가지 욕먹을 악명이다.

각자도생의 이기심과 토호들 탐욕으로 지역 공동체가 무너지고, 이념 타령 사당 정치로 대한민국 공동체가 위협받는 탄핵과 내란시국이다. 나눔과 봉사, 재능기부 헌신으로 가진 자의 책무를 다한 신재효 같은 참 지도자가 더욱 그리운 시절이다. 그는 사회 모순과 구조적 부조리 타파를 위해서도, 폭력보다는 아름다운 문화예술과 교육수단으로 사람 사는 세상을 꿈꾼 꽃심을 품은 혁명가다. 신재효는 소리와 예술을 무기로, 전봉준은 저항과 죽창을 무기로 각자의 방식으로 혁명을 실천한 셈이다. 그릇된 지도자의 탐욕이 부른 국가 위기의 탄핵정국, 이념과 당파싸움 한복판에서 〈동리정사〉를 읽다가 보니, 가진 자·배운 자의 책무를 오롯이 실천한 진정한 위인 신재효와 〈동리정사〉가 더욱 빛나는 시절이다.

의향 고창의 평산신씨 신재효 집안은 대대로 나눔과 기부를 실천한 적선지가積善之家였다. 신재효가 중인 신분으로 통정대부, 가선대부 등 고위 직첩을 받은 것은 자선 구제사업 공로 덕분이다. 백부 신광협은 흉년에 3백 석을 기부하여 무장현 빈민구제에 앞장섰다. 부친 신광흡은 고창천 홍수 대비용 비보 탑인 오거리 당산의 시설비, 모양성 작청 건축비를 기부했다. 흉년에 주민들의 구휼을 위해 때때로 수천 냥을 수시로 기부하였고 '동리정사'에서는 상시 무료 급식을 시행했다. 오늘날 메세나 운동이라고 하는 문화예술 지원사업, 소리 예술기획 연구사업 등과 무료 숙박시설인 '동리정사'를 자비로 세워 운영하였다. 이런 연유에서 필자는 외래어 메세나 운동 대신에 우리말 '동리운동'으로 부르자고 오래전부터 제안하고 있다.

암흑의 탄핵정국 절정기에 헌재 소장 문형배 재판관의 사람됨이 한 줄기 빛이었다. 진주에서 수많은 문형배를 찾아내 키워낸 시대의 어른 김장하 선생의 '무주상보시' 철학이 바로 고창 신재효의 동리정신이다. 시골 한약방으로 착한 돈을 번 신재효 집안과 김장하 어른의 아름다운 사람 빛이 겹쳐 보인다. 시골 한약방보다 수만 배나 큰 부자들이 얼마나 많은 세상인가? 돈의 크기가 아니라 베푸는 사람의 마음씨가 부자의 품격임을 보여준 어른들이다. 고창이나 진주 같은 시골구석에서도 지구촌을 밝힐 사람 농사가 얼마든지 가능하다는 본보기라서 더욱 기쁜 일이다.

#소설로 부활한 '동리정사'와 '신재효 문학상'으로 환생한 큰 사람 신재효

조선천지에서 가장 아름다운 문화 공동체 '동리정사'의 한 가운데 맥을 끊어버리고, 일제가 경찰서를 세우면서 공간은 해체되기 시작한다. '동리정사' 큰 집들이 사랑채 하나 남기고 없어지자 신재효의 혼불과 동리정신마저 역사 속으로 사라져 버렸다. 광복 후 마땅히 예향 고창에서 먼저 챙겨야 할 일인데도. 역사의 혼불을 꺼버린 일은 슬프고도 부끄러운 일이었다.

2018년 출범한 유기상 군정은 '다시 치솟는 한반도첫수도 고창', '인문학의 수도', '치유 문화도시 고창' 깃발을 높이 세웠다. 문예 시책으로 문화관광재단 설립, 신재효문학상 제정, 동리정사 복원, 동리총서 발간, 판소리 춘향가 체 관인 제작 등 잊힌 신재효 혼불 지피기에 매진했다. 지성감천인지 군민들의 자긍심인 '동리정사' 복원이 시작되자마자, 문화예술계의 기적 같은 경사들이 줄을 이었다. 무장읍성 복원을 축하하듯 1백여 년 만에 목마른 땅에서도 목숨줄을 잡고 인내하던 씨앗들이 복원된 연지에서 다시 연꽃으로 피어난다. 국가 보물급 비격진천뢰가 무더기로 모습을 드러내며, 잊힌 무장읍성의 위용이 다시 살아난다. 북으로 갔거나 혹은 사라진 것으로 알려졌던 '판소리 필사본 청계본 완질'이 후손인 박종욱씨 집안에서 완벽한 상태로 다시 발견되었다. '동리정사' 공간의 복원과 함께 신재효와 동리정사의 뜻과 정신도 생명을 얻어 부활하기 시작한 것이다. 복원한 '동리정사'에서는 판소리 발상지 고창답게 판소리 상설 체험, 국악 공연과 연수 등이 일상으로 벌어진다. 판소리의 수도라는 고창군에 판소리 사설 원전 자료 총서 하나도 없다는 부끄러움을 면하기 위해, 2019년부터 〈동리 신재효 자료총서〉 간행도 시작하여 연차 사업으로 발간되었다. 인문학 진흥을 위해 2020년에 '신재효 문학상 조례'를 제정하여, 신예작가들을 발굴하기 시작했다. 제1회 당선작 김해숙 작가의 '금파'는 진채선에 이어 동리정사가 키워낸 여류 명창 '허금파'를 소설 속에서 다시 환생시킨다. '동리정사'와 신재효는 과거 역사의 사건 하나가 아니다. 현재에도 국민 마음속에 계속 살아나야 진정한 역사다. 미래에도 계속 환생되어 소환되어야 문화 대국 코리아의 밑천이 된다. 이성수 작가는 역사 속에 숨어있던 신재효의 혼을 불러내서, 오늘 아침에도 '동리정사'에서 춤추고 노래하도록 생명을 다시 불어넣어 준 은인이다.

#동학과 판소리 혼불을 되살리는 이성수 소설가

시 한 수가 사람을 살리기도 하고, 책 한 권이 튼실한 역사가 되기도 한다. 최명희 작가의 '혼불' 이후 전주와 전북도의 문화적 상징은 '꽃심'이 된다. 21세기 후천개벽 세상에 문화 대국 코리아로 갈 수 있는 원동력은 바로 꽃심이다. 부드럽고 아름답지만, 한없이 강하고 끈질긴 인문학의 힘, 문화의 저력이다. 모름지기 높을 고창과 대한민국, 홍익인간 지구촌을 구원할 힘도 바로 꽃심, 문화예술의 힘이어야만 한다.

동학농민혁명의 발상지, 무장기포 현장인 구수내에서 녹두장군 이야기를 귀에 못 박히게 들으며 자라난 이성수 소설가다. 고창군 공음면 출신 이성수 작가가 동학농민혁명과 판소리를 소재로 소설을 쓰는 것은 숙명일까? 지령 덕분일까? 어쩌면 당연한 일일 것이나 역사에 혼을 불어넣는 문학작품은 비범한 작업이 아닐 수 없다. 그는 2012년 본격 정치소설 〈꼼수〉, 2013년 〈혼돈의 계절〉 등 호평받는 장편소설을 써서 이미 주목받는 작가다.

동학농민혁명 2주갑인 2014년 〈구수내와 개갑장터의 들꽃〉을 출간하여 전봉준, 손화중과 구수내, 개갑장터, 석교포, 손화중 도소 등 고창의 동학농민혁명사를 현재진행형으로 소환해낸다. 이어서 농민군의 처절한 최후항전인 대둔산 전투 전후 상황을 그려낸 〈칠십일의 비밀〉을 출간하면서 동학농민군의 영혼을 진혼해낸다. 동학사상과 문학을 접목하는 십여 년 작업의 내공이 켜켜이 쌓이면서, 자연스레 동학농민혁명의 복선을 깔아놓은 신재효의 〈동리정사〉와 만난 것이리라.

천손 민족인 우리 겨레는 광명이세, 홍익인간이란 아름다운 문화국가의 교육이념 건국이념을 세우고 누렸다. 이제는 겨레의 아름다운 마음씨 꽃심을 지구촌의 상생 철학으로 수출해야 할 시절이다. 케이컬쳐 모국 문화 대국 코리아가 가야 할 길이다. 국격 추락의 내란을 수습한 국민주권정부는 다시 문화강국 코리아, 문화 입국 제7공화국, 국가 대개조의 뜨거운 염원을 떠안고 있다. 문화 대국 코리아의 집단염원을 품은 애국시민들의 필독서다. 문화강국의 가능성과 당위성을 신재효와 〈동리정사〉에서 확인할 수 있기 때문이다.

동리 신재효처럼 어른 김장하 같은 아름다운 부자들이 많아져야 과연 문화강국이다. 부자들의 문화예술 지원시책인 '동리운동'이 혁명의 들불처럼 다시 번지기를 바란다. 착한 부자를 꿈꾸는 분들, 바람직한 문화예술지원정책, 한류와 케이팝의 근원을 찾는 분들께도 길잡이가 될만한 책이다.

꽃심으로만 아름다운 문화혁명이 가능하겠냐는 의문을 가진 분들은 신재효의 〈동리정사〉 소리판에 들어가 한번 질펀하게 놀아보시라. 조선 팔대 명창들 눈요기도 하시고, 최초의 여류 명창 진채선의 소리에 어깨를 들썩이며 추임새를 따라 하다 보면, 어느새 당신은 케이팝 시대, 문화강국 코리아를 불러오는 신재효의 비나리를 합창하고 계실 것이다.

소설 속 양순채처럼 굶어서라도, 얻어맞아서라도 죽고 싶은 서러운 사람들도 다 품어주는 〈동리정사〉다. 죽고 싶도록 세상이 원망스러운 사회적 약자들에게는 살아남아야 할 희망과 함께, 살기위해 꼭 먹어야겠다는 식욕을 돋굴 사람 살리는 이야기다.

3쾌의 소설이다. 경쾌하게 지은 소설, 상쾌하게 읽는 이야기, 읽고 나면 문화복지 대국 코리아가 당연하다는 통쾌한 믿음을 주는 소설이다.

예향고창, 문화 대국 코리아를 사랑하는 사람들이 다시 올 신재효를 학수고대하며, 기도하는 마음으로 오늘도 벽오동나무 심기를 다짐할 것이다.

의향고창과 예향고창을 빛내주신 쾌술 선생, 인문학수도 고창, 문화도시 고창 만들기 의병운동의 벌판에서 고창문화관광재단 이사로 봉사해주신 이성수 작가의 인생 작 〈동리정사〉 상재를 거듭 심축한다. 대대로 봉황을 배출하는 인물의 고장 고창 군민들과 함께 아낌없는 박수갈채를 보낸다. 이 시대의 동리인 이 작가님 앞길에도 문운이 무궁하시길, 한국 문단의 봉황이 되시길, 간절히 기도한다.

목차

01 _ 경사 ·················· 23
02 _ 벽오동나무 ············· 56
03 _ 호패 ·················· 69
04 _ 군역 ·················· 95
05 _ 탈출구 ················ 108
06 _ 화양(火陽) ············· 131
07 _ 득음의 길 ·············· 162
08 _ 소리 조우 ·············· 190
09 _ 거듭나기 ··············· 214
10 _ 어사 출두 ·············· 229
11 _ 소리 몸살 ·············· 254
12 _ 골계미 · 비장미 ·········· 282

01

경사

　대원위 대감은 경회루 낙성연이 흡족했다. 신재효 일행은 그 공로로 운현궁 사랑채로 불려 갔다. 모두 허리를 바짝 구부려 방바닥에 이마를 대놓았다. 대원위 대감의 눈치를 보면 문제 될 것 같지는 않았다. 그렇더라도 혹시 모를 일이기는 하다.
　"너희 소원이 무엇이냐?"
　대원위 대감이 묻고 있었다. 긴장된 마음을 순식간에 사그라뜨리는 말이었다.
　"……."
　그런데도 양순채와 진채선은 아무 말을 못 하며 부들거리기만 했다. 연회장에서 보였던 모습하고는 딴판이다.
　"왜 말이 없느냐?"
　"순채 아내가 노비로 팔려가 있사옵니다. 소신이 생각하기에는 다시 가정을 꾸리는 것이 우선이옵니다."
 신재효가 곁에서 지켜보다 보다 못해 나섰다. 양순채를 대신하여 소원을 고해 주었다.
 "그렇다면 바로 잡아야지. 이제부터는 참봉이니라. 참봉 아내가 노비일 수는 없다. 근처에 거처를 마련해 줄 것이니 함께 살아라. 하하하."
 대원위 대감이 이만하면 되느냐는 표정으로 분부했다. 그리고 대기하고 있는 청지기에게 말을 이었다.
 "양 참봉 아내의 노적을 불태워주고 운현궁 근처에 살 집을 마련해 주어라."
 "……"
 양순채에게는 더없이 기쁜 일이다. 그에게 이보다 더 좋은 일은 없었다. 앞으로도 그럴 것이다. 그런데도 고개를 떨궈 놓고 말이 없다.
 "어서 합하께 감사하다고 아뢰지 않고 뭐 하느냐?"
 대원위 대감의 안색이 변하고 있다. 자칫하다가는 불호령이 떨어질 판이다. 이를 알아챈 청지기가 재빠르게 건네는 말이다.
 "……"
 잠깐의 순간이다. 금세 창검이 번득이는 느낌이다. 임금보다도 위세가 높은 대원위 대감의 뜻을 거역하듯 버티는 형국이다.

"순채야. 어서."

신재효의 머리카락이 쭈뼛하게 일어섰다. 자칫 더 우물거리면 큰 화가 될 위기라서 재촉하고 나섰다.

"……"

그래도 여전히 묵묵부답이다. 오히려 못마땅하다는 투다.

*

그날은 바람 한 점이 없었다. 함박눈이 펑펑 내렸다. 바닥으로 떨어지는 눈송이가 애처롭고 안타깝다. 하얀 고깔을 뒤집어쓴 공복루가 벽오봉만큼이나 듬직하다. 성안을 지붕처럼 뒤덮고 있는 소나무 이파리가 백발이다. 마치 하늘에 닿듯 총총하고 씩씩하다. 맹종죽이 눈 다발을 쥐고는 세상을 내려다보는 듯 점잖고 여유롭다. 눈꽃이 성벽에서 만발해 있다. 어디를 봐도 탄성이 나온다. 보는 마음을 가만두지 않는다. 까만 먹과 흰 여백이 적절하게 어우러진 수묵화 한 폭이다. 그냥 쳐다보기가 미안하고 아깝다.

대개 이런 날 화동들은 가만있지 않았다. 까닭 모를 그리움으로 몸살을 한다. 잊고 있던 한이 짙어지기 일쑤다. 증명이라도 하듯이 화방(花房)에서 애절한 소리가 들려오고 있다. 무슨 일이라도 당하는 양 애간장이 끓는다. 필시 가슴에 쌓아놓은 응어리를 풀어내는 소리일 것이다. 죽을힘을 다해 쏟아내고 있다. 아직 돼지 멱따는 소리 같은 떡목(음색이 지나

치게 탁하고 텁텁해 별다른 조화를 내지 못하는 성음)이나 다름없다. 수리성(쉰 목소리와 같이 껄껄한 음색의 성음)을 흉내를 내고는 있다. 그러나 곰삭기까지는 멀고도 멀다.

신재효는 추임새라도 넣어주고 싶었다. 너름새라도 봐주고 싶었다. 눈이 발목을 덮어 미끄러져 가랑이가 찢어질 뻔도 했다. 그런데도 소리에 귀를 기울이느라 앞을 제대로 살피지 않는다. 눈 덮인 모양성의 모습에 눈을 떼지 못하면서도 화동의 소리를 놓치지 않고 있다.

공북루에서 동리정사로 가는 길은 넘어지면 코 닿을 거리다. 하지만 고샅길 가장자리에는 도랑이 있다. 꼬불꼬불 좁기도 하다. 날씨가 좋을 때도 도랑에 빠지는 일이 종종 일어난다. 그런 길에 눈이 쌓여 있다. 신재효가 가장자리를 잘못 내디뎠다. 미끄러지며 도랑 쪽으로 넘어지고 있다.

"아이고 나리. 낙상이라도 허시면 어쩔라고 이러신데요."

김세종이 넘어지려는 신재효를 붙잡았다.

"자네 생각은 어떤가?"

신재효가 자신의 온몸을 김세종에게 비스듬히 기대어 놓은 채로 묻는다.

"아이고 저 소리 들으시다가 큰일 날 뻔했당게요."

그만 목청이 높아지고 말았다. 신재효가 낙상으로 몸져눕기라도 하면 애로가 많아진다. 운현궁에서도 걸핏하면 찾는다. 매일 시인·묵객과 양반의 발걸음이 이어지고 있어서 맞이하는 일만 해도 만만하지 않다.

"이 사람아. 부러지면 드러누우면 되지. 그런데 저 아이가 내지르는 소리나, 저 설경은 아무 때나 듣고 볼 수 없지 않은가. 하하하."

"나리 지 딴에는 꺽정되아서…주제넘게 버르장머리가 없었구만요."

"이 사람아. 자네가 뭔 잘못을 했다고 이러는가. 자네 덕분으로 다치지 않았어. 고맙네. 그나저나 저 소리는 어떤가?"

"거시기…아랫배에서 나와야 하는디 아직은 웃배로 내는구만요."

"성음은 어떤가?"

"떡목이구만요. 돼야지 멱따는 소리라서 수리성을 낼라면 한 참 더 욕봐야 쓰겄어요."

김세종은 신이 났다. 소리 얘기가 나오자 태도가 달라진다. 화동들의 이모저모를 쏟아내느라 밤이라도 지샐 태세다.

*

신재효는 운현궁 마당에 무릎을 푹 꿇었다. 고개도 땅에 닿도록 푹 수그렸다. 이곳에 올 때마다 살아 돌아갈 수 있을까 싶은 마음으로 그랬었다. 물론 그때마다 걱정하고 다르긴 했다. 오히려 융숭한 대접을 받았다. 그래도 언제 어찌 될는지 모를 일이다. 어쨌거나 바짝 엎드리고 볼 일이다. 이게 대채 무슨 일로 부른 것인지 몰라 잇몸이 들떠 이가 흔들릴 지경이다.

"오느라고 수고했구나."

신재효는 설을 쇠자마자 부름을 받았다. 대원위 대감이 파발마를 내준 덕분으로 편안히 당도했다. 교분은 진즉부터 이어지고는 있었다. 임금이 즉위하기 전부터다. 그때도 편하지는 않았다. 그런데 그때와는 천양지차다. 오히려 임금보다도 위세가 높다. 그 앞에서는 위세가 대단한 고관대작들도 설설 긴다.

"소인 합하께옵서 보내주신 파발마 덕분으로 아주 편안히 왔사옵니다."

"다행이로다. 어서 방으로 오르자꾸나."

대원위 대감이 앞장서 댓돌로 올라섰다. 신재효가 놀라서 머뭇거리자 기다려 준다.

"소인 뒤따라 오르겠사옵니다. 먼저 오르시옵소서."

"알았다. 지체하지 말고 따르라."

신재효는 허리가 땅이 닿도록 상체를 구부려서 대원위 대감 사랑 안으로 들어갔다. 방바닥에 코가 닿도록 고개를 수그려 놓고 있다.

"요즘 어떻게 지내느냐?"

대원위 대감의 말투가 따뜻하다. 시골 향리의 근황이나 물을 만큼 한가한 사람이 아니다. 그런 그의 물음이라서 더 두

럽다.

"소인은……."

신재효가 바짝 긴장하고 있다. 대원위 대감의 의중을 곁눈으로 살피기에 여념이 없다.

"왜 이러느냐? 너와 나는 남이 모르는 교통이 있지 않으냐?"

"하오나, 소인이 어찌 합하께……."

신재효가 고개를 푹 수그린 채로 조금의 흐트러짐이 없다. 혹여 자기의 행동이 눈 밖에 나는지를 스스로 확인하며 조심하고 있다.

"게 있느냐?"

대원위 대감이 문밖에다 대고 명령했다. 표정과 목소리에서 천금 같은 무게가 느껴진다. 조금도 비집고 들어갈 틈이 없다.

"지금 들이겠사옵니다."

"어서 들여라."

방문이 활짝 열렸다. 상궁의 인솔로 네 명의 나인이 상을 들고 들어온다. 처음으로 보는 크나큰 상이다. 상 바닥이 보이지 않을 만큼 산해진미가 가득했다. 임금의 수라상인가 싶다.

"아무래도 곡주가 들어가야 네가 고개를 쳐들 것 같아서 준비했느니라. 하하하."

"황공하옵니다. 소인이 어찌 이런 상을 받을 수 있겠사옵니까?"

신재효가 무릎을 꿇어 고개를 처박아놓고 밥상 아래 저편으로 눈길을 보내고 있다. 이렇게 대접하는 까닭이 오히려 두렵다.

"내가 소리에 관한 얘기를 들으려고 부른 것이니 눈치 볼 것이 없느니라."

신재효의 궁금증을 꿰뚫어 보기라도 한 듯이 듣고 싶은 얘기를 아는 듯 꺼내놓는다.

"합하. 분부만 내리시옵소서."

"소리는 너름새로도 하지 않더냐. 고개를 들어야 너름새가 보이지 않겠느냐?"

대원위 대감이 신재효의 비위를 맞추기까지 한다.

"그렇사옵니다. 사설이나 득음만으로는 아니 되고 인물 치레와 너름새가 좋아야 듣는 사람의 마음을 움직일 수가 있사옵니다."

신재효가 비로소 고개를 들었다. 여전히 허리를 바닥에 닿도록 구부려 고개를 반만 쳐들었어도 신이 난 말투로 대답한다.

"자. 내 술 한잔 받아라."

대원위 대감이 다짜고짜 술잔을 들어 내밀었다. 마음을 제대로 열지 않고 있으므로 술이라도 먹여 보겠다는 투다.

"황공하옵니다. 소인이 먼저 올려 드리게 하여 주시옵소서."

신재효가 그렇지 않아도 엎드린 상체를 더 바짝 엎드린다. 마치 청을 들어주지 않으면 혀라도 깨물어 버리겠다는 소리로 읍소하고 있다.

"이놈 너름새 봐라. 내가 너에게 졌다. 자 따라라."

대원위 대감이 흔쾌하게 승낙하고 주전자를 들어서 신재효에게 건네고는 술을 따르라며 술잔을 들어 올렸다.

"감읍하옵니다. 소인이 합하의 은덕을 대대손손 전하겠사옵니다."

신재효는 술을 따르면서 감격하여 어찌할 줄을 모르며 쩔쩔맸다. 이전에도 술을 따르고 받기는 했다. 하지만 그때와는 술상 자체가 딴판이라서 손목을 사시나무처럼 떨고 있다.

"잔 받아라."

대원위 대감이 술을 단숨에 들이마시고 신재효의 행동을 은근슬쩍 살피며 술잔을 내밀었다.

"소인에게는 술이 아니옵니다. 크나큰 복이 옵니다. 감읍할 따름입니다."

신재효가 눈물을 글썽거렸다.

"어허. 눈빛을 보니 당장 죽어도 여한이 없겠구나. 하하하."

대원위 대감의 웃음이 호쾌하다.

"그렇사옵니다, 합하. 여한이 없을 것 같사옵니다."

신재효가 술기운이 제대로 올라서 농담이라 할지라도 해서는 안 될 말을 해놓고 화들짝 놀란다.

"그렇지. 그렇지. 소리꾼이 소리를 제대로 하게 되면 고관대작도 부럽지 않다는데 진정 그러하냐?"

"그렇사옵니다. 귀로 들어도 그러하온데…창자는 어찌 그러하지 않겠사옵니까?"

신재효는 분별력을 주체하지 못해 자기의 생각을 마구 끄집어냈다. 자칫하다가는 불호령으로 떨어질 말들이었다.

"나도 그랬다. 안동 김가들에게 과하지욕(袴下之辱)을 당할 때 죽고 싶었느니라. 그때 소리를 듣고 위안을 얻었지."

대원위 대감이 자신의 과거를 들췄다. 세도가의 가랑이 밑을 기어들었던 일을 꺼내놓았다. 장안에 널리 떠도는 일화다. 조선의 백성이라면 모르는 사람이 없을 정도였다. 치욕 중의 치욕이요, 원한이기도 할 것이다. 어쩌면 들어서는 안 되는 말을 듣고 있는 셈이다. 더군다나 바로 곁에서 상궁이 함께 듣는다. 무관이 출입문 가까이에 귀를 대놓고 있었다.

"……"

신재효는 어떻게 반응해야 할지 가늠되지 않았다. 자칫 대원위 대감의 심사를 거슬렀다가는 목이 달아날 수도 있다. 온몸을 잔뜩 움츠릴 따름이다.

"어허 왜 이러느냐? 오늘은 예인으로 마주 앉은 것이니 아무것도 괘념치 마라."

대원위 대감은 여전히 긴장을 늦추지 못하는 신재효를 안심시키려 했다. 얘기를 허심탄회하게 나누도록 유도한다.

"소인은 합하의 옥음을 듣는 것만으로도 감읍할 따름입니다."

마음 같아서는 맞장구치고 싶었다. 하지만 대원위 대감의 말을 곧이곧대로 받아들일 수는 없다. 그간 여러 명의 현감을 모셨다. 대개 정치하는 사람들의 언사는 거기서 거기다. 액면 그대로 받아들이면 낭패이기 십상이다. 항상 겉 다르고 속 다르다는 생각으로 듣고 보고 행동해야만 실수가 없다. 더군다나 나는 새도 떨어뜨린다는 임금의 아버지 대원위 대감이 아니던가.

"여전히 내 말을 믿지 못하는구나. 너하고 나하고는 예전에도 술잔을 기울이지 않았더냐. 그때라고 생각하자꾸나. 하하하."

대원위 대감이 마음을 보여주려고 과거의 인연까지 꺼내놓았다. 세도가의 위세에 눌려 대감이 숨죽여 살던 시절이다. 그때 두 사람이 만났다. 신재효가 좌의정이던 조 대감 집 잔치에 박만순을 데려갔었다. 세도가의 문전박대로 소리꾼 자리에서 술과 음식을 얻어먹고 있을 때다. 신재효는 대원위 대감의 맞은편에 앉아 있었다. 그때부터 인연이 이어졌다. 대감은 바로 그 얘기를 꺼내놓으며 신재효의 긴장을 풀어주고 있다.

제법 술기운이 돈다. 신재효의 굳어 있는 표정이 누그러지며 고개를 쳐들다가 길게 늘어져 있는 대원위 대감의 수염에 눈길이 닿는다.

"박만순이 소리를 하면 맛이 나는데 김성옥 소리는 맛이 조금 덜하더구나. 왜 그런지 아느냐?"

대원위 대감이 소리 얘기로 화제를 돌렸다. 예전에 만났을 때 신재효는 소리에 관한 얘기로 쉼 없이 떠들어댔었다. 그 기억을 끄집어내려고 건네는 말인 듯했다. 신분의 차이를 떠나 예인으로서만 마주 앉자는 대원위 대감의 말이라서 마음이 한결 가벼워졌다.

"소인 생각으로는…말본새가 달라 그런 것으로 사료하옵니다."

"말본새라 함은 성음 놀음을 말하는 것이냐?"

"그보다는 목소리를 낼 때 성대를 눌러 소리를 내느냐 열어서 내느냐에 따라 말본새가 다르옵니다."

신재효의 얘기대로 박만순은 전라도 정읍에서 태어나고 자랐다. 전라도 말씨를 쓴다. 김성옥은 충청도 사람이다. 전라도는 성대를 눌러 말하지만, 충청도나 경기도 지역의 말투는 성대를 열고 말한다.

"네가 사는 고창에서도 그러하냐?"

신재효가 동리정사를 세워 소리꾼을 모아 가르치며 연구하고 있음을 안다. 이를테면 소리꾼을 수련시키며 터득한 식견을 묻고 있었다.

"그러하옵니다. 소인의 누거가 있는 고창과 무장에는 먼 옛날 사람들이 만든 거석(고인돌)이 아주 많이 있사옵니다. 햇볕이 잘 들고 날씨가 온화한 데다가 땅이 기름지며 바다에 물고기가 몰려들어 물산이 풍부한 고장입니다. 그로 인해 사람이 많이 몰려들었을 것이 옵니다. 사람이 모이면 으레 그렇듯이 물산을 차지하려는 권세가 생기고 수탈도 많이 일어나옵니다. 그렇기에 자신을 지키고 수탈에 항변하다 보니 성대를 눌러 말하는 말본새가 생겨서 소리가 성하게 된 것으로 여겨집니다."

신재효는 신명이 났다. 묻지도 않은 말까지 장황하게 늘어놓았다. 대원위 대감의 마음을 잘못 읽거나 그가 잘못 받아들이기라도 하면 큰일이 날 텐데도 겁 없이 떠들어대고 있었다.

"그러면 그곳 백성들도 소리를 듣고 위안을 얻느냐?"

대원위 대감이 귀를 바짝 기울이며 정치가의 본색을 드러내고 있었다. 어쩌면 그가 듣고 싶은 얘기가 따로 있는지도 모를 일이다. 예술은 솔직해야 사람들에게 감동을 줄 수 있다. 또 감동을 주지 못하면 아무리 그럴듯한 예술이라도 오래가지를 못한다. 그렇기에 대원위 대감도 신재효에게서 솔직한 얘기를 들으려고 예인으로서 대하여 마주 앉자고 한 것이다.

"소인이 생각하기로는 그러하옵니다. 합하와 마찬가지로 소리꾼의 소리에서 위안과 힘을 얻기도 하옵니다."
 신재효가 대원위 대감이 소리꾼의 소리를 듣고 위안을 얻었다는 말을 상기시켰다. 대원위 대감은 그 일을 일생일대의 치욕으로 여기고 있다. 되도록 꺼내고 싶지 않은 아픔이다. 엉겁결에 말을 꺼내놓고도 신재효는 아차 싶었다. 갑자기 모골이 송연해졌다.
 "하하하. 그렇지 않아도 물어볼 말이 있다."
 대원위 대감이 못 알아들을 리가 없었다. 그런데도 듣는 둥 마는 둥 술잔을 들어서 건넸다.
 "……?"
 신재효는 무릎이 흔들리며 오금이 저렸다.
 "……백성들을 위로할 좋은 방도가 있느냐?"
 대원위 대감이 잠시 생각에 잠겼다가 불쑥 물어왔다. 신재효는 그 순간에 백 가지가 넘는 생각이 스쳤다. 대원위 대감의 물음이 용궁을 빠져나오는 토끼의 심정으로 들렸다.
 "아둔한 소인이 어찌… 하오나 소리로 백성들을 위로하면 어떨는지요."
 신재효가 용기를 냈다. 평소에 가지고 있던 생각이다. 물론 장악원이 있다. 하지만 상민에게는 그림의 떡이다.
 "그렇구나. 오늘 너하고 좋은 얘기를 했구나. 하하하."
 대원위 대감의 말이라고는 믿어지지 않았다. 조정의 위신과 안위를 위해서는 물불을 가리지 않는, 피도 눈물도 없는 인물이다. 그런 그가 백성들의 고충을 걱정하고 있다. 여기저기에서 아우성이 쏟아진다. 걸핏하면 민란이 일어난다. 대원위 대감의 고심이 엿보이는 말이다.

*

 신재효는 온 정성을 기울여 동리정사를 지었다. 울안이 무려 사천 평이다. 울안에 개울을 팠다. 문수산과 벽오봉(지금의 방장산) 자락에서 흘러내리는 냇물을 개울로 끌어들였다. 개울 바닥에 돌멩이를 깔아 놓았다. 냇물이 돌멩이로 부딪히게 했다. 울안에서 계곡 물소리를 들으려고 그랬다. 그리고 그 냇물을 가두어 연못을 만들고 연못 가운데에 정자를 지어 부용헌이라고 이름 지었다. 연못 속에는 연꽃을 수십 그루나 심었다. 연꽃이 피면 연꽃 향기가 울안에 그윽해진다. 연꽃을 보고 연꽃 향을 맡으며 풍류를 즐기려 정성을 기울였다.
 개울과 연못의 얼음이 녹아내리며 기지개를 켠다. 청아한 물소리가 들려오기 시작했다. 갈색 검불처럼 시들어 있던 연꽃 줄기도 슬그머니 허리를 펴고 있다.
 동리정사를 홍살문 옆 길지에 세웠다. 여러 채의 가옥이 오손도손 얘기 나누도록 앉혀놨다. 호남정맥은 백두대간 지리산 천왕봉에서 뻗어왔다. 다시 순창새재에서 한줄기를 더 빚어서 영산기맥을 낳았다. 영산강과 동행하며 입암산, 벽오봉의 기운을 한데 모아 힘차게 내달리는 영산기맥 용맥은 문수산에

다다르기 직전의 들독재에서 방향을 돌려서 화산 전불을 거쳐 모양성 성황당을 지었다. 그러고는 고창현 동헌을 포근히 감싸고 동리정사 터에 이른다. 마치 용이 천 리를 달려와 기력을 다지는 형상이다.

봉황의 기운을 받으려 벽오봉 정수리에 사랑채 대문 향을 맞췄다. 그리고 마당 한 가운데에 석가산을 세워 허기진 기를 보충했다. 이를테면 품 안에 봉황알을 품은 형국이라 얼핏 봐도 상서로운 기운이 감돈다.

모양성문 앞 홍문거리를 따라 행랑채가 들어서 있다. 행랑채 모퉁이를 돌아 대문 안으로 들어서면 사랑채 마당이다. 그 마당에 포도나무 덩굴을 엮어 포도 시렁을 맸다. 어른 몸길이보다 낮은 시렁이 신재효 서방 앞 섬돌까지 이어져 있다. 연못 안 부용헌 가교 위 포도 시렁도 나지막하다. 그 포도 시렁에 초록빛이 돌기 시작했다. 석가산은 연못 가장자리쯤에 있다. 꽃 계단이 돌로 쌓아 만든 석가산 둘레에 있다. 계단 돌 틈과 갈색 풀숲에서 아지랑이가 피어오른다.

봄기운으로 신재효의 마음이 들뜨고 있다. 사랑채 서방에만 앉아 있을 수가 없어 봄이 오는 소리를 들으려 개울로 나왔다. 봄이 냇물을 따라 졸졸 흐른다. 생명의 소리가 쏟아지는 틈새로 인기척이 느껴진다. 그렇지 않아도 부르려던 참이다. 김세종이 다가왔다.

"박 선달 소식 들었는가?"

박만순과 김세종은 이름난 명창이다. 물론 박만순의 명성이 더 유명하고 높다. 대원위 대감의 눈에 들어서 선달이라는 벼슬을 하사받기도 했다. 그의 콧대가 하늘을 찔렀다. 그런 명성으로 한양에 터를 잡아 활약하고 있다. 그러던 그를 유 목사가 불러왔다. 많은 재물을 들였다고 했다. 그를 가객으로 들어 앉히고는 뿌듯해하고 있다. 박만순 얘기를 꺼내어 은근슬쩍 두 사람의 경쟁심을 부추겼다.

"지하고는 바디(소리의 전수 계통)가 다른게…지는 지대로 허고, 만순이 저는 저대로 허는 것이지라우."

신재효가 짐작하는 대답을 내놓는다. 그의 말대로 김세종은 가왕이라고 일컬어지는 송흥록 바디가 아니다. 그에게 소리를 배우려 했다. 그렇지만 받지를 않았다. 나름으로 소리를 연마하여 기교를 부리지 않으면서도 우조(씩씩한 가락)로 사람들의 마음을 사로잡는 명창의 반열에 올랐다. 그래서 그런지 그는 당대 최고 명창인 박만순을 그다지 선망하지를 않는다.

"인물 치레는 자네가 좋아. 너름새도 더 낫고"

박만순은 키가 작고 뒤통수가 툭 튀어나왔다. 그러나 사설과 성음 놀음이 좋다. 사람들을 때로는 울게 하고, 때로는 웃게도 한다. 그런 만큼 자부심이 강하다. 죽도록 매를 맞더라도 내키지 않으면 입도 뻥긋하지 않았다. 칭찬도 많이 받지만 미움도 많이 사는 편이다.

"성음은 기가 맥히게 좋은디…사설은 별것 아니든디요."
김세종이 상한 기분을 은근히 드러낸다.
"그렇지. 성음하고 사설만 좋아서는 안 되지. 성음이 좋고 사설이 아무리 좋아도 인물 치레나 너름새가 나쁘면 명창이 못되지. 허허허."
신재효가 한두 번 했던 얘기가 아니다 보니 그러려니 들어 넘기곤 했었다.
"나리. 그런디…드릴 말씀이 있구만요."
신재효도 그가 무슨 말을 하려는지 짐작하고 있다. 동리정사를 찾는 사람이 늘었다. 물론 아무나 들이지는 않는다. 소리꾼은 보통의 정신으로 되지 못한다. 한두 해로 되는 것이 아니다. 죽을힘을 다해도 될까 말까 하는 고행의 길이다. 보릿고개가 돌아오면 간혹 굶지 않으려 찾아오는 치들도 있다. 그렇기에 일정 수준의 재주를 갖춘 사람을 품평이라도 해본다.
"누가 찾아왔구만요. …한양에서 내려왔다는디요. 암만 봐도 양반집 도령 같은디……."
김세종이 보기에는 양반자제가 분명했다. 머나먼 한양에서 왔다고 했다. 물론 '비가비'(양반 소리꾼)가 없지는 않다.
"소리하러 왔다던가?"
신재효는 설마 했다. 자신도 소리가 까닭 없이 좋았다. 소리가 뿜어내는 한을 듣노라면 가슴이 뻥 뚫렸다. 마치 자신의 마음속을 말끔히 토해내는 기분이라서 소리가 좋다.

"무시라고 똑 부러지게 말은 안 허는디, 어쨌든 나리를 찾았구만요."

김세종이 고개를 갸웃거렸다.

"아무튼 만나는 봐야겠네. 오라고 하게나."

신재효가 말을 해놓고 부용헌 쪽으로 발걸음을 옮겼다. 약관의 나이라고 해도 양반이라니 중인의 신분에서는 사랑채에서 맞이해야 옳다. 그래도 그러고 싶지 않았다.

아직 부용헌은 차가운 바람이 돈다. 그래도 그곳에서 만나볼 심산이다. 신재효가 부용헌 마루에 걸터앉기도 전이다. 금세 김세종이 도령을 데려왔다.

"나리. 여그 왔구만요."

김세종이 포도 시렁 아래에서 언짢은 말투로 고한다. 사내에게 고개를 수그리면서도 아니꼬운 눈치다. 아직 솜털이 뽀송뽀송한 사내를 연신 흘깃거리며 못마땅한 표정을 굳이 숨기려 하지 않는다. 사내의 위아래를 훑어 살피는 신재효의 눈빛이 날카롭다. 평소 그의 눈빛은 자애롭다. 하지만 눈여겨봐야 할 일이 생기면 냉혹하리만큼 매섭다.

"저는 한양도성에 사는데…… 소리가 좋아서 내려온 김에 들렀소이다."

아직 앳된 티를 벗어내지를 못했다. 그래도 사내의 기세가 만만치 않다. 인사를 건너뛰고 있다.

"먼 길인데 혼자 내려온 게요? 일부러?"

"무장 석교 포구에 내려왔다가 물어물어 찾아왔소이다."
 먼저 자신이 누군지를 밝혀야 옳다. 모를 리가 없을 나이다. 그런데도 묻는 말에만 대답하고 있었다.
 "뉘신지 물어도 되겠소?"
 신재효의 말투가 퉁명스럽다.
 "한양 북촌에서 사는 홍낙관이라고 합니다."
 홍낙관이 자신의 결례를 알아차린 듯 두 손을 모으며 태도를 달리한다.
 "아직 미장가 같은데 무장은 어인 일로 내려왔소이까?"
 "심부름하러 왔습니다."
 홍낙관이 당황한 듯 음성이 가느다랗게 떨린다.
 "무장 어디에서 나서서 왔는지는 모르지만, 여기까지는 꽤 먼 거리외다. 여기에 다른 볼일이라도 있는 게요?"
 누구의 심부름을 왔는지가 궁금하다. 범상치 않은 집안의 자제가 분명한듯하다. 이목구비가 반듯하다. 아직 풋내가 가시지는 않았으나 기골이 그럴듯하다. 눈빛에서는 총기가 번득인다. 얼핏 보기에도 귀공자다. 그런 그가 큰맘을 먹고 수십 리 거리를 찾아온 것이다.
 "그래 누구의 심부름으로 왔소?"
 "그냥 소리가 듣고 싶어서 왔습니다."
 "뭐라고 했소?"
 신재효의 언성이 높아졌다. 마치 놀리려 드는 것처럼 들려 표정이 저절로 굳어지고 눈살을 찌푸린다.
"여기 오면 소리를 들을까 싶어 짬을 내어 달려왔습니다."
홍낙관의 표정이 사뭇 진지했다. 태도가 더 공손해지고 있다.
"그런데 여긴 어떻게 알았소?"
신재효의 명성은 한양에서도 자자하다. 양반으로서 풍류를 즐길 줄 아는 사람이라면 모르는 사람이 없을 정도다. 그러나 홍낙관은 풍류를 알고 즐기기에는 어린 용모이다.
"박 선달의 소리를 들은 적이 있는데⋯⋯잊을 수가 없었습니다. 수소문해서 겨우 이곳을 알아냈습니다."
홍낙관은 진심을 보이려 애쓰고 있었다.
"박 선달이라고 말하면 누군지 모르오. 박 선달이 두 사람이라서. 허허허."
신재효도 비슷한 경험이 있다. 관아 이방으로 일하며 우연히 소리를 알게 되었다. 홍낙관의 말처럼 소리를 듣고 몇 날 며칠 잠을 이루지 못했었다. 귓가에서 소리가 떠나지 않았다. 가슴은 까닭 없이 설레었다.
"박만순 명창이라고 들었습니다만."
박만순은 대원위 대감에게 자주 불려 갔다. 박만순뿐만이 아니다. 대원위 대감 사랑에는 내로라하는 소리꾼들이 줄줄이 불려 간다. 물론 일부러 눈에 띄려고 모여들기도 한다. 대감이 눈코 뜰 새 없이 바쁜 와중에서도 소리를 즐긴다는 걸

알고 명창들의 발길이 끊이지 않는다. 귀명창으로의 명성은 대단하다. 박만순이 그에게 인정받아. 선달이라는 벼슬을 하사 받기까지 했다. 홍낙관이 그의 소리를 알아본다는 얘기였다.

"박 선달은 지금 무장에 가 있소만 어쩐다?"

신재효는 마치 자신의 옛 모습을 보는 것만 같아서 안쓰럽기까지 했다.

"지금 들리는 소리로도 흡족합니다."

화방에서 소리가 들려오고 있었다. 추운 겨울을 견뎌낸 끝이라서 그런지 화동들의 소리에 생기가 돈다.

"어떻게 들리오?"

"후련합니다."

홍낙관이 감상을 꺼내놓는다.

얼핏 들으면 결코, 후련한 소리는 아니다. 계면조(슬픈 가락)라서 가슴이 먹먹해지기 쉽다. 얼핏 들으면 슬픈 소리가 들리는데도 후련하다고 한다.

"혹시 소리 공부를 따로 한 게요?"

신재효는 혹여 하는 생각이었다. 아주 드물기는 해도 양반이 소리를 하는 경우가 있으므로 확인해 본다.

"공부를 별도로 하지는 않았으나 많이 듣기는 했습니다."

홍낙관은 어디를 봐도 비가비가 아니다. 영락없는 양반자제의 풍모였다.

"공부하고 싶은 게요?"

"그러고는 싶지만……."

신재효도 명창 흉내라도 내고 싶었다. 그도 본래 한양에 살았던 아버지의 영향으로 한양 말씨가 배어있다. 이를테면 목청을 벌린 말투여서 득음하기에 적당치 않다. 홍낙관도 마찬가지다. 득음하려면 우선 거칠고 탁한 소리를 만들 줄 알아야 한다. 그래야 시작이라도 해볼 수가 있을 것 같았다.

*

바람도 온종일 자취를 감춘 날이다. 아무런 기척이 하늘에 없었다. 파란 바닷물이 유난스레 잔잔하던 오후다. 바다와 하늘이 제대로 가늠되지 않을 만큼 파랬다. 구름 한 점이 없었다. 해가 몸집을 불리며 낮아져서 붉게 물들고 있었다. 하늘과 땅에서 노을이 함께 붉더니 어느 틈에 봉우리가 검붉어져서 용암처럼 펄펄 끓고 있다. 하늘과 땅이 시시각각으로 옷을 갈아입고 있었다. 해 질 녘이 다되어서야 구름이 몰려오기 시작했다.

양순채는 구름 위로 올라앉아 있는 느낌이었다. 마음만 먹으면 어디든 날아갈 수도 있을 것 같다. 함박눈이 토방까지 수북하게 쌓여 있어도 목화솜을 밟는 것처럼 푹신하고 포근하다. 안도의 숨이 내쉬어졌다. 눈을 감지 못한 채로 가신 아버지가 그토록 바라던 아들을 낳았다. 딸을 내리 다섯이나 낳았고, 그 끝에 낳은 아들이다. 덩실덩실 춤을 추고도 남을 기분이다.

아버지는 4대 독자, 양순채는 5대 독자다. 어머니 용흥댁은 하루도 편안한 날이 없었다. 혹여 대가 끊길까 봐 노심초사했다. 북풍한설 눈보라가 쳐도, 손이 문고리에 쩍쩍 들러붙는 추위에도, 억수같이 쏟아지는 장대비에도 아랑곳하지 않았다. 하루도 거르지 않았다. 새벽마다 목욕재계하고 장독대 위에 정한수를 놓고 빌고 또 빌었다. 모르는 사람이 없다. 고부 사람은 물론이거니와 고창이나 무장이나 흥덕에서도 화젯거리였다.

"인자 헐 일 다 했은게 두 다리 쭉 뻗고 자도 되겄다. 니가 참 욕봤다."

용흥댁이 방 안으로 들어서며 고함을 지르듯 한다. 김이 모락모락 피는 대야를 들고 입꼬리가 귀에 붙어서 춤이라도 출 기세다.

"이거슨 다 어머이 덕분이랑게요. 새복마다 참 욕봤어라우. 어머이가 치성을 드린 게, 아들을 주시는 구만이요. 하하하."

양순채의 음성이 고샅을 쩌렁거린다. 어머니인 용흥댁을 추켜세우고 있다.

"강치바람 들어온당게. 언능 문이나 닫어. 에미 춥겄다. 호호호."

용흥댁은 대야를 팽개치듯이 내려놓았다. 강보로 싸놓은

핏덩이에게 쪼르르 다가가 들여다보며 좋아한다.

"엄니. 인자 지가 쪼까 이쁘지라우?"

점예의 음성이 여느 때와 달랐다. 아직 해산의 고통이 여전할 텐데도 농담을 꺼내놓으며 함박웃음을 지었다.

"근디 말이다. 참말로 꼬치 달고 나왔제?"

용흥댁은 제대로 믿어지지 않는다는 투다. 며느리의 대답은 뒷전하고 손자의 아랫도리 들추기에 바쁘다.

"어머이. 꼬치 달아지것소. 쪼금 있다가 보면 안되끄라우?"

양순채가 기쁜 표정으로 장난치듯 말했다.

"아고 내 정신 좀 봐라. 호호호."

용흥댁이 벌떡 일어나더니 반닫이 위 이불을 추켜들며 양순채를 채근했다.

"언능 쫌 들어라."

평소의 이런 일들은 응당 며느리가 해야 한다. 지금처럼 해산하건 말건 상관하지 않았다.

"아따 우리 어머이, 손자가 좋기는 존 갑다. 하하하."

양순채가 은근슬쩍 꼬집었다.

"아따 니 아들 감기 들면 어쩔라고 고로코롬 말만 허고 있냐?"

"이러면 문 틈새기서 많이 들어 온당게요."

용흥댁은 이불을 펼쳐서 방문틀 위에 박힌 돌쩌귀에 매달려 했다. 하지만 양쪽 문틀 틈까지는 가리지 못한다. 그 틈에서 황소바람이 새어 들어오고 있다.

"그러면 얼른 새내끼 좀 갖고 와."

며느리가 딸을 낳을 것으로 예상했다. 배부른 모양새가 딸이라며 산달이 가까워져도 시큰둥했었다.

"걸 디가 없는디 어따가 묶을라고요?"

용흥댁이 이불을 새끼로 묶어 달아매려 하고 있었다. 그래도 방문 양쪽 가장자리는 그대로다. 바람을 막으려면 나무 문틀 바깥쪽에 매달아야 한다. 그러려면 흙벽에 박힌 걸개 못에 걸쳐야 한다. 그렇지만 흙벽이 부실하다. 가벼운 옷가지나 걸어 놓을 수가 있을 뿐, 무거운 이불은 걸 수가 없다.

"그러면 막가지라도 가꼬 와야 쓰것다."

용흥댁이 묘안을 내놓고 재촉했다. 이불을 막대기로 받쳐 펼쳐 문틀 틈새 바람을 막겠다는 말이다.

"니 아들 물 다 식는다. 언능 가꼬 와."

용흥댁이 짜증을 내면서도 눈길을 손자에게 멈추어놓고 바라보느라 바빴다. 며느리가 힘들어하고 있었다. 그래도 그러거나 말거나였다.

"지게 짝대기는 너무 짝을 것인디?"

양순채가 고개를 갸웃거리며 혼잣말처럼 얘기하고는 방문을 재빠르게 여닫으며 외양간으로 향했다.

양순채가 아들을 낳을 것인지는 마을 사람들의 관심거리였다. 점예의 배부른 모양새를 보고 또 딸이니 마니 하며 내기가 벌어지기도 했다. 그러던 차에 터져 나온 양순채의 환호였다. 사람들이 몰려들어 울타리에 바짝 붙어있다.

"꼬치…… 맞소?"

"아따 겁나게 좋구만이라우. 하하하."

양순채의 목청이 쩌렁거렸다. 그렇지 않아도 큰 음성이 흥분되어 있어서 귀청이 터질 정도였다.

함박눈이 펑펑 쏟아진다. 발목까지 쌓이고 있다. 마을 사람들 머리 위에도 눈이 쌓인다. 금세 하얀 수술 고깔을 쓴 모양이 되고 있다. 날씨가 제법 차갑다. 그래도 그러거나 말거나다. 양순채는 축하해주는 사람들이 고맙다. 사람들 앞에서 춤이라도 덩실덩실 추고 싶다.

"경사여. 경사. 소 잡을라고 외양간 가는 겨? 하하하."

마음은 외양간 안의 소라도 잡아 잔치를 벌이고 싶다.

"그래야 쓰것구만잉. 꼬치가 얼매나 이쁜지 모르것당게요. 하하하."

양순채는 외양간으로 향하다 말고 마당으로 걸음을 옮긴다. 맨발이지만 그러거나 말거나 눈 위를 성큼성큼 다가갔다.

"인자 군적에 올려야 쓰겄다. 흐흐흐."

이정(里正)의 말투가 음흉하다. 야릇한 미소로 느물거렸다. 마을 사람들의 시선이 따갑지만 아랑곳하지 않는다. 분위기가 갑작스럽게 싸늘해졌다. 그러자 한 사내가 따지듯이 묻고 나섰다.

"아따, 해도 너무 허요. 인자 막 나온 핏댕이를…군적에 올린다고라우?"

"어쩔 것이여. 시키는디 안 죽을라믄 해야제."

이정이 곧바로 대거리했다. 자기의 뜻이 아니라 관아에서 시키는 일이라서 어쩔 수 없다고 했다.

"그래서 탈상헌 지가 언젠디…아직도 우리 아부지한테 매기요?"

사내가 버럭 화를 냈다. 얼굴에 불만과 원망을 가득 담아 놓고 여차하면 멱살이라도 틀어잡을 기세다.

*

들판이 파릇파릇해지고 있다. 아들을 낳은 뒤로는 아무리 힘든 일이 생겨도 힘들지 않다. 뭐를 해도 즐겁기만 하다. 양순채는 매일 구름 위를 걸어 다니는 기분이다.

"안에 있는가?"

양순채가 외양간에서 쇠죽을 끓이다가 이정의 인기척을 들었다. 왠지 섬뜩하게 들린다. 선뜻 반응하지 못하고 낌새부터 살핀다.

"어쩐 일이다요?"

용흥댁이 눈치 없이 나선다. 이정은 벼슬아치라도 되는 양 행동하고 있어서 사람들이 눈살을 찌푸린다.

"어디 갔다요?"

눈동자에 힘이 잔뜩 들어가 있다. 평소에도 위세가 하늘을 찌른다. 기세가 유난스럽게 등등하다. 마치 자기 집이라도 되는 양 거침없이 사립문 안으로 들어서며 거들먹거렸다.

"지 여깃 구만요. 볼일이라도 있당가요?"

양순채가 외양간 문틈으로 이정을 살피다가 부지깽이를 내려놓으며 일어섰다.

"거시기 아들 이름이 뭐여?"

이정이 뜬금없이 아이의 이름을 물었다. 표정을 순식간에 바꾸며 나근나근해진다.

"아직까정 못 지었구만요. 존 이름 질랑게 돈이 솔찬히 들어간다고 혀서 여적 못 지었어라우. 존 이름 있으면 좀 지어주씨요. 헤헤헤."

"그런게……존 이름이 있을 틴디."

"지는 일자무식이라……암만 생각해도 못 짓것구만요."

이름을 쉽게 짓지 못하는 건 사실이다. 그냥 아무렇게나 지으려면 지을 수는 있다. 하지만 귀하고 귀한 아들이다. 대충 짓고 싶지 않았다. 한 달이 지나도록 걸맞은 이름을 찾지를 못하고 있다.

"내가 이름을 지어 주면 뭇 해줄랑가?"

"그러케만 해주시먼 못 헐 것이 없지라우. 헤헤헤."

양순채는 고민이 풀리는 느낌이었다.

"아이고. 이정 양반 덕에 인자 우리 손지 이름 갖것네. 고맙소잉."

용흥댁이 눈빛에 고마움을 가득 담아 허리를 수그려 맞장구쳤다.

"허허허. 안 지어주면 큰일 나것구만."

이정이 선심을 쓰듯이 대답했다.

"고맙구만요. 이정 양반 덕에 우리 아들 인자 사람이 되는구만요잉."

양순채와 용흥댁이 고개를 수그려 몇 번씩이나 고마워한다.

"내가 생각해서 지어 줄 텐게 그리 알드라고."

양순채는 흔쾌한 약속에 답답하던 가슴이 뻥 뚫렸다. 더 많은 자손을 두고 부자로 살려면 이름을 잘 지어야 한다고들 했다. 그래도 어떻게 해야 하는지는 몰랐다. 몇 날 며칠을 고민했었다.

"그런디 족보는 있는가?"

양순채에게는 족보가 없다. 그냥 양가라고만 알고 있다. 선조의 성씨를 따르고 있을 뿐이다.

"그런게 그거시……."

물론 마을 사람들이 모두 아는 사실이다. 그래도 왠지 부끄럽다.

"돌림자가 있기는 있는가?"

"그것도 그거시……."

양순채가 또 말을 더듬거렸다. 사실 '순채'라는 이름도 돌림자가 아니다. 아버지가 밭품을 팔아 공들여 지었다. 온갖 설움 속에 살고 있어도 천민은 아니다. 그나마 이름 석 자를 가질 수가 있어 다행이다. 대대로 부지런하고 성실하다는 말을 듣는다. 그 덕분으로 동네에서 타성바지로 살면서도 인심을 얻고 있다. 더군다나 천석꾼인 이 진사의 눈에 들어 그의 이런저런 도움을 받아 산다.

외양간에서 자라고 있는 소는 자기 소가 아니다. 이 진사의 배려다. 송아지의 생산조건으로 키운다. 어미 소가 낳아야만 양순채의 송아지가 된다. 낳지 못하면 그동안의 정성은 허사다. 사람들이 그런 그를 시기한다. 더군다나 이 진사의 마름으로부터는 걸핏하면 견디기 힘든 괴롭힘을 당했다. 그래도 내색 한번 하지 않았다. 그런 심성 덕분으로 그럭저럭 살고 있다.

"그러믄 돌림자 없이 암치케나 지어도 되것네. 하하하."

이정이 한쪽 입술을 삐쭉 들어 올렸다. 눈빛을 아래로 내리고 깔본다.

"이정 어른이 비민허게 알아서 허것지라우."

양순채가 이정의 말이 농담으로 들어넘기며 반응했다.

"암요. 암요. 우덜은 흐컨 것은 종우고, 끄먼 것은 글잔 지나 알제 무슨 알간디요. 헤헤헤. 암것도 몰라라우. 암튼 정말로 감사하구만요잉. 호호호."

용흥댁이 이정의 손을 맞잡아 쥐어서 호들갑이다. 평소의 이정을 보면 마냥 좋아할 일만은 아니다. 그렇기에 양순채가

01_경사 53

눈짓을 보내었다. 하지만 눈치를 알아차리지는 못한다.
"어머이!"
"와?"
용흥댁이 왜 부르냐는 투다.
"쩌그 정지 가면 머시라도 있을 것인디······."
양순채네 집은 하루에 두 끼만을 먹고 견딘다. 보릿고개가 돌아오면 그나마도 어렵다. 땅을 죽도록 팠다. 살림에 보태느라 손톱 들어갈 만한 땅만 있어도 뭐라도 심었다. 남의 집 허드렛일을 죽기 살기로 했었다. 그 덕분으로 세끼 모두를 거르지 않는다. 항상 다행이라 생각하며 산다.
그제야 용흥댁도 알아차리고도 주춤거린다.
"아부지 지사 때 쓸라고 놔둔 것이라도······."
양순채로서는 대단한 결심이었다. 평소에서부터 제사 음식 장만하고 있었다. 품질이 좋은 제사 음식을 보면 어떻게 해서라도 손에 넣었다. 심지어 과일 한 개를 얻으려고 온종일 밭을 갈아주기도 했다. 이만큼이라도 사는 것을 그런 정성 덕분으로 여긴다.
"아무리 그려도 느그 아부지 것인디."
용흥댁은 어림없는 말이라는 태도다.
"어머이 그것을 누가 모르요. 그런디 산 사람이 더 중해라우."
양순채도 물러서지 않았다. 이정의 비위를 맞춰서 좋은 이름을 지어 주어야겠다는 결심이다. 용흥댁은 어처구니가 없었다.

"아따 언년이 아부지, 시방 믄 소리 허요?"

점예가 안방 문을 부술 것처럼 열어젖히며 고함을 내질렀다. 양순채가 다짜고짜 부엌으로 들어가고 있어 무작정 끼어들었다. 젖가슴이 젖을 먹이느라 훤히 드러나는데도 아랑곳하지 않았다.

"믄 소리? 지금 나한테 허는 말이여!"

양순채가 눈을 부라리며 목청을 높였다.

"아이고 그런게 내 말이 틀리요! 동네 사람들한테 물어 보씨요."

그녀의 얼굴은 햇볕에 그을려서 까맣고 거칠다. 주근깨가 군데군데 붙어있다. 그러나 가슴골은 딴판이다. 뽀얗고 하얬다. 마치 높은 둔덕을 양쪽 가슴에 옮겨놓은 것처럼 가슴골이 깊다. 이정의 눈이 휘둥그레졌다. 눈길이 떨어지지 않는다. 그래도 점예는 아랑곳하지 않았다. 맨발로 걸어 나와 애원하는 눈길로 양순채를 바라다보았다.

"사람은 이름대로 사는 것이여. 같은 쪽박도 쌀을 푸면 쌀쪽박이고 똥을 푸면 똥바가지가 된 당게. 이름이 얼매나 중헌 것인디 이러는가!"

양순채는 막무가내였다. 좋은 이름을 지어 주게 하려면 걸맞은 대가를 주어야 한다며 밀어붙이고 있다.

02

벽오동나무

 모양성 안팎 벚나무가 초록으로 물들고 있다. 성벽을 타고 오르던 검불에도 봄기운이 스며들고 있다. 새싹이 봄을 밀어 올리고 있다. 양지에서 봄 소리가 졸졸 들려 나온다.
 동리정사에는 여러 그루의 벽오동나무가 있다. 숲을 이루었다. 신재효 아버지가 깊은 뜻으로 심었다고 한다. 봉황은 벽오동나무에만 둥지를 튼다. 오색찬란한 빛을 뿜어내며 다섯 가지의 아름다운 소리를 낸다. 대나무 열매만을 먹고 살며 예천(醴泉 단시암물)만을 마신다고도 했다. 봉황의 둥지인 그 벽오동나무 가지에서 새잎이 돋아나고 있다.
 "나리. 들어 보니께 묘음(妙音 매우 아름답고 훌륭한 소리)이구만요."
 김세종이 화방에서 수련하는 소리를 평가하고 있었다. 여러 화동이 내는 소리가 여러 가지 음색으로 들리고 있다. 옷음을 만들기도 하고 기쁨을 주기도 한다. 심금을 울린다.

"소리꾼은 혼자서 여러 가지 묘음을 낼 줄 알아야 하지 않겠는가?"

신재효가 부용헌 정자에 앉아 있다. 벽오동나무를 유심히 바라보며 무심한 듯이 묻고 있다.

"그런디 그것은 보통 애로운 것이 아니구만요. 지도 죽어라 해싸도 아직도 잘 안 되는 구만요."

김세종이 기어드는 음성으로 고백하듯이 대답했다. 신재효를 보좌하며 화동들의 수련을 책임지고 있는 그였다. 박만순과 견주어도 명창으로서는 손색이 없다. 그가 길러낸 소리꾼 중에서 명창 소리를 듣는 이도 여럿이다. 그런 그가 소리 공부가 어렵다고 말한다.

"그런데 저 소리들이 묘음이기는 한데…왠지 허전하구만."

김세종으로서는 문책당하는 느낌이다. 소리꾼들을 성심성의껏 가르쳤다. 자신이 터득한 것들을 빠짐없이 전승했다. 바다가 생겨나기도 한다. 그런데도 신재효는 만족하지 못하고 있다.

"선친께서 내가 태어나던 해에, 저기에 벽오동나무를 심어 놓으셨네. 봉황은 다섯 가지의 묘음을 낸다는데…허허허."

신재효가 의미심장한 말을 꺼내놓고 벽오동나무를 뚫어지도록 바라보았다. 이어서 화방으로 고개를 돌려놓고 목을 길게 늘여 뺐다. 화방과 벽오동나무를 번갈아 바라보기를 거듭

하고 있었다.

"지는 무슨 말씀을 허시는지 당최 모르것구만요."

"그러게, 화방을 더 지어야겠네. 봉황은 좋은 물을 마신다는데…죽실(대나무 열매)만 먹고 산다는데…할 일이 많네."

신재효는 점점 더 알아들을 수가 없는 말을 했다. 눈동자에 힘을 주고 입술을 꽉 깨물고 있었다.

"지는 하나도 알아들을 수가 없구만요. 그런디 화방은 더 지어야 쓰것어요. 한양에 가셨을 때 여그저그서 사람들이 왔었구만요."

"몇 명이나? 재주는 있던가?"

신재효가 눈동자를 반짝거리며 한껏 궁금해했다.

"그런디 화방이 읎은 게 뭔 말을 못했구만요. 나리가 오시면 다시 오라고는 했구만요."

"다시 오기로 했는가?"

"온다고는 했는디 어쩔랑가는 모르것구만이요."

소리꾼이 되려는 사람은 대개 보통 사람하고는 다르다. 사정이 여의치 못해도 포기하지를 않는다. 어떻게 해서든지 있는 힘을 다하려 애쓴다.

"재주 있는 아이가 있더냐고 묻고 있네."

동리정사는 호기심만으로는 찾아오는 곳이 아니므로 아무나 받아들일 수는 없다.

"인자는 아녀자도 오는구만요. 별일이 다 있당게요. 허허허."

 소리하는 아녀자는 없었다. 기생들이 간혹 잡가를 배우러 오기는 했어도 소리를 배우겠다며 덤비지는 않았다.
 "또 온다고 했는가?"
 신재효는 귀가 번쩍 띄는 기분이다. 왠지 오음의 실마리를 잡을 것만 같았다.
 "좋게 말해서 보냈구만요."
 아녀자의 목소리는 대개 맑고 깨끗하다. 그러나 소리는 거칠고 탁한 음성이어야 좋다. 굵고 탁한 남자의 음성이 적합하다. 남성이라 해도 아무나 할 수는 없다. 상처가 나도록 소리를 내질러서 다치고 낫기를 반복하여 목청에 굳은살이 자리를 잡아야 그런대로 들을 만한 소리가 된다. 그렇기에 몇 년 동안을 죽을힘으로 수련하고도 그만두는 일이 비일비재하다. 아녀자에게는 참으로 버거운 소리 수련의 길이다.
 "또 올 것 같은가?"
 "모르것구만요. 근디 올 것 같기는 허구만요."
 신재효의 예상치 못한 관심에 김세종이 둘러대듯이 대답하고는 눈치를 살피기에 바쁘다.
 "어디 산다고 하던가?"
 "안 물어봤구만요. 허기사 물어볼 것도 없는디……."
 김세종은 예상과 다른 신재효의 반응에 의중을 살피느라 멈칫거렸다.

"다시 오거든 꼭 데려오게. 알았는가?"

"알…알았구만요."

김세종이 말을 꺼내려다가 그만둔다.

"아녀자가 소리하면 안 되는가?"

"그렁게요. 지금까지 없었는디 헐 수가 있을랑가 모르것구만요."

김세종이 전례를 빌미 삼아 못마땅해 했다.

"남자만 곰삭은 소리를 내라는 법은 없지 않은가?"

평소의 신재효와 달랐다. 언성을 높이면서까지 주장을 펼쳤다. 여차하면 윽박지를 태세다.

"나리 말씀이 맞기는 헌디 여자 목청은 워낙 거시기해서… 될란가는 모르것구만요."

"우리가 해내면 되지 않겠는가."

김세종의 염려를 신재효도 잘 안다. 물론 아녀자가 견디기에는 어려움이 많다. 만약 극복해낼 수만 있으면 세상에 없는 소리를 들을지도 모를 일이다.

"거시기 믄 말씀인지 쪼끔 알 것 같구만요."

"자네가 보기에도 화방을 더 지어야겠지?"

"근디. 지금도 저 사람들 맥이고 재우는 구녕으로…… 겁나게 들어갈 것인디요."

김세종은 걱정부터 앞세웠다. 지금도 놀고먹는 사람이 여럿이나 된다. 자신도 그중 한 사람 이기는 하다. 화동들을 수련시키며 놀고먹는 처지다. 신재효가 천석지기이기는 해도 결코 쉬운 살림살이가 아니다. 그 휘하에 소리꾼만 있는 것도 아니었다.

"봉황은 벽오동나무에서만 산다고 하지 않은가. 혹시 아는가. 이 동리정사에서 봉황같이 귀한 사람이 생겨날지. 그러니까 화방을 더 많이 지어야겠네."

신재효가 모양성 안 동헌 위쪽의 산등성 대나무 숲을 빤히 바라보고 있었다. 마치 봉황이 먹는 죽실(대나무 열매)을 찾아내는 눈빛으로 바라보고 있다.

"나리. 지는 임금이고 므시고 간에 여그 동리정사 맹키로 사람 안 굶기고 꺽정 안 허게 허고 맘 편허게 살게 허는 사람이 나오면 그 사람이 봉황일 것 같은디요."

"자네들이 봉황처럼 오음(五音)을 내시게. 그러면 귀한 사람이 되지 않겠는가. 하하하."

신재효는 소리를 통해 사람들의 힘이 되고 싶다. 봄이 되면 초근목피로 연명하는 사람이 부지기수로 늘어난다. 그때마다 곳간 문을 활짝 열었다. 순식간에 동이 났다. 자신의 재력만으로는 한계라서 소리로라도 위안을 주려고 소리꾼을 수련시키고 있다.

*

양순채는 힘에 겨운 일을 해도 힘이 드는 줄을 모른다. 온종일 이 진사 댁에서 일했다. 하인들조차 싫어하는 궂은일까지 도맡았다. 주변에서는 은근히 놀리며 비꼬기 일쑤다. 그래도 그런 것들은 중요하지 않았다. 아들을 낳아 대를 이을 수 있다는 생각에 모든 것이 묻혔다.
"어이. 똥 얼매나 쌌는가?"
양순채는 집으로 돌아오자마자 누워있는 아들 곁에 바짝 다가섰다. 아기가 마치 아비를 알아보는 것처럼 눈을 맞춘다.
"아따 손이라도 씻고 오씨요. 호호호."
점예가 장난스럽게 타박했다.
"우리 대주를 아무치케나 보것는가. 열 번도 더 씻었당게. 그러제. 잉?"
양순채는 마치 아들하고 대화라도 하는 듯이 눈을 맞추어 놓고 말하고 있었다.
"혹시 이정 어른은 안 왔는가?"
그러고 보니 아들의 이름을 아직도 부르지 못하고 있었다. 이정이 다녀간 지가 사흘이나 지났는데도 감감무소식이었다.
"존 이름을 짓는다는 디…아무리 유식헌 이정 어른이라도 얼렁 지어지것는가요."
점예도 마찬가지였다. 좋은 이름을 지어 하루라도 빨리 불러보고 싶어도 기다릴 참이다. 이름 짓는 값을 톡톡히 들였다. 시아버지 제사상에 올릴 귀한 음식과 엽전까지 건네주었다. 좋은 이름을 지어오느라 늦는다며 짐작하고 있다.

"그러것제. 사람 팔자는 이름 따라 간디야. 똑같은 바가지도 쌀 바가지가 되기도 허고 물바가지가 되기도 허잖여. 하하하."

생각할수록 기분이 좋았다. 아들은 이름이 좋아서 자신처럼 설움을 받지 않을 것 같았다. 귀한 이름을 갖고 자손을 많이 두고 부자로 살 것만 같았다.

"안에 있는가?"

바깥에서 이정의 목소리가 들려왔다. 마치 양순채의 마음을 아는 것처럼 때를 맞추고 있다.

"아고 잘 오셨어라우. 안 그래도 언제 오실란가 말허고 있었구만이라우."

양순채가 방문을 활짝 열어젖히며 함박웃음을 지었다. 마치 돌아가신 아버지가 살아 돌아온 것만큼이나 반가워했다.

"솔찬히 기둘렸는갑네. 알았으면 빨리 올 것인디. 허허허."

이정의 웃음소리가 어색했다. 그러고는 양순채의 눈치를 은근슬쩍 살폈다. 평소보다 자연스럽지는 않았다.

"방으로 들어가서 야그 허셔요."

어느 틈에 양순채가 토방에 내려서 있었다. 미처 짚신을 걸치지 못한 맨발이다.

"그려도 될랑가? 허허허."

"암만요. 애기가 들을랑가는 몰라도 더 잘 되았구만이요."

이정이 선뜻 들어서지 못하며 머뭇거렸다. 평소의 그답지 않았다. 양순채가 머뭇거리는 이정의 팔을 잡아끌었다.
"이정 어른 얼른 들어오시랑게요. 호호호."
점예가 잡다한 물건으로 어질어진 아랫목을 활짝 웃는 웃음으로 갈무리했다. 아랫목에 누워있는 갓난아이의 이부자리를 윗목으로 옮기고는 아랫목에 요를 깔고 앉게 했다.
"어허. 요러케까지 안 해도 되는디. 허허허."
이정은 손사래를 치면서도 당연하다는 듯이 좌정했다. 그리고 방 안을 둘러보며 뜸을 들였다.
"거시기 쪼금만 기둘리시씨오이."
용흥댁이 뜸 들이는 이유를 재빠르게 알아차리고 재빠르게 부엌으로 나갔다.
"찬이 거시기헌디 맞을랑가 모르것구만이라우."
금세 밥상을 들여왔다. 제사상에나 올리는, 꾹꾹 눌러 담은 하얀 쌀밥과 생선이 올려져 있다.
"아따 쌀이 아직도 남었는가비요잉. 허허허."
이정은 밥상을 보고 눈이 휘둥그레졌다. 밥상을 양팔로 감싸 안을 듯이 받아들였다.
"아이고. 우덜 같은 것들이 뭐가 있것어요. 순채 아부지 제삿날 쓸라고 냉겨 놨제요. 호호호."
"아따 고맙소이. 나만 먹으면 거시기헌디."
이정은 선뜻 숟가락을 들지 못하겠다는 시늉을 하며 꿀꺽 소리가 나도록 침을 삼켰다.

"식으면 맛없어진게 얼릉 드시씨요."

용흥댁이 숟가락을 들어서 이정의 손에 쥐여주었다.

"그러면 한술 떠야 쓰것다. 하하하."

이정이 못 이기는 척 숟가락을 건네받아 식사를 시작했다. 윗목에서 무릎을 꿇고 지켜보는 양순채와 그 아내를 힐끗힐끗 쳐다보며 밥그릇을 재빠르게 비워갔다.

"아따 나 혼자 먹은 게 거시기 허구만이."

이정도 오랜만에 맛보는 쌀밥이다. 물론 하루 세끼를 굶지는 않는다. 그렇다고 쌀밥을 자주 먹을 만큼 좋은 형편이 아니다. 주로 고구마나 수수 등을 넣어 지은 잡곡밥으로 끼니를 때우는 정도다.

이정은 면임(面任 면에서 호적과 공공사무를 보는 사람)의 지시를 받아 리(里)를 다스린다. 하지만 지방수령인 군수의 명으로 면임이 받은 지시를 이행할 뿐이다. 녹봉이 따로 있는 것도 아니다. 처음에는 신망을 얻은 사람이 맡아 하는 직분이었다. 그러나 세월이 지날수록 달라졌다. 급기야 재물을 주고 관직을 얻어 내려온 지방 수령이 많아지고부터는 서로 맡지 않으려고까지 했다. 지방 수령의 지시를 따르느라 원성을 듣기 일쑤였다. 심지어 백정(白丁)을 빗대느라 이정(里丁)이라고 불리기도 했다. 그런데도 마을 사람들은 그의 등 뒤에 있는 사또나 면임의 위세에 눌려 옴짝달싹 못 한다.

"아따 섬닷혀서 어쩐다요?"

이정도 오랜만에 먹는 쌀밥이었으니 그야말로 꿀맛이었다. 보리밥과는 달리 입안에서 사르르 녹아 목으로 저절로 넘어갔다. 단숨에 고봉밥을 먹어 치우고도 입맛을 다시자 용홍댁이 비위를 맞추느라 건네는 말이다.

"인자 밥값 해야제. 허허허"

이정이 소맷자락에서 화선지를 꺼냈다. 몇 번씩이나 접혀 있다. 그가 보물이라도 되는 양 조심스럽게 펼치고 있다.

"요거시 자네 아들 이름이여. 허허허."

이정이 펼쳐놓은 화선지를 손바닥으로 쓰다듬어 놓았다. 좋은 이름을 지어왔다며 스스로 으스댔다.

"믄 잔지 알것는가?"

양순채를 바라보며 물었다. 물론 모른다는 것을 뻔히 알면서도 던지는 물음이었다.

"……"

양순채가 눈을 크게 뜨고 껌뻑거리며 이정의 표정을 살폈다. 그러면서도 아내 눈치를 살피기에도 바쁘다.

"일만 '만' 복 '복'이여. 무신 말인지 알것는가?"

양순채에게는 설명보다는 뻐기는 모습으로 비친다.

"지가 무신지 알것는가요."

양순채는 자존심이 상했다. 그래도 모르는 것은 모르는 것이다.

"만복…그러고 양가니께, 양껏 만 가지 복을 받으라는 뜻이여. 참 존 이름이제?"

 이정은 한문으로 써놓은 만(萬)자와 복(福)자를 손가락으로 가리키며 다시 설명했다. 성씨인 양을 '양껏'이라고 풀이했다. 그러면서 자신의 높은 식견을 뽐낸다.

 "존 이름이구만요. 양껏 만 가지 복을 받는다는 이름이라는디 얼마나 존가요. 고맙구만요."

 말은 그렇게 했지만 그다지 마음에 들지는 않았다. 아는 사람들 가운데 만복이라는 이름이 더러 있었다. 대개 이름하고 달리 복 받고 사는 것 같지는 않았다. 다만 양씨 성을 가진 사람은 없었다. 뜻풀이로 양껏 복 받을 이름이라니 위안 삼아야 할 것 같았다.

 "근디 만복이라는 이름은 겁나게 많아요."

 점예가 새초롬해진 눈빛으로 나섰다. 표정이 자못 불만스러워 보인다.

 "그러면 쓰덜 말든지. 허허허."

 이정의 말투가 단호했다. 표정이 순식간에 달라지고 있었다. 마음에 들지 않으면 그만두라는 식이다.

 "어이, 만복이가 양껏 복을 받는다잖여."

 양순채가 재빠르게 수습하고 나섰다. 이름을 지을 때는 금전을 들여야 좋다는 말을 듣고 부탁해서 얻은 이름자다. 만약 다른 이름을 지으려면 돈을 다시 들여야 할 판이다.

 "아이고 조쿠만요. 우리 만복이가 인자 양껏 복을 받것구만이요잉."

 용흥댁이 맞장구를 치며 나섰다. 며느리의 입을 눈 흘김으로 막아냈다. 자칫 이정의 심기를 거슬렀다가는 쓰지도 못할 판이라서 흠칫 놀라고 있다.

 "아짐씨 말이 맞제잉. 므시든지 좋게 생각허먼 좋아지고 나쁘게 생각하먼 거시기해지는 것이제. 하하하."

 이정의 목소리에 설령 불만이 있더라도 어련히 알아서 했겠느냐며 잔말 말고 받아들이라는 압박이었다. 그러자 점예도 더는 토를 달지 못했다.

03
—
호패

이정을 마을 고샅에서 마주쳤다. 그런데 이상했다. 평소 넉살이 좋은 편인 그가 인사를 받지 않는다. 양순채가 허리가 땅에 닿도록 고개를 수그려서 목청을 높여 다시 인사를 건네 봤다.
"진지 잡쉈는게라우?"
이정은 아무런 반응을 보이지 않는다. 오히려 서둘러 자리를 떴다. 양순채는 무안했다. 제 딴에는 아들의 이름을 지어 준 데에 대한 고마운 마음을 담아 두 번씩이나 인사를 건넸다.
"믄 일이 있는 갑네."
양순채가 혼잣말로 사립문을 열어 마당으로 들어서자 점예가 기다렸다는 듯이 호패를 내밀었다. 고개를 갸웃거리며 불안해했다.

"아까침에 이정 어른이 주고 갔구만요."
"이것이 무시여?"
"무슨 무시어라우 호패구만."
"내 것은 여그 있는디?"
양순채가 허리춤에 차고 있던 호패를 꺼내어 손에 쥐고는 받아 든 호패와 번갈아 훑는다.
"만복이 것이라고 헙디다."
점예가 새초롬해진 낯빛으로 불만스럽게 얘기했다. 이정으로부터 무슨 얘기를 들었는지 불안한 기색이 역력했다.
"만복이가 인자 사람이 된 것인디 왜 이런가?"
호패가 나왔다는 것은 호구단자에 이름을 올렸음을 뜻한다. 더더구나 호패는 관아의 낙인을 받아야 한다. 돈이 들어가는 일이다. 그렇기에 양순채의 형편으로는 차라리 잘된 일인지도 모른다.
"아이고. 만복이 아부지 그러코롬 무슬 모르것소? 열여섯 살은 되아야 차는 것 아니요. 근디 와 벌써 나온다요?"
점예가 버럭 부아를 터트렸다.
"……"
아무리 생각해도 이상했다. 그러고 보니 조금 전에 만났을 때도 이정의 행동이 야릇했다.
"인자 어쩐다요?"
점예가 헝클어진 머리카락을 사납게 틀어쥐었다.

"므슬?"

"아따 참 태평허요이."

"설마 만복이까지 내라고 허것는가?"

양순채는 아내가 무슨 걱정을 하는지 안다. 그런데 아들은 백일도 지나지 않은 핏덩어리에 불과하다. 설마 군적에 아들을 올려놓겠느냐는 생각이다.

"사또 눈이 뻔덕뻔덕허니께 면임이 설설 긴다든디요."

고부 군수가 세금을 거둬들이려고 혈안이라서 면임도 덩달아 날뛴다는 말이다.

"그래도 국법이 있는디."

양순채는 아내의 얘기를 받아들이려 하지 않는다. 군역은 열여섯 살이 되어야만 시작된다. 그가 아는 국법은 그렇다.

"소문 못 들었소? 나는 집에만 있어도 듣는구만"

"믄 소문?"

"아따 여그저그 돌아 댕기면서 뭣 허고 댕기요? 몰르는 사람이 없다덩만"

점예가 남편을 타박했다. 매일 바깥을 돌아다니며 일하는 사람이다. 그런데도 세상 물정을 모르고 있어 복장이 터졌다.

"안직 뱃속에서 나오지도 않은 놈을 군적에 올렸다는 말이여?"

양순채는 귀찮다며 짜증스럽게 얘기했다. 바깥에서 일할 때도 누워있는 만복이가 눈앞에서 어른거렸다. 일이 손에 잡히지 않을 정도로 눈앞에 삼삼했다. 아들을 바라보고 있으면 걱정이 없다. 그래서 그날도 후다닥 일을 마치고 쏜살같이 내달려 왔다. 그런 그를 아내가 붙잡아놓고 늘어놓는 핀잔이라서 목청이 저절로 올라갔다.

"그러면 암서도 꺽정도 안 허요?"

"아따 이름도 없고 아들인지 딸인지도 몰를 것인디 어쩌케 허것는가? 나는 우리 만복이나 봐야 쓰것다."

양순채가 어깃장을 놓듯 힐난하고 방으로 들어갔다. 그러자 용흥댁이 나섰다.

"야. 니 서방이 믄 잘못을 혔다고 얼굴이 퉁퉁 붓었냐? 인자 아들 있다고 살만 허는가, 낯짝이 쫙 피었든디…. 일허고 온 사람 보꾸지 마라."

그녀의 얘기대로 양순채는 늘 싱글벙글했다. 아무리 고되고 험한 일을 해도 힘든 줄 몰랐다. 밤새워 일하느라 집에 들어오지 못하는 날이 있어도 피곤한 기색도 없었다.

"어므이. 아니랑게라우. 만복이 아부지가 몰라서 그런당게요. 요러케 카만이 있을 때가 아니랑게요. 정말로 지가 여러 사람한테 들었당게요."

점예는 자신의 말을 믿어 주지 않는 남편과 시어머니가 한심하다며 울화통을 터트렸다.

"인자 그만 좀 혀! 그나저나 부자간에 뭇을 허는디 저러코롬 조용허냐. 만복이가 지 애비를 알아보는갑다. 호호호."

용흥댁은 점예의 말을 듣는 둥 마는 둥 했다. 부자가 얼굴을 마주할 모습을 상상하며 흐뭇해할 뿐이다.

"이정 어른 눈치가 정말로 달브당게요. 어째 지 말을 안 믿는당가요?"

이정의 태도가 평소와 확연히 달랐다. 뭔가를 숨기고 있을 것 같아 불안하기 짝이 없다.

"애비가 바보냐? 알아서 허것제. 바깥 일에 각시가 나서는 것 아니다. 알았냐?"

용흥댁이 더는 참지 못하겠다고 했다. 눈을 찢어지도록 치켜뜨고 점예를 쏘아보며 화를 냈다.

"지 말은 만복이 이름도 지어 주었은게 이정 어른한테 믄 말이라도 해보라는 말이어라우."

점예는 답답해 죽을 지경이었다. 자신이 듣기로는 군역 때문에 곤욕을 치르는 사람이 한둘이 아니다. 고부 군수가 면임을 닦달하고 있으므로 면임이나 이정도 그 일을 빌미로 자기 욕심 차리기에 바쁘다고 했다.

"긍게 어쩌케 허라는 것이냐? 들어나 보자."

용흥댁은 며느리가 잘난 체한다며 우스워했다. 별일이 아닌 것을 갖고 서방에게 바가지를 긁는다며 불만을 내놓았다.

"아이고 어므이. 지가 쌈헐라고 허는 것이 아니랑게요. 들은 소리가 있어서 어쩌케 해보자는 말이랑게요."

"긍게 꼭 지금 해야 쓰것냐? 매칠 만에 와서 부자가 상봉허

03_호패

고 있는디 이래야 쓰겄느냐고!"

　양순채가 일터에서 사흘 만에 돌아왔다. 예전 같으면 쓰러져 잠자기에 바쁠 그가 아들을 바라보며 싱글벙글했다.

*

　울타리를 측백나무로 둘러놓았다. 화상이라도 입으면 쓰임새가 있을 거라는 생각으로 울타리 삼았다. 해가 갈수록 그럴듯했다. 사립문 양쪽에다가는 동백나무를 심었다. 동백꽃이 질 때가 되면 개나리가 핀다. 개나리가 질 때면 손바닥만 한 화단에서 꽃이 피기 시작한다. 빨갛게 핀 영산홍이 마당에서 환히 웃고 있다. 이름 모르는 들꽃들도 저마다 한몫이다. 화단 둘레로 비단풀이 뻗어나고 있었다. 보기에 좋지는 않다. 그래도 낫을 손에 들고 사는 양순채라서 가만히 두고 본다. 점예는 힘들 때마다 꽃을 본다. 그러면 시름이 조금은 나아진다. 보잘것없는 화단을 정성껏 돌보는 것도 그 때문이다. 아무 곳에서나 볼 수 있는 꽃이지만 마음을 다스리기에 괜찮아서 애정을 쏟는다.

　"어머이. 이 꽃이 믄 꽃이랑가?"

　양순채의 큰딸 언년이가 누렇게 뜬 얼굴로 활짝 웃는다. 치마와 저고리를 걸쳐 입기는 했다. 이런저런 헝겊을 덕지덕지 덧대어 기운 옷이다. 속살이 군데군데 드러나고 있다. 흡사 걸인 같은 모습이다. 그런 아이가 꽃을 바라보며 꽃처럼 활짝 웃는다.

"이뿌냐?"

점예가 딸과 꽃을 번갈아 바라보았다. 어미의 행색도 큰딸과 별반 다르지 않다. 다만 어미는 얼굴이 누렇게 뜨지 않았을 뿐이다. 시어머니는 난리가 몰려와도 며느리의 끼니를 챙겼다. 손자만큼은 젖을 먹어야 한다며 성화를 댔다. 세 끼를 꼬박꼬박 챙겨 먹고 있어서 점예의 얼굴에는 윤기가 흘렀다.

"저것은 므슬 먹고 살란가잉?"

그러고 보니 언년이가 꽃 구경하는 모습이 아니었다. 꽃을 부러워하고 있었다. 굵지 않고 싱싱하게 자라는 꽃이 되고 싶어 하는 모습이었다.

"그렁게. 흙하고 물 먹고 크것제."

점예는 가슴이 찢어졌다. 어떤 마음으로 묻고 있는지가 금세 느껴져서 미안하고 안쓰러웠다.

"그러면 흙 먹어도 겐찮을랑가?"

언년이가 흙 한 줌을 쥐어 들고 물었다. 여차하면 흙도 먹을 참이다.

"아서라 아서. 배고프먼 얼릉 물 먹어."

점예의 가슴에 피멍이 들고 있었다. 언년이는 열다섯 살이다. 흙을 먹을 수 없다는 것쯤은 모르지 않는다. 얼마나 배가 고팠으면 저럴까 생각하니 목이 메었다.

"어머이. 거시기."

언년이가 사립문 쪽을 바라보며 놀란다. 시선을 따라가 보니 이정이 울안을 감시하듯이 훑어 살피고 있다.
"이정 어른이 어쩐 일로?"
점예는 왠지 가슴이 철렁 내려앉았다. 우려했던 일이 닥쳐오는 듯했다.
"거시기…어디 갔다요?"
이정이 선뜻 용건을 말하지 못했다. 눈으로는 집안 곳곳을 곤두세워 살피며 양순채를 찾고 있다.
"일 허러 갔는디요."
점예는 대답하며 이정의 표정을 샅샅이 살핀다.
"아따 바쁜갑소이. 오거든 댕겨갔다고 허씨요."
이정이 서둘러 발길을 돌리려고 했다.
"지한테 말씀허셔도 될 틴디요."
"아니어라우. 아짐씨는 믄 말인지 몰른게 쪼매 있다가 다시 올라요."
"지도 말귀는 알아 듣는디요."
점예가 한 번 더 이정의 발걸음을 붙잡았다.
"거시기 만복이……."
이정이 갓 난 아들의 이름을 꺼내 들었다. 그러면서도 차마 꺼내놓지 못했다.
"우리 만복이가 므슬 잘못헸는가요?" 점예는 무슨 말을 하려는지 짐작하고 있다. 그래도 짐작이 빗나가기를 바라는 마음으로 건네는 말이다.
"무슨 잘못헌 것이 아니고 남자니께……."
"근디 열여섯 살이 되아야 헌다고 허든디요."
 가슴이 쿵쾅거리기 시작했다. 보통 일이 아니다. 매년 군포를 더 내야 하는 일이다. 양순채 한 명만으로도 허덕인다. 고작 백일도 지나지 않은 핏덩이를 군적에 올려놓고 세금을 내라는 말이다.
"국법이 바까진 지가 은젠데 그것도 몰르요? 에이 참!"
 이정이 버럭 목청을 높여 신경질을 냈다.
"지는 첨 듣는 구만이요. 인자사 갈차주면 어쩐다요."
 점예도 가만있지 않았다. 이정에게 따지고 들었다.
"그러면 내가 그짓말 헌다는 것이요! 바까졌은게 바까졌다고 허제. 그리고 진작 갈차주면 뭣헐라고 그런 말을 헌다요?"
 이정은 대드는 점예의 태도가 어처구니없다는 표정이다.
"그러면 만복이를 안 났제라우. 해도 너무 허요. 우리가 믄 잘못이 있다고 이런다요?"
 점예는 울부짖듯이 항의했다. 아들을 낳은 것이 무슨 잘못이냐며 따졌다.
"근디 왜 고것을 나한테 따지요? 나는 국법이 그런게…몰르는 것 같어서 갈차주는 것이고 당장 내라고 헌 것도 아니고……."
 무조건 법에 따르라며 닦달이다. 자신에게 대들어서 언짢다는 낯빛이다.

"이정 어른. 우리 만복이 이름도 지었은게 쪼매만 봐 주씨요."

두 손을 모아 눈동자에 눈물을 가득 담아 간절히 굽실거린다.

"아짐씨. 지 맘대로 헐 수가 없당게요."

이정이 손사래를 쳤다. 자신이 어찌해볼 일이 아니라며 잡아뗐다.

"이정 어른 믄 수라도 있을 것 아니요. 이것 한번 보씨요. 옷 입은 것 좀 보랑게요. 부황들어서 띵띵 붓은 얼굴 좀 보씨요. 예?"

언년이가 엉덩이 뒤에 바짝 붙어서 떨고 있었다. 누가 봐도 유리걸식하는 모습이다. 그런 딸을 끌어당겨 앞세우며 사정하고 있다.

"……."

이정도 딱한 듯 언년이를 물끄러미 바라보고만 있다.

"이정 어른. 쪼까만 봐 주씨요. 만복이 아부지가 죽자사자 일허고 있으니께 낫어지지 않것는가요? 쪼매만 봐 주시면 내 머리카락을 팔아서라도 은공을 갚을께라우. 예!"

점예가 집안 형편이 나아질 때까지만이라도 봐 달라며 애원했다.

"어쩨 몰르것소. 지도 사람인디. 그런디 쩌그서 잡어 먹을라고 헝게 이러제라우. 나도 죽것어라우."
 이정이 자기의 입장을 앞세워서 오히려 하소연했다. 사정을 잘 알지만, 관아에서 무턱대고 시키는 일이니 어쩔 수 없다고 했다.

*

 홍낙관은 차라리 죽는 편이 나을 것 같았다. 홍 대감의 처형으로만 끝날 줄 알았다. 삼족이니 구족이니 듣기는 했다. 그래도 자신에게까지 여파가 미칠 줄은 미처 몰랐다. 귀중품만을 허겁지겁 챙겼다. 그 많던 식솔들이 모두 도망치고 없다. 석교 포구 홍 대감의 창고에 드나드는 배를 몰고 있는 천 서방이 남아있어 다행이었다. 아우들과 함께 나섰다. 얼마간의 귀중품들을 배에 실었다. 마포나루에서 가까스로 도망쳤다. 하지만 그게 다가 아니었다. 커다란 풍랑이 때마침 몰아닥쳤다. 뱃사람으로 잔뼈가 굵은 천 서방도 맥을 추지 못했다. 귀중품이 모두 수장되고 말았다. 겨우 목숨만을 부지하여 빈털터리로 석교 포구에 도착했다.
 "형님. 대감 창고가 어떤 건가요?"
 나루에 함께 쭈그려 앉아 있던 아우들이 물었다. 홍 대감의 창고에 보관하고 있는 재물을 기반으로 다시 집안을 일으켜 세우려는 계획이었다. 신분을 드러내고 살 수는 없지만, 재물만 있으면 양반이나 진배없는 세상이 되어가고 있다. 그 희망으로 머나먼 뱃길을 달려왔다.

　홍낙관은 홍 대감의 심부름으로 석교 포구를 여러 번 다녀갔다. 약관의 나이임에도 신임이 두터웠다. 홍 대감이 무장이나 고창에 산재한 많은 재산의 관리를 전적으로 그에게 맡길 만큼 영민했다. 창고가 두 동이나 있어도 누구의 것인지를 아는 사람은 없었다.
　"어!"
　창고에 도착한 홍낙관은 한탄이 절로 터져 나왔다. 창고 앞마당이 난장판이다. 두 창고의 문이 활짝 열려 있다. 속이 텅텅 비어 있다. 누군가가 냄새를 맡고 털어간 게 분명했다.
　"으으으."
　홍낙관은 망연자실했다. 마포나루를 떠나올 때부터 염려했던 일이 벌어져 있다. 희망이 산산이 부서져 버린 듯했다.
　절망에 빠지기는 그의 아우들도 마찬가지였다. 기지를 발휘해 이곳으로 몸을 피하기는 했지만, 혹시나 했던 기대가 무산되어 있었다. 모두 제자리에 주저앉고 말았다.
　"천 서방. 알아보시게."
　홍낙관이 나설 수는 없었다. 창고지기가 얼굴을 아는 것은 물론이거니와 소작농들이 알아볼 수가 있어서다. 만약 들키는 날에는 목숨 부지가 어렵다. 살아남는다고 해도 관노가 될 게 뻔하다.

"보나 마나 홍 대감 소식을 다 알고 있을 거구만요."

천 서방도 아연실색하기는 마찬가지다. 그 역시 창고에 기대를 걸고 목숨 걸어 배를 몰고 왔다.

"그래도 알아는 봐야……."

천 서방의 반응이 이전하고는 달랐다. 그러고 보니 상전으로 대접할 필요가 없는 천 서방이다. 오히려 자신들이 더 비천한 처지다.

"서방님은 저쪽에서 기다리셔요."

천 서방이 시큰둥하게 말했다. 사람들이 힐끔거렸다. 홍낙관은 행색이 남루해도 얼굴에서는 기름기가 흘렀다.

천 서방이 형편을 살피러 갔다가 한참 만에야 돌아왔다. 낯빛이 흙빛이다. 그의 표정만으로도 무슨 일인지가 금세 짐작되었다.

"무장관아에서 저지른 짓이라구만요."

창고지기를 만났다고 했다. 며칠 전 무장현감의 지휘로 창고의 물건들을 모두 몰수해 갔다고 했다. 혹시나 접근하는 사람이 있으면 관아에 알리라며 엄포를 놓았다고 했다.

살길이 막막했다. 할 수 있는 게 아무것도 없었다. 무엇보다 신분을 숨기는 일이 더 급했다. 그렇다고 굶어 죽을 수는 없다. 그게 아니라도 유리걸식하는 사람이 여기저기 넘쳐나는 판이다. 형편이 괜찮은 양민도 하루 세 끼 챙겨 먹기가 힘들다. 목숨을 부지하는 것이 우선이다. 형제들은 뿔뿔이 흩어져야 한다.

"아까부터 어째 여그서 이런다요?"

홍낙관은 이목구비가 뚜렷하고 피부가 하얬다. 풍채가 좋고 얼굴빛이 매끈했다. 한눈에 봐도 영락없는 한양 사람이다. 그런 그가 온종일 기웃거리고 있어서 보기에 딱했는지 화동 한 명이 나섰다.

"소리하고 싶어서 듣고 있습니다만."

사투리로 대답하려고 했다. 하지만 엉겁결에 한양 말투가 나오고 말았다.

"아따 인자는 한양에서도 사람이 오는 구만이잉."

화동이 놀라며 홍낙관을 이리저리 훑어 살핀다.

홍낙관은 이때다 싶었다.

"여기 오면 소리를 배울 수 있다고 해서 왔습니다."

"글먼 쪼까 므슬 해야 헐 것인디요. 여그서 기다리시우잉."

화동이 동리정사 안으로 들어갔다. 동리정사의 모습이 변해 있다. 가옥이 몇 채 더 들어서 있다. 비록 초가이기는 해도 열 칸도 넘는 기다란 집에서 소리꾼의 소리가 들려오고 있다. 소리가 애절하다가 못해 온몸을 찌른다.

한참 후에 밝은 얼굴로 화동이 돌아왔다.

"지가 말을 잘 혔구만요. 와 보라는디 들어갈라요?"

홍낙관은 막상 망설여졌다. 이곳에 들른 적이 있다. 혹여 신재효가 알아보기라도 하면 큰일이다. 그때도 보통 사람은 아니라고 느꼈다. 그에게서 풍기는 교양이나 기품이 한양의 사대부 못지않았다.

"어! 여그 온 적 있지라우?"

김세종이 마주하자마자 곧바로 홍낙관을 알아보았다.

"그렇소만."

홍낙관은 여전히 양반행세를 버리지 못하고 있다. 하대가 나오려 하는 자신을 발견하고 흠칫 놀랐다.

"혹시 '비가비' 헐라고 허다가……?"

김세종은 비가비 권삼득을 떠올리며 묻고 있다. 종종 있는 일이기는 했다. 비가비는 체통을 깎는 일이라며 양반 가문에서는 용납하지 않는다. 그래도 소리꾼으로 살아가는 양반을 비가비라 부른다.

홍낙관으로서는 다행이다. 일단 입을 꾹 다무는 것이 상책이라 여겨졌다. 그러면서 사정을 살핀 후 행동해야 맞을 것 같았다.

"나리가 부용헌에 계시니께, 그짝으로 갑시다요."

양반이 찾아와 소리를 배우겠다고 하는 일이다. 신재효의 결심이 필요했다.

"알겠소."

동리정사의 울안은 넓다. 대문 옆 문간채 안으로 들어서면 작은 마당 안쪽으로 행랑채가 있다. 행랑채를 지나면 화동이 머무르며 수련하는 화방이다. 그 건너편에 개울이 있고 개울을 막아 만든 연못 위에 우아한 정자가 지어져 있다. 비록 초가이기는 해도 부용헌(芙蓉軒)으로 불리고 있다. 시인 묵객, 소리꾼, 과객의 발길이 끊이지 않는다.

"여기까지 웬일이오?"

신재효도 금세 홍낙관을 알아보았다. 정자에 서서 바람에 날리는 턱밑 하얀 수염을 가다듬으며 반갑게 맞이했다. 하지만 그의 눈빛이 이내 달라지고 있었다.

"소리허러 왔다고 허는구만요."

김세종이 재빠르게 나섰다.

"소리를 배워 볼까 해서 왔습니다만."

홍낙관이 재차 확인해 주었다. 음성이 가느다랗게 떨렸다. 고개를 제대로 들지 못하며 몸을 움츠렸다.

"아 그렇소. 잘 오셨소."

신재효가 애써 대수롭지 않게 대하고 있다.

"이제 자네는 하던 일 보시게"

신재효가 내쫓듯이 김세종을 돌려보낸다. 그러고는 댓돌 아래에 서 있는 홍낙관에게 손짓하여 정자로 오르게 했다.

"소리 공부하려는 까닭이 있소?"

김세종이 화방으로 돌아가는 모습을 확인한 다음에 신제효가 쭈뼛쭈뼛 어색하게 서 있는 홍낙관을 향해 다가섰다.

"먹고 살려고 합니다."

홍낙관은 솔직하게 대답했다. 이미 자신의 처지를 간파하고 있음이 느껴져서 신재효의 처분에 자신의 운명을 맡기기로 했다.

"소리로 먹고살려면 여간 어려운 일이 아닙니다. 감당할 수 있겠소?"

신재효는 아무것도 모르는 양 행동하고 있었다. 동리정사는 수많은 인사가 드나드는 곳이다. 소리꾼만이 아니다. 이름난 시인 묵객이나 풍류를 아는 과객치고 모르는 사람이 없을 정도의 인사들이 드나든다. 한양 조정에서 일어나는 일쯤은 손바닥 들여다보듯이 들여다볼 수가 있다.

"처지가……."

홍낙관은 자신의 사정을 털어놓을 생각이었다. 여러 정황으로 볼 때 차라리 그러는 편이 낫다는 생각이다. 이를테면 죽기를 각오한 결단이다.

"내 얘기는 득음하려면 죽다가 살아나는 고통을 견뎌야 한다는 얘기요. 그 힘든 일을 감당할 수 있느냐고 묻고 있소."

무슨 말을 하려는지 모를 리가 없다. 그런데도 재빠르게 말을 가로채서 말을 돌린다.

"지도 편달해주시면 분골쇄신하여 따르겠습니다."

"소리꾼으로 사는 것은, 여간 어려운 일이 아니오. 말대로 새로 태어나지 않으면 어림없는 일이오. 무슨 말인지 아시겠소?"

신재효의 눈빛이 의미심장한 말을 하고 있다.

"알겠소이다."

신재효가 지나가는 화동을 불렀다.

"사부를 불러오너라."

화동의 모습이 마치 정자 아래 사방으로 피어있는 연꽃같이 화사했다. 비록 사내 옷을 입기는 했어도 아녀자라고 느껴진다.

"쩌그 오시는 구만요."

역시 느낌대로 아녀자의 음성이다. 홍등가에서 기생이 부르는 잡가를 더러 들은 적이 있어도 아녀자의 소리를 들은 적은 없었다. 아녀자 소리꾼이라니, 놀라울 따름이다.

"저 아이는 아녀자요. 알다시피 아녀자는 소리하기에 적합하지 않소. 그 까닭은 여러 가지가 있소만……. 무엇보다도 여자가 득음하는 일은 너무 고통스럽다오."

그때 김세종이 가까이 다가오자 재빠르게 말을 끊고 김세종을 향해 말을 이었다.

"비가비지만 인정사정 두지 마시게."

신재효가 '비가비'라는 말을 김세종에게 힘주어 강조했다.

"그려요. 여그서는 다 똑같어요. 아무리 비가비라도 아무렇게나 득음헐 수가 있간디요. 죽을 똥 살 똥 허지 않으면 안 헌만 못허구만요."

김세종이 목청을 높이며 어깨를 으쓱였다. 홍낙관의 기를 꺾어 놓고 시작하겠다는 의욕을 내보이고 있었다.

*

이날치가 동리정사를 기웃거렸다. 평소의 그라면 그럴 이유가 없다. 동리정사를 제집처럼 드나들었다. 그런 그가 동리정사 동태를 살피느라 담장 너머에서 까치발로 넘어다보고 있었다. 항상 함께하는 박만순은 물론이거니와 박만순의 조랑말도 보이지 않았다.

"어이 어째 그러고 있는가?"

김세종이 담장 안에서 기웃거리는 그를 발견했다.

"거시기. 거어시기."

이날치가 어쭙잖게 우물거린다. 그러면서도 담장 안의 동태를 살피기에 바쁜 눈빛이다.

"박 선달은 어따 두고 혼잔가?"

"거시기…여그 안 왔당가요?"

박만순의 행방을 묻고 있었다.

"같이 댕기는 자네가 모르는디 내가 어쩌케 알것는가?"

이날치는 박만순의 수종고수다. 박만순보다 열 살이나 많아도 소리를 배우려는 생각으로 수종고수를 자청했다. 박만순은 성격이 괴팍하다. 고수를 종 부리듯 한다. 그런 그가 주는 수모를 이날치가 견디지 못한 모양이었다.

"여그는 참말로 안 왔지라우잉?"

이날치의 바위처럼 굳어 있던 표정이 슬슬 펴진다.
"믄일 있는가?"
김세종이 담장으로 바짝 다가섰다. 주변을 살피며 묻는다.
"인자 그만 헐라고요."
"글먼 어쩌케 헐라고?"
"긍게 여그 왔지라우. 지 좀 어쩌케 해주씨요. 은공은 꼭 갚으게라우."
이날치가 동리정사를 기웃거린 이유를 말했다. 소리꾼에게 동리정사는 꿈같은 곳이다. 우선 소리꾼이 많아서 서로에게 힘이 된다. 명창 반열의 스승에게 근본부터 배울 수가 있는 데다가 몇 년이고 끼니 걱정 없이 마음껏 수련할 수도 있다. 소리꾼이라면 신재효의 문하에 드는 것을 소망으로 여긴다.
"고수 안 허고 소리 헐라고?"
"인자 그럴라고 허는 구만요."
"그나저나 만순이 허고 믄 일 있었는가?"
김세종은 은근히 고민스러웠다. 두 사람이 다투어서 벌어진 일이다. 자칫 경솔하게 다루었다가는 박만순과의 관계가 나빠질 수도 있다.
"발 씻는 물까지 바치라고 헌게 못 참겄드만요."
고수의 역할은 소리꾼 못지않다. '소년 명창은 있어도 소년 명 고수는 없다'는 말이 있다. 아무리 소리가 좋아도 고수가 귀머거리 자세나 호령 자세로 북을 두드리면 사람들이 눈살을 찌푸린다. 소리와 북장단이 엇나가면 듣기가 거북해진다. 추임새를 넣어야 할 때 넣지 않고, 넣지 않아야 할 때 넣게 되면 소리의 맛과 멋이 떨어진다. 그래서 '일 고수 이 명창'이라고 할 만큼 고수의 역할이 크다. 소리만 좋다고 해서 명창 소리 듣기가 쉽지 않으므로 명창 곁에는 항상 명 고수가 있다.

"참말이여?"

김세종은 믿기지 않는다는 투였다. 자신도 명창 소리를 듣는다. 고수의 도움을 받는다. 고수와 한 몸이라고 여기며 대하고 있다. 고수를 업신여기거나 낮추보면 소리에도 좋지 않다. 더군다나 이날치는 명 고수로 알려졌다. 비록 성격이 날카로워 '날치'라는 별명을 얻기는 했어도 분수를 모르는 사람은 아니다.

"지가 만순이한테 소리를 배울라고 따라댕기는 사람인디… 미쳐서 이러것어요!"

이날치가 참았던 말을 꺼내놓았다.

"거그서 그러고 있지 말고 이짝으로 들어오소. 얼릉."

김세종이 이날치를 동리정사 울안으로 들어오라고 했다. 일단 사정을 제대로 알아볼 참이다.

"박 선달이 가만 있을랑가 모르것는디……."

이날치가 망설였다. 그의 말대로 박만순의 힘은 동리정사에도 미쳤다. 그는 신재효가 아끼는 사람 중 한 명이다. 신재효에게 좋지 않은 영향을 끼칠 수도 있는 사람이어서 그의 심술이 걱정이다.

"나리한테 일단 야그를 해봐야 알 수 있제. 그렇게 얼릉 들어와."

김세종이 망설이는 까닭은 설핏 짐작하고 재차 권유했다.

"지금 기시는지 모르것소이."

이날치가 못이기는 척하며 발걸음을 옮겼다. 음성이 가느다랗게 떨렸다.

"얼릉 들어와, 얼릉."

이날치가 대문 앞에서 선뜻 발을 들여놓지 못하며 머뭇거리자 김세종이 대문 바깥으로 나와 옷소매를 붙잡아 끌었다.

"근디, 나리께서 지를……."

"이 사람아. 자네 고생허는 것 몰른 사람은 없어."

"그래도 참을성 없다고 허실까 싶어서 거시기허구만요."

이날치는 신재효가 자신의 처신을 어떻게 생각할까 염려하는 눈치였다. 소리를 하려면 보통의 인내심으로는 어림없다. 재주도 재주지만 죽을힘으로 버티는 일이 우선이다. 그런 내막을 모르고 재주만을 믿고 덤벼들었다가 낭패 보는 사람이 한둘이 아니었다.

"그렇게 일단 말씀을 들어 봐야 허지 않것는가!"

신재효는 아녀자에게도 소리 공부를 시키고 있다. 대부분은 아녀자가 소리하는 것을 못마땅해했다. 그래도 신재효는 아랑곳하지 않았다. 소리를 대하는 눈과 귀가 남달랐다. 그는 여태껏 들어보지 않은 소리를 찾고 있다. 자신이 직접 만들어 내기도 했다.

김세종이 머뭇거리는 이날치를 신재효의 서방으로 데려갔다. 신재효 바로 앞에는 박유전이 앉아 있다. 박유전이 소리 한 대목씩을 부를 때마다 안경을 끼고 사설을 받아 적는다. 단지 받아쓰기만 하지 않았다. 부분부분 지적하여 박유전으로 하여금 다시 부르게도 했다. 김세종과 이날치가 댓돌 아래에서 한참을 바라보고 있어도 인기척을 느끼지를 못한다.

김세종이 재빠르게 되돌아섰다. 신재효가 비단 박유전 뿐이 아니다. 자신을 비롯해 박만순, 정창업 등과도 벌이는 작업이다. 작업에 방해받기라도 하면 불호령이 떨어지고 만다. 동리정사가 들썩거릴 정도로 격노하기 일쑤였다.

"쩌그 가서 기달려야 쓰것네."

김세종이 이날치를 잡아끌었다. 사랑채 마당을 살금살금 빠져나와 화방으로 이끌었다.

"누구당가요?"

이날치는 처음 보는 사람이다. 그동안 수종고수를 하며 수많은 소리꾼을 알고 만나왔다. 특히 명창치고 모르는 소리꾼이 없을 정도다.

"나리허고 같이 앉아 있는 양반?"

"첨 본 양반인디 소리도 첨 듣는 거여서 그러는 구만이라우"

"자네도 그렁가? 내가 보기에도 만순이 소리도 아니고 송흥록 소리도 아니고 믄 바딘지를 모르것어."

김세종이 언짢은 듯이 얘기했다. 근본 없는 소리로 치부하며 깎아내리고 있다.

"근디 꼭 바디가······."

이날치가 비위를 맞추느라 얼버무리고 만다.

"꼭 그렁 것은 아니어도 바디가 있어야 믄 말인지 므슨 헐라는지 알아 묵제. 안 그런가?"

"그런디 나리는 어째서 저러고 있다요?"

이날치가 신재효를 끌어다가 토를 달았다.

"그렁게 말이네. 인자는 가시네도 소리 허것다고 설치고 다닌다니께."

김세종은 신재효가 괜한 일을 벌이고 있다고 했다. 아녀자의 목청으로는 수리성 내기가 불가능하다는 게 그의 생각이다.

"근디 아까 들어본 게, 가시네가 허는 것처럼 계면조로 허데요. 통성은 통성인디······. 소리를 늘어 빼면서 목청에다가 재주를 부리데요."

"그려 그려. 우조가 아니랑게. 어째 마음을 다스리지 못하고 울라고만 허는지 모르겄어."

김세종은 박유전의 소리가 씩씩하지 못하고, 감정을 주체하지 못해 우는 것처럼 들린다는 말이다. "근디 듣기가 아주 거시기허지는 않는디요." 이날치도 소리를 들을 줄은 안다. 자신도 명창이 되려고 온 힘을 기울이는 터라서 통성이 뭔지, 득음이 뭔지를 알고 있다. 소리를 들을 때마다 소리꾼의 치레들을 살폈다. 박유전의 소리는 여태껏 그가 듣지 못한 소리다. 귀가 번쩍 열렸다. 어디에서도 들어보지 못한 소리여서 김세종의 말이 트집으로 들렸다.

"자네가 소리를 알기나 허는가? 허허허."

김세종이 수종고수인 주제에 무슨 얘기냐는 투였다.

"그런게요. 그런디 이상허게 속이 찡해지고 주먹이 불끈 쥐여지는구만요잉."

이날치가 고개를 쭉 빼서 소리가 들려오는 사랑채 쪽을 바라보았다. 김세종의 말을 건성으로 들어넘기며 주장을 굽히지 않았다.

"소리를 들을 줄부터 알아야 존 소리를 헐 수 있을 것인디."

"그런디 나리는 팔도에서 따라갈 사람이 없는 귀명창이신디…어째서 저러코롬 공을 들인다요?"

"내가 알것는가. 쩌그 저 소리 좀 들어보소. 가시네가 소리 헌다고 허는디… 나리가 허시는 일이라 뭣이라고 헐 수는 없제만. 허허허."

화방 쪽에서 나는 소리는 얼핏 들어도 양성이다. 아녀자의 목소리가 분명했다. 쉰 소리기는 하나 여전히 맑은소리였다. 소리꾼의 소리로서는 갈 길이 멀게만 느껴졌다.

"그런디 타고난 목청이 다 다르든디요."

"그려도 소리가 묵직해야 하고 쬐깐허게 소리해도 실한 소리가 되아야 제대로 된 소리인 것이여."

"지가 듣기로는 무겁기만 허다고 존 것이 아니고 목 재치를 부려야 좋게 들리든디요."

김세종은 소리꾼으로서의 생각을 말하고 있었다. 반면에 이날치는 그 반대였다. 소리를 듣는 고수로서 말하고 있었다. 이날치의 처지로는 김세종의 도움이 필요했다. 동리정사에 자리를 잡으려면 그냥 수긍하면 될 일이다. 그런데도 소리에 대해서만큼은 양보하지 않는다. 말끝마다 자신의 주장으로 토를 달았다. 고집스럽기는 김세종도 마찬가지였다. 이날치를 소리에 대해 모르는 사람 취급이다. 가르치려고 들며 다그쳤다. 누가 들으면 마치 싸우는 모습으로 토를 달면 토에 토를 달고 있다.

04

군역

 양순채는 며칠째 기운이 없다. 이상한 일이다. 한동안은 하늘을 나는 기분으로 살았다. 아들 만복이가 커가는 모습을 보면 고생이 고생으로 느껴지지 않았다. 그런데 이정의 재촉이 갈수록 심해지고 있다. 아내의 말을 흘려들은 것이 잘못이다. 아직 첫돌이 지나지도 않은 아들에게 군역이 부과되었다. 자신의 형편으로는 턱없이 버거운 세금이 매겨졌다. 이정을 볼 때마다 가슴이 철렁 내려앉았다. 음식이 제대로 넘어가지 않는다.
 "오늘도 못 일어나것소?"
 점예가 일어나지 못하고 누워있는 양순채를 걱정했다. 그녀의 얼굴도 근심이 이만저만이 아니었다. 아들을 낳았다며 기세등등했던 태도는 어느새 온데간데없다.
 "소 굶기면 안 되는디."

양순채가 몸을 뒤척였다. 상체를 뒤틀어대며 일어났다. 그러면서도 만복이에게서는 눈을 떼지 못했다. 얼굴을 찌푸리면서도 입가에는 배시시 미소를 물고 있다. 아들을 위해서라면 몸이 부서져도 상관없을 마음이다. 외양간에 소가 자라고 있으니 염려할 게 없다며 힘을 내고 있었다.

점예가 느닷없이 방문을 열어서 바깥을 살폈다. 그러더니 누가 들을까 싶어 얼굴을 바짝 들이대고 속삭이듯이 얘기했다.

"누가 그러는디 국법이 아니고 사또가 맨든 것이랍디다."

"정말?"

양순채가 고샅을 지나는 사람까지도 놀랄 만큼 큰 목소리로 되물었다. 그러자 점예가 남편의 입을 황급히 틀어막았다.

"누가 들으면 어쩔라고 큰소리로 이러요."

그렇지 않아도 양순채의 목소리만큼은 장군감이라는 말을 듣는다. 크고 우렁차기도 하다.

"그런게 누가 그러든가?"

양순채가 음성을 낮추었다.

"무장떡이 허는 말이니께, 틀린 말은 아닐 것이구만요."

무장댁은 마을에서 아녀자로서는 똑똑하다는 말을 듣는다. 친정이 대대로 향리를 지내서인지 양반은 아니어도 양반 못지않은 위세가 있다. 더군다나 드세기로 유명한 무장 관아 아전의 딸이다. 마을 사람들은 그런 친정 배경이 작용하고 있어서 함부로 대하지 않는다.

"그러기는 허는디……."

양순채가 재빠르게 수긍했다.

"그려도 이정이 저러고 있는디… 믄 수라도 써야 헌당게요."

점예가 얼굴을 가까이 들이대며 양순채에게 묘수를 찾아내라며 다그쳤다.

"국법이 있다는디. 이정이 잘 몰라서 그러것제."

"아이고 참말로 시상 돌아가는 것을 집에 있는 여편네보다도 와 모른다요!"

점예가 답답하다며 가슴을 쳤다.

"이 사람이. 서방 알기를 뭇스로 아는 것이여?"

양순채가 다시 목소리를 높였다. 위신을 깎아내린다며 버럭 화를 냈다.

"그렁게 이정한테 가서 므시라도 해보란 말이요."

"어허이. 애편네가 인자 보자보자 허니께 상투까지 잡을라고 허네."

양순채가 눈꺼풀에 힘을 주어 세모눈을 만들었다. 눈동자가 튀어나올 만큼 눈을 부라려 윽박질렀다.

"아따 나 혼자 좋자고 허는 말이 아닌디…언년이 아부지는 어째서 승질만 내고 내 말은 들을라고도 안허는지 몰라. 내가 틀린 말이라도 했소?"

점예도 물러서지 않았다. 뭐라고 하든지 간에 할 말은 하겠다는 기세다.

"어이. 안에 있는가?"

이정의 목소리였다. 여느 때와 다름없는 말투다. 그런데도 양순채가 겁을 집어먹고 선뜻 대답을 못 한다.

"언년이 아부지, 잘 되얐소."

점예가 우물거리는 양순채의 용기를 북돋웠다. 눈길을 애써 맞추어대며 응대를 재촉했다.

"여긴구만요."

양순채가 마지못해 대답하며 방문을 열어젖혔다. 그러고는 두려움 가득한 얼굴로 토방으로 내려선다.

"아따 오랜만이네. 허허허. 올 때마다 없드만."

이정을 피하는 양순채를 꼬집는다.

"아짐씨한테 들었제. 군포를 내야 허는디,"

핏덩이나 다름없는 아들을 군적에 올려놓았다. 양순채가 내는 군포보다도 더 많은 군포를 내놓으라는 엄포다. 억울하기 짝이 없다. 하지만 어찌해볼 만한 대책이 없어 우선 피하고 보는 것이다.

"……"

양순채가 겁먹은 눈빛으로 이정을 빤히 바라보고 있다.

"어째 가만히 있는가?"

이정이 태도를 꼬집어서 시비를 걸고 나섰다. 그래도 양순채가 당황하여 묵묵부답이라 재차 꼬집는다.

"시방 내 말을 듣고 있는 것이여?"

"근디요. 거시기 국법이 바꽈졌다는디……."

"자네 말이 마저. 포가 원체 귀하니께, 딴 것으로 내도 돼. 나도 그 말 갈차 줄라고 왔어."

이정이 느물거렸다. 양순채가 무슨 말을 하는지 훤히 꿰뚫어 보면서도 엉뚱하게 말하고 있다. 그의 말대로 베(布)를 구하기가 어렵다. 돈이나 다른 물건으로 대신 내는 것이 낫다.

"그것이 아니고요. 우리 만복이는 안 내도 된다든디요?"

양순채가 용기를 내느라 눈을 찔끔 감기까지 했다. 이정이 쏟아낼 불호령을 예상하고 온 힘을 다하고 있다.

"허허. 누가 그러든가? 입 잘못 놀렸다가 모가지 떨어진 놈이 한둘이 아닌디!"

그의 반응은 예상 밖이었다. 욕설을 목청껏 퍼부어 대며 날뛰리라 예상했다. 그런데 오히려 차분했다. 그런데 묘하게도 양순채의 기가 삽시간에 꺾인다. 이정의 얼굴을 바로 보지 못하고 어깨를 축 늘어뜨리며 고개를 떨군다. 그런 모습에 이정이 여세를 몬다.

"누가 그러든가?"

"누가 그런 것이 아니고 지가 어디서 들었어라우."

"그렇게 어디서 들었냐고 묻잖여!"

"이정 어른, 어디서 듣기는 들었는디 생각이 안 나는구만이라우."

양순채는 둘러대기에 바빴다. 아내에게까지 화가 미칠 것 같았다. 자칫하다가 관아에 끌려가 옥에 갇힐 수도 있다. 그렇다고 무장댁을 끌어들일 수는 없다. 무장댁을 건드리는 건 그녀의 친정을 건드리는 꼴이다. 오히려 벌집을 쑤셔놓는 꼴이 되므로 차라리 입을 닫아버리는 것이 나을성싶다.

"입 잘못 놀리다가 셋바닥 짤라지는 수가 있어. 국법이 얼매나 무선 것인디. 나만 듣고 말란게 인자는 조심허소이."

이정의 목소리가 갑자기 나긋나긋해졌다. 자신의 선에서 더 따지지 않고 마무리하겠다는 식이다.

"아따 우덜이 못헐 말 했간디요?"

점예가 방안에서 두 사람의 대화에 핏대를 세우며 끼어들었다. 양순채가 당하고만 있어서 더는 참지 못하겠다는 표정이다. 기세 좋게 토방으로 내려서고 있었다.

"므시라고?"

이정이 적이 당황한 모습을 보이며 일단 윽박지르듯 반문했다.

"지가 듣기로는 우리 만복이는 안 내도 된다든디 어째서 내라고 졸라댄다요?"

"아짐씨. 내 맘대로 허는 것이 아니고 국법이 그런당게요. 쯧쯧쯧."

이정이 답답하다며 애써 힘주어 혀를 끌끌 찼다.

"어째서 국법이 곳곳이 틀리다요? 다른 디서는 달브다는디요."

점예도 선뜻 무장댁을 거론하지는 못한다.

"어이 이 사람아!"

양순채가 재빠르게 끼어들어 점예의 말을 가로막고 나섰다. 하지만 점예의 표정은 이미 격앙되어 있다.

"내가 못헐 말 허고있소? 국법은 여그나 무장이나 같어야 허는디 어째서 거그는 안 허는디 여그만 내라고 헌다요? 그러고 물어보도 못 허는 것이 국법이라요?"

이정이 어이없다는 표정이다.

"아짐씨. 국법이 므신지나 알고 허는 말이요?"

아녀자가 나설 일이 아니라는 핀잔이다

"국법이 국법이제 별것이다요. 우덜도 알아야 허는 것이지라우."

점예는 더 이상 그냥 당하지 않고 따질 것은 따져보겠다는 태도였다.

"그렇게 국법을 지키라고 왔당게요. 참 말귀 못 알아듣네. 허허."

"지 말은 만복이가 열여섯 살이 될라면 아직도 멀었는디 왜 군역을 허라고 허냐고요."

"몇 번이나 말해야 알아 묵것소. 국법이 그러케 생겼다고 안 허요."

"무장은 고로코롬 안 헌다는디 왜 여그만 이러냐고요!"

점예는 끝까지라도 따져보겠다는 식이다. 이웃 고을인 무장 관아와 다른 이유가 뭐냐며 따져 묻고 있었다.

"국법이 바꽈졌는디 무장은 아직 몰라서 그런 갑소. 긍게 말도 안 되는 소리를 무장떡한테 들었구만이요이잉."

무장이라는 말이 나오자마자 이정은 무장댁을 금방 짚어냈다. 그녀가 친정에서 들었을 것으로 넘겨짚는 것 같았다.

"아니랑게요. 지가 장시에 나갔다가 들었당게요."

무장댁의 아버지는 무장 관아 아전이다. 무장현감도 그의 위세에 견디지 못할 만큼 대단하다고 했다. 그런데도 이정은 오히려 잘 걸렸다는 듯이 따지고 들었다. 점예는 더럭 겁이 난다.

"말도 안 되는 소리 허지 마씨요. 장시에서 그런 말 허다가는 그 자리에서 모가지가 댕강 떨어질 것인디. 어뜬 미친놈이 그런 소리를 한다요. 얼른 바른대로 대씨요."

이정은 그깟 무장 관아 향리가 대수냐는 태도다. 여차하면 무장댁까지도 가만두지 않겠다는 서슬이었다.

"지가 뭣 땜시 그짓말을 헌다요. 정말 들었당게요."

"어째 누구한테 들었는지 말을 왜 못 허요? 그 말 듣고 국법이 어쩌니 저쩌니 아는 체 하드만 인자는 쩔리요?"

"……."

"오늘은 그냥 가는디, 내일이나 모레 올 것이네. 그때는 빈 손으로 안 가게 허소이잉. 인자는 베로 받을 텐게 그리 알드라고. 국법대로. 알았는가? 근디 쩌그 소가 새끼 배았는 갑다 이잉. 허허허."

이정은 돈보다 더 귀한 군포로 받겠다고 했다. 그가 외양간에서 여물을 먹고 있는 소를 가리키며 의미심장한 미소를 띠며 사립문을 나섰다.

아무래도 큰일이 생긴 것 같았다. 이정은 보통 사람은 아니다. 그를 섣부르게 건드렸다가 치도곤 치른 사람이 여럿이다. 어떻게 나올지 모른다. 무려 반나절이나 지났지만, 이정이 돌아가면서 짓던 표정과 눈빛이 떠나지 않는다. 섬뜩하게 느껴진다.

"어째 이런가 모르것네."

양순채가 갈피를 잡지 못하고 있다. 이정이 다녀가고 나서 소여물을 쑤면서도 일이 손에 잡히지 않았다. 아무리 복잡한 일이 있어도 소여물을 쑬 때만은 기분이 좋았다. 그런데 왠지 불안했다. 이정의 눈빛이 머릿속을 떠나지 않았다. 여물 물기가 졸아드는 줄도 모르고 불을 때고 있다. 물을 두 번이나 더 부었다. 그런데도 여물이 빡빡하다.

"지도 사람인디. 설마……."

점예도 풀이 죽었다. 이정에게 대든 것을 후회하고 있었다. 이정의 반응이 뒤늦게 느껴지고 있어 어찌할 줄을 모른다.

"그러것제. 우덜 목숨인디 이정 어른도 잘 알것제."

양순채도 아내의 걱정을 알아차린 듯 위안했다. 하지만 아무 소용이 없음도 잘 안다.
"그런디. 군포를 어디서 구한당가. 가서 다시 사정이라도 해 보까?"
군포를 구할 길이 막막하다. 어찌 보면 이정이 사정을 봐주려고 했는지도 모를 일이다. 그런 그에게 따지고 들어서 기분을 상하게 한 것만 같았다.
"지도 갈라요."
점예가 따라나서겠다고 했다. 자신으로 인해 일이 커졌다는 생각이 들었다.
"근디 아까같이 허면은 안 되네 잉. 가서는 죽으라면 죽은 시늉이라도 해야 쓰네 잉."
양순채가 아내의 성정을 염려했다.
"그래도 지가 비는 것이 나슬 것 같아서."
"거시기 허드라도 나 죽었소 해야 허네 잉."
점예는 무던하다는 소리를 듣는 자신과는 대조적이다. 눈에 거슬리면 설령 손해를 보더라도 가만히 있지 않는다. 기어이 할 말을 하고 마는 성격이다.

점예는 이정의 집에 도착하자마자 마당에 무릎을 꿇었다.
"이정 어른. 아까는 거시기 허셨지라우이."
네 칸짜리 집이다. 그의 신분도 그저 그랬다. 당초에는 양순채의 집이나 다름없었다. 세 칸 집에서 살았다. 이정을 맡은 뒤로 번듯한 집을 다시 지었다. 제법 양반집 흉내를 내느라고 기단을 높여 지었다.

"아짐씨 아까는 국법이 어쩌고저쩌고 허드만 어째서 그러고 있소?"

"아이고 지 각시가 잘못혔다고 허는 구만요이잉. 쪼까만 봐 주씨요."

양순채도 함께 꿇어앉아 머리를 조아렸다.

"이정 어른. 지가 암것도 모름서……. 흑흑흑."

점예가 복받치는 감정을 어쩌지 못하고 울음을 터트렸다. 허리를 구부려 이마가 땅에 닿도록 해놓고 흐느꼈다.

"아따 어째서 이런다요? 내가 므슬 어쨌다고 이런다요?"

"쪼까만 봐 주씨요. 우덜 식구 목숨 줄이어라우……. 지가 믄 짓이라도 허께라우."

점예가 읍소했다. 저고리 이곳저곳이 헤져 가슴골이 훤히 드러났다. 검정 치마를 입었으나 검은색인지를 모를 정도로 색이 바랬다. 그런 그녀가 연신 머리를 조아렸다. 머리카락이 풀어 헤쳐져 헝클어져도 상관하지 않았다.

"긍게 아까 존 말로 혔는디. 나도 순채가 남 같지 않은게 그랬제라우."

"아까는 지가 정말 잘못혔구만요. 천벌이라도 받을라요. 그런디 거시기만은 제발……."

"나는 국법대로 헐라요. 또 어디서 믄말을 듣고 믄말을 헐라는지 모른게 어쩌케 헐 수가 없당게요."

이정은 뒷짐을 지고 높다란 마루에 서서 요지부동이다. 양순채와 점예에게 본때를 보여주겠다는 태도다.

"어디서 베를 구헌다요? 그것이라도 갈차 주씨요."

"나도 모른당게요. 그래서 아까는 딴 것으로 어쩌케 해볼라고 했는디. 그러면 나도 사정사정해야 허는디. 그 속도 모르고 국법이 어쩌고저쩌고 해부요. 참말로 서운허요. 쯧쯧쯧."

"지가 므슬 해야 이정 어른 부애가 풀릴랑가 모르것소. 그것만 아니면…허란 대로 다 헐라요."

"그것이 므시다요. 나는 국법을 지키라고 했제. 다른 므슬 허라고 허지 않했소잉. 애믄 소리허지 마씨요이잉."

"아따 이정 어른이 정말 우덜을 다 죽일랑갑네요이잉……. 해도 너무 허요. 흑흑흑."

점예는 끝내 울부짖기 시작했다. 이정의 속셈이 드러나고 있어서 더는 어쩌지 못할 절망으로 울음보가 터졌다. 이정의 속셈대로라면 죽을 수밖에 없다. 이래도 죽고 저래도 죽을 수밖에 없다는 생각이다.

"아짐씨가 나보러 국법을 어기라고 허는디. 나는 고러코롬은 못허것소. 나도 살아야 헌게 절대로 못허것오."

군포를 구하기란 하늘의 별 따기보다도 어렵다. 대개 엽전이나 다른 물건으로 대신하고 있다. 그러면 이정에게는 적잖은 이득이 생겼다. 점예도 이정의 계산을 읽고 있다. 이정이 어떻게 하느냐가 중요하다고들 했다.

05

탈출구

홍낙관의 거처는 세 명이 함께 기거한다. 여느 화방이나 다름이 없다. 비좁은 방이어도 그에게는 대궐이다. 소리에 관심을 가진 것이 행운이라고 느껴졌다. 동생들이 어디서 무엇을 하고 사는지 알지 못한다. 제 몸뚱어리 하나도 건사하기가 버겁다. 하루하루가 살얼음판이다. 형제들이 뿔뿔이 흩어지더라도 목숨을 부지하는 것이 중요했다. 언젠가는 만날 수 있으리라는 생각으로 참아내고 있다.

"어이 자네는 빗지락질 헐지 모른가?"

김세종이 지나가는 홍낙관을 불러 세웠다. 신재효의 지시대로 홍낙관을 시험하는 중이다. 그의 말대로 양반으로 취급하지 않는다.

"사부님. 빗지락질이 뭔가요?"

홍낙관이 대답 대신 김세종을 빤히 바라보며 물었다. 사부가 무슨 말을 하는지 정말 모른다는 표정이다.

"이 사람이 빗지락질도 모른가?"

"모르겠습니다. 가르쳐주시면 분부대로 거행하겠습니다."

홍낙관의 태도는 공손했다. 그런데도 김세종의 인상이 찌푸려졌다.

"양반이라고 너무 허는 구만잉. 빗지락질도 모른다고!"

김세종이 버럭 화를 내며 잘 걸렸다는 듯이 눈을 부라렸다.

"송구합니다. 처음 듣는 말이라서 송구합니다."

"첨이라고? 보자 보자 허니께 므시 어쩌고 어째!"

감세종은 욕설이 나오려는 것을 꾹꾹 눌러 참는다. 홍낙관의 대답이 아니꼬워서 어찌할 줄을 모르고 있다.

"……."

홍낙관은 고개를 푹 수그렸다. 김세종이 화를 내는 이유를 알아차리지 못하고 어리둥절했다.

"어허. 모르는 것이 당연하네. 한양 말로는 '비질'이라 해야 알아듣는다네. 허허허."

신재효가 지나다가 끼어들었다. 홍낙관에게 배어있는 양반물을 빼내라고 시켰었다. 소리꾼을 만들려면 그래야 한다고 했다.

"알겠습니다. 소인이 잘못한 것입니다."

홍낙관이 말뜻을 알아듣고 곧바로 수긍했다. 화방 모퉁이 기둥으로 재빠르게 달려가 빗자루를 후다닥 움켜쥐고 마당을 쓸었다. 빗자루를 처음 잡아보는 서툴기 짝이 없는 모습이다.

"어이. 날치 자네는 가만있는가!"

홍낙관의 기를 꺾은 것을 대견하게 여기고 있던 김세종이 이번에는 가만히 있는 이날치를 끌어들여서 위세를 보였다. 사랑채로 걸어가는 신재효의 눈치를 흘끔흘끔 살피며 목청을 높인다.

"근디요. 사부님은 얼매 전 나리 사랑채 서방에서 박 머시기라는 사람이 허던 소리를 어쩌케 생각허시요?"

이날치가 느릿하게 다가서면서 며칠 전부터 품었던 질문을 다짜고짜 던졌다. 김세종의 다그침을 그러려니 여기며 자신의 관심사를 꺼내놓았다. 비록 김세종은 역정을 내고는 있지만, 그의 마음을 들여다보고 있다는 듯이 행동하고 있다.

"마당이나 쓰르랑게……. 믄 소리를 묻는 것이어."

김세종의 말투가 금세 부드러워지고 있다.

"박만순 소리허고는 달븐게 그런 소리를 해도 될랑가 싶어서라우."

김세종은 소리에 관한 얘기라면 만사를 제치고 빠져든다. 이날치는 그런 그라는 것을 알고 박유전의 소리에 대한 평가를 묻고 있었다. 동리정사 소리꾼 대부분도 별반 다르지 않다. 세상에 없는 소리라며 인정하려 들지 않았다. 그래도 각자의 생각을 들어볼 참이다.

"근디 그 소리는 바디도 없고, 근본도 없는 소린디…나리는 참 거시기 헌당게."

자신이 보기에는 그다지 좋은 소리가 아닌데도 신재효가 괜히 관심을 보인다는 불평이다.

"그러면 어떤 소리를 좋은 소리라고 하나요?"

홍낙관이 마당을 쓸다가 말고 끼어들었다

"통성을 내야 허는디…통성이라는 것은 똥구멍에서 내 가꼬 허리를 지나, 배허고 허파를 통해 나오는 소린디. 오장육부를 쥐어짜서 내는 소리라고 허는 것이여. 이 소리를 낼라면 피를 목구녕에서 세 동우는 쏟아내야 낼 수가 있어. 그래야 저 사람이 소리 좀 허는 갑다 소리를 듣는 것이여."

김세종은 소리 얘기를 꺼내며 신이 났다. 마치 소리하듯이 목청을 가다듬어서 말을 이었다.

"노랑목 허고 겉목은 힘 안 주고 목구녕으로만 내는 소리고, 쌩목은 쓰잘대기 없이 목구녕에 힘을 주어서 내는 소리고, 전성은 맥없시 떠는 소리이고, 비성은 콧소리를 섞어 내는 소리이고, 함성은 입안에다가 므슬 물고 허는 것 맹키로 허는 소리인디. 존 소리가 아니어."

홍낙관으로서는 처음 듣는 얘기다. 그동안 소리를 쫓아다니며 수십 번씩 듣기는 했다. 그때마다 가슴이 먹먹해지기도 하고, 가슴이 뻥 뚫리기도 했었다. 그렇지만 이렇게 힘든 수련을 통해 길러낸 소리인 줄은 미처 몰랐다.

"곰삭은 소리가 존 소린디, 높은 소리는 깨끗허게 하고, 낮은 소리는 탁하게 허는디. 소리가 묵직해야 쓰는 것이여."

　홍낙관은 듣고 있으면서도 무슨 말인지 제대로 알아듣지를 못했다. 처음으로 듣는 말들이다. 소리꾼이 되려는 목표가 막막하게 느껴졌다. 하지만 이날치는 달랐다. 금세 알아듣고 고개를 끄덕이며 생각을 보태고 있다.

　"근디요. 우조로만 허면 남자같기는 헙디다만, 안 좋을 때도 있고, 좋을 때도 있을 것인디 어쩌케 거시기로만 헌다요?"

　이날치는 박만순의 소리를 듣고 소리꾼이 되려 마음먹었다고 했다. 수종고수를 자처하여 따랐던 것도 소리를 듣고 익혀서 소리꾼이 되려는 계산이라고 했다. 박만순의 소리뿐만이 아니다. 다른 소리꾼의 소리도 건성으로 듣고 본 적이 없다. 그러다 보니 의문이 생겼다. 듣고 보는 눈과 귀가 열렸다. 대부분은 박만순의 소리를 좋은 소리라고 했다. 그동안은 그런가 보다 했다. 그런데 박유전의 소리를 듣고부터는 달라졌다.

　"그렁게 득음혀서 목 재치를 해야 허는 것이여. 자네는 방울목이 므신지, 튀는 목이 므신지, 너는 목이 므신지 알잖여. 소리꾼마다 쬐금씩 목 재치가 달븐게……. 소리꾼이 소리를 허다가 '바디'가 생기고 바디에서 '더늠'이 생기는 것이고."

　김세종은 박유전의 소리를 그다지 쳐주지 않았다. 소리는 남자가 하는 것이니만큼 우조가 제격이라고 주장했다.

　"그런데 '더늠'이 뭔가요?"

　홍낙관은 방울목이니 튀는 목이니 하는 말은 그 의미가 어렴풋이 짐작됐다. 그런데 더늠이라는 말은 처음 들었다.

"아무리 존 소리꾼도 첨부터 끝까지 다 좋게만 허지 못 허는 것이여. 소리꾼이 지 소리에다가 므슬 더 보태서 듣기 좋게 부르는 것을 말허는 것이여."

김세종은 수시로 홍낙관의 표정을 훑었다. 무슨 말인지를 알아듣고 있는지를 확인하고 있었다.

"더 보탠다는 말이 무슨 뜻인지 모르겠습니다. 쉽게 설명해 주시면 좋겠습니다."

김세종이 본격적으로 소리를 가르치고 있었다. 조금 전에 기강을 잡으려고 했던 모습이 아니었다. 소리 얘기로 신이 난다.

"어떤 대목에다가 재주를 더 보태 가지고 특별허게 잘 허는 것인디. 더늠이 많어야 좋은 소리꾼이라는 말을 듣는 것이여."

김세종이 열심히 설명했다. 그래도 홍낙관은 무슨 말인지 모두 알아듣지를 못하고 있다. 어떤 재주를 보태는 것인지, 어떤 방식으로 보태는 것인지가 상상조차 못 할 형편이었다. 하지만 이날치는 금세 알아듣고 있다. 김세종은 알아듣지 못하는 홍낙관을 의식하고 슬쩍 신재효의 가르침을 꺼내놓는다.

"나리께서는 소리를 하려면 네 가지 치레를 해야 한다고 하셨어. 사설, 인물, 득음, 너름새 치레가 좋아야 존 소리꾼이라고 허셨는디, 정말로 그래야 사람들을 웃고 울릴 수가 있당게. 내가 생각해도 나리 말씀이 맞어."

홍낙관이 다시 물었다.

"사설 치레라고 하는 것은 무슨 뜻인가요? 혹시 사설이 소리하는 사람마다 다르다는 뜻인가요?"

어렴풋이 짐작되는 것은 사설 치레와 득음이라는 말이다. 그중에서도 소리꾼마다 사설이 다르다는 말로 들려서 확인하고 싶었다.

"그러제. 스승마다 쪼끔씩 달브제. 그렇게 앞 하고 뒤에가 달븐 때가 있어서 믄 말인지 알아듣지 못할 때가 많당게."

"다르다는 얘기는 스승에게서 배울 때 잘못 배우게 된다는 뜻인가요?"

"그러제. 소리꾼들이 글자를 모르니께, 지 스승 소리를 머리빡으로만 갖고 있다가 잊어 벌기도허고, 스승이 잘못 갈차 주기도 허제. 허허허."

김세종이 곤혹스러워했다. 마치 치부라도 드러낸 듯이 귓불이 벌게지며 눈길을 피하고 있었다.

"글자를 모르는데도 긴 사설을 암기하는 것이 대단합니다. 그런데 그보다는 사설을 외워서 소리로 웃고 울리는 것은 더 신기합니다."

홍낙관이 감탄했다. 여태껏은 사설이 구전으로만 전해지고 있으리라고는 상상조차도 해보지 않았다.

"나리께서 글자로 써 논 사설이 있기는 헌디. 소리꾼들은 끄면 것은 글자고 허연 것은 종우라는 것만 알제. 써먹지도 못허네. 그렇게 글 선생이 있어서 글자를 갈차주면 좋겄는디. 허허허."

김세종이 실상을 솔직하게 털어놓았다.

"여기 있는 화동들 모두 다 같은 형편인가요?"

"그렇게 소리 하나를 헐라면 겁나게 오래 걸리제."

입에서 입으로만 이어지고 있어서 소리를 습득하기가 더 어렵다는 말이다.

"그러면 언문이라도 읽을 줄 알아야겠네요."

소리를 들을 때마다 이상하기는 했다. 소리꾼마다 사설의 내용이 조금씩 달랐다. 사설의 앞뒤가 맞지 않기도 했다. 그동안은 소리꾼의 실수라 여기고 넘겼다. 그런데 까닭이 따로 있다는 말이다.

"양반은 애랬을 때부터 글을 배우니께 읽고 쓰는 것이 암것도 아니것지만, 그러지 못헌 사람은 누가 갈차 주어도 쉽지는 않제. 그래도 언문이라도 알면 참 좋제. 하하하."

김세종이 실상을 있는 그대로 드러내며 소리꾼들의 고민과 고충을 있는 그대로 털어놓았다.

"그러면 제가 언문을 가르쳐드려도 되는지요?"

홍낙관이 조심스럽게 제안했다. 모두에게 좋은 일이다. 동리정사에 머무를 명분이 생길 것이다. 소리꾼에게는 사설을 제대로 이해하여 소리하면 소리가 더 좋아질 것 같고, 소리를 습득하기에도 수월할 것 같았다.

"고로코롬만 되면 참 좋제. 글자를 모르니께 소리를 허면서도 맞게 허는지 틀리게 허는지 모르제. 어이! 날치! 자네 생각도 그러제?"

김세종이 뜬금없이 이날치를 끌어들였다.

"지도 글을 모른니께 깝깝할 때가 한두 번이 아니었당게요. 우덜 같은 소리꾼은 다 똑 같어라우. 허허허."

이날치가 눈빛을 반짝거렸다. 한눈에 봐도 영리하고 자존심이 강한 사람이다. 그에게도 글을 가르치는 일이 절실한 것 같았다.

"그러제 그러제. 나리께서도 조아하실 것이여."

김세종이 맞장구쳤다. 신재효의 허락이 필요한 일이다. 신재효가 기록하여 정리해 놓은 것이 있어도 대다수가 글자를 몰라 쓸모가 많지 않았다. 물론 신재효가 화동들에게 글을 가르칠 수는 있다. 하지만 그 일에 매달릴 형편이 아니다.

*

비가 새벽부터 퍼부어 댔다. 그칠 기미를 보이지 않는다. 양순채가 암소를 돌보고 있다. 새끼를 밴 듯했다. 아내와 함께 외양간을 깨끗하게 정리해 놓았다. 온갖 정성을 다해 여물을 쑨다.

그때 울타리 너머로 이정이 기웃거렸다. 눈빛과 표정이 여느 때와는 사뭇 달랐다. 마치 먹잇감을 보며 침 흘리는 늑대의 눈빛처럼 사납다. 눈에 힘을 주어 치켜뜨고 사립문으로 들어섰다. 심상치 않다. 왠지 가슴이 철렁 내려앉는다. 하마터면 주저앉을 뻔했다.

"만복이 아부지. 이정 오는 것 좀 보씨요. 넉장구리 허것어라우."

점예가 뒤늦게 이정의 모습을 발견하고 소스라쳤다. 목소리가 흔들렸다. 양순채에게 몸통을 기대놓고 바르르 떨고 있다.

"저 양반이 식전부터 믄 일일까이잉?"

그러고 보니 이정의 등 뒤에 두 사람이 더 따라 들어온다. 손에 든 물건과 차림새가 예사롭지 않다. 처음 보는 인상이지만 고약했다. 눈빛에서 살기가 번득이며 살벌하다.

"순채 있는가?"

이정의 목소리에서 위압감이 드러난다. 마치 독 안에 든 쥐를 부르듯이 부르고는 느릿느릿 다가왔다. 양순채는 오싹해졌다. 머리카락이 쭈뼛 일어섰다. 몸이 저절로 움츠러들었다. 자신도 모르게 고개를 벽 아래로 수그리고 말았다. 점예도 마찬가지다. 양순채의 등 뒤로 후다닥 숨어든다. 그래봤자 소용은 없다. 반쯤만 막아놓은 외양간 벽 사이로 머리통이 훤히 들여다보인다. 마치 고개를 처박아 숨는 꿩 같은 꼴이다. 누가 봐도 어리석다.

05_탈출구 117

"어째서 대답을 안허능가? 내 말이 말 같지 않혀!"

이정이 양순채를 발견하고 대뜸 시비부터 걸었다. 제대로 걸려들었다는 듯이 눈을 부라렸다.

"……."

양순채가 고개를 천천히 쳐든다. 겁먹은 표정으로 이정과 눈길을 마주치지 못한다. 어찌해야 할 줄을 모르며 우물거린다.

"식전부터 믄 일로 남의 집에 와서 이런당가요?"

점예가 보다못해 나섰다. 양손을 허리에 짚고 잘 보라는 듯이 나섰다. 그녀도 주눅 들기는 마찬가지였다. 음성이 떨리고 있다. 얼핏 봐도 쥐가 고양이에게 덤비는 꼴이다.

"니미 씨벌. 오고 싶어서 왔겄어! 다 암시롱 어째서 승질나게 또 물어?"

이정은 대답이 필요 없다며 욕설을 퍼부었다. 거침이 없다. 여차하면 사내들을 앞세우겠다는 태도였다.

"……."

양순채가 쩔쩔맸다. 고개를 숙인 채 눈길을 마주치지를 못했다. 따지고 드는 점예의 옷깃을 잡아끌며 눈치 살피기에 바쁘다.

"딴 말 헐 것은 없은게, 얼릉 군포나 가꼬 와."

이정은 군포를 당장 가져오라며 윽박질렀다. 입술 한쪽 끝을 비쭉 들어 올려 실쭉 웃어서 비꼬았다.

"사방군디를 뒤졌는디…하나도 없드랑게요."

"그러면 헐 수 없제. 저번에 그러코롬 알아듣게 했는디도 너 해라 나 들을란다 허고 말았구만. 나를 무시헌께 이러제. 허허허."

이정이 느물거렸다. 자신을 무시한 대가를 보여줄 테니 잘 지켜보라는 표정이었다.

"아따 이정 어른, 쫌만 봐주시면 어쩌케라도 해서 바치께 요."

양순채와 점예가 용수철처럼 뛰어나갔다. 빗물이 흥건한 마당에 무릎을 꿇고 배가 땅에 닿도록 고개를 조아린다.

"어째 이런디야. 봐주라는 것은 국법을 어기라는 말이여. 그렇게 군포를 내면 이럴 것이 없제. 나 보러 대신 죽으라고 허면 안 되제. 안 되제 잉?"

흙탕물에 범벅되어 읍소하는 양순채와 점예의 존재는 안중에 없다. 양순채가 그 기세에 눌려 벌벌 떤다. 그러자 점예가 나섰다. 무릎걸음으로 다가가서 다리를 붙잡아 울부짖는다.

"거시기 이정 어른 국법을 어쩌라는 것이 아니고 존 방법이 있으면 쪼까 갈차주시라는 말이구만이요. 우리 만복이 이름도 지어 주셨으니께, 그렇게만 해주시면 평생 은인으로 알겠구만이요. 지발 쫌 살려주씨요. 흑흑흑."

"아짐 씨. 인자는 나가 어쩌케 헐라고 해도 헐 수가 없구만요."

이정의 대답은 매몰찼다. 눈물과 흙탕물이 범벅된 모습 따위는 거들떠보지도 않겠다며 시선을 먼 산으로 돌렸다.
"이정 어른 말씸을 들었어야 허는디. 그때는 저 사람이 암것도 몰르고 그랬어라우. 지가 참말로 잘못했구만요. 어쩌케 좀 해 주시씨오이잉."
양순채도 이정의 바짓자락을 양손으로 움켜쥐었다. 어떻게 해서든지 마음을 돌려보려고 있는 힘을 다하고 있다. 용흥댁도 마당으로 급하게 뛰어나왔다. 아들 내외와 함께 무릎을 꿇었다.
"여그 온 저 사람들은 사또 나리가 보낸 사람이어. 그런디 소가 참 실허다. 흐흐흐."
"딴 것은 몰라도…소는 우리 껏이 아니구만요. 이 진사 나리가 나 보러 키우라고 매껴 논 소여라우."
지난번부터 눈독이 들이고 있어서 기분이 묘했었다. 하지만 마을 사람 모두가 아는 사실이다. 그렇기에 설마 하고 있었다.
"그것 허고 국법허고 뭔 상관이랑가? 허허허."
용흥댁이 나서서 이정의 옷자락을 잡았다.
"소가 진사 어른네 손지 몰르는 사람이 없어라우. 안 되아라우. 정말로 안 되아라우. 절대 안 되아라우."
여차하면 엉겨 붙겠다는 말투였다. 자신들의 목숨 줄이나 다름없는 소만은 절대로 내줄 수는 없다고 했다.
"아따 어째 이렇게 깝깝헌가 몰르것다. 곤장 맞다가 죽을 수도 있는디이. 어째 바보 같은 짓만 골라서 헐라고 허까이잉"
 "소는 우덜 목숨 줄이나 같어라우. 차라리 죽으라고 허씨요. 흑흑흑."
 소를 순순히 내주고 살아남으라는 뜻이다. 하지만 용흥댁은 외양간으로 다가가는 이정의 뒷다리를 온 힘으로 붙잡고 사정했다.
 "참 얼척없네. 이런게 미련허다고 허제. 살아야 므시라도 헐 수 있제. 아짐씨가 홀딱홀딱 뛴다고 므시 바꽈지것소? 국법인디. 나는 몰르것소. 기도 놓치고 구덕도 놓치고 싶으면…잘 알아서 허씨요."
 점예가 울부짖다가 시어머니를 향해 소리쳤다.
 "어머이. 그 손 놓아라우. 아범 저 몸에 곤장을 맞으면 죽어라우. 못 살아와라우. 우덜이 죽기 살기로 일해서 갚으면 되니께. 그냥 주어 버리자고요."
 양순채가 관아에 끌려가지 않으려면 어쩔 수가 없다며 어느새 퉁퉁 부은 눈으로 애원하고 있다.
 용흥댁은 움켜잡았던 이정의 발목을 스르르 놓고 말았다. 마치 세상을 다 잃어버린 것처럼 눈빛이 망연자실해졌다. 아들을 바라보며 복받치는 감정을 추스르지 못하고 있다. 귀한 아들이 곤욕을 치르는 게 모두 자기 잘못인 양 눈물을 쏟아내고 있다.

억울하기 짝이 없다. 손자는 아직 첫돌도 지나지 않았다. 그런 손자에게 군역을 매기는 국법이라니 말이 되지 않는다. 군포 대신 남의 집 소마저 빼앗는다니 억장이 무너졌다. 국법을 들먹이고는 있어도 믿어지지 않았다. 그래서 더 억울했다. 글자를 읽을 줄 알아야 국법이 뭔지를 알 수가 있다. 그런 생각을 못 했던 자기 발등을 찧고 싶었다. 그렇다고 도움을 줄 만한 일가친척도 없다. 타성바지 외톨이라서 아무 말도 못 하고 당하는 것만 같아 가슴이 찢어졌다. 양순채를 까막눈으로 만들어 놓은 것이 천추의 한이다.

"아이고, 아이고. 이 노릇을 어쩐디야. 우리는 인자 어쩌케 살아야 허까. 억울해서 못 살것다. 억울해서 못 살것다. 흑흑흑."

용흥댁이 억울함을 억누르지를 못해 두 다리를 뻗고 울부짖는다.

그래도 이정은 그러거나 말거나 소를 몰고 나갔다. 신난 몸짓으로 사립문을 나서서 춤을 추듯 멀어져갔다.

양순채가 숫돌에 낫을 갈기 시작했다. 시퍼렇게 날이 서 있는데도 갈고 또 갈고 있다. 눈빛을 보니 큰 결심을 한 듯했다. 소름이 돋는 눈빛이다.

"뭣 헐라고 낫을 가요? 인자 깔 빌 일도 없는디."

"……."

"아따 븐 말이라도 허씨요. 산 입에 거미줄이라도 치것소. 우덜이 더 일을 많이 헙시다. 그러고 얼른 진사 나리한테 가서 야그를 해드려야 죽이던지 살리던지 허실 것 아니요."

"······."

점예는 양순채의 눈빛을 애써 들여다봤다. 낫 들고 이정을 따라나설 것 같다. 큰일이 벌어질 것만 같아 양순채의 마음을 누그러뜨리느라 이런저런 말을 붙이고 있었다. 하지만 양순채는 듣는 시늉조차 하지 않았다. 비장한 표정으로 낫을 간다.

"인자 그만 갈아도 되것소. 인자 어찌케 헐 수도 없으니 진사 나리한테나 댕겨옵시다."

점예가 낫을 가로채 움켜쥐려 했다. 양순채가 완강하게 뿌리치며 결심을 다지듯이 긴 한숨을 내쉬었다.

"휴···. 아들 난 것이 죄랑게!"

"만복이 아부지. 때린 사람은 다리를 오물고 자지만 맞은 사람은 다리를 쭉 뻗고 잔답디다. 븐 말인지 알것제라우."

아무래도 그냥 넘어갈 것 같지 않았다. 점예가 남편을 달래느라 꿀꺽 소리가 나도록 침을 삼켜 넘기며 설득했다.

평소의 양순채는 한없이 너그러운 사람이다. 바보라는 소리를 들을 만큼 화낼 줄을 모른다. 그러다가도 화를 내면 물불을 가리지 않는다. 기어이 끝을 보고 마는 사람이어서 걱정이다.

전주대사습놀이가 열리려면 아직 시일이 많이 남아있다. 그런데도 팔도의 소리꾼이 모여들고 있었다. 지난해에도 예상보다 이른 시기에 소리꾼들이 모여들어서 우왕좌왕하며 곤란을 겪었다. 그런데 지난해보다도 더 이른 때에 소리꾼들이 몰려들고 있다.

"나리. 행랑도 들어갈 디가 없는디요."

김세종이 당황하고 있었다. 열네 칸이나 되는 화방이 꽉 들어찼다. 행랑채마저도 자리가 없다. 두 명이 더 찾아왔다. 그냥 모르는 척 넘길 수는 없다. 만약 그랬다가는 호된 꾸지람을 듣는다.

"유 목사 나리께 사정 말씀을 드려 놓았네. 우리 화동들을 옮기시게."

신재효가 이미 조치했다고 했다. 비록 만족스럽지는 않지만, 화동들의 수련에 지장이 생기면 안 된다고 했다. "어디로 가면 되까요?"

"일단 석탄정으로 보내게. 목사 나리께서 화동들 소리가 얼마나 좋아졌는지 직접 들어보겠다고 하시네."

석탄정은 유 목사의 선조가 건립한 정자다. 후학을 양성하고 양반들이 모여 학문을 논하는 장소다. 또 소리꾼의 소리로 풍류를 즐기는 곳이기도 하다.

"그런디. 거그서 아그들을 돌려보내지 않을 수도 있는디요."

실제로 화동이 불려 갔다가 눌러앉는 경우가 있다. 아무나 붙잡지는 않았다. 싹수가 있거나 명창에 버금가는 소리꾼이면 이런저런 대우로 눌러 앉혔다.

"그러면 더 좋지. 대접받는 소리꾼이 많아지면 좋지 않은가. 하하하."

신재효는 아무렇지도 않다며 활짝 웃었다.

"거시기 이문이 남는 것도 아니고 한두 푼 드는 일이 아닌디."

김세종은 답답하다는 표정이다. 자신이 보기에는 물색없는 일이다. 아주 가끔 잔치에 불려 나가 행하를 받아오기는 했다. 하지만 들이는 재물에 비하면 터무니없는 대가다.

"자네도 꽃을 참 좋아하던데……틈만 나면 석가산 꽃나무에 물을 주더라고."

신재효가 엉뚱한 말을 꺼내놓았다.

"……보고 있으면 이쁜게……물도 주게 되지라우."

김세종은 느닷없는 얘기에 어리둥절했다. 신재효의 의도를 살피느라 우물거렸다.

"자네 말대로 물주고 잘 돌봐 봤자 이문이 없잖은가. 그런데도 왜 좋아하고 정성껏 가꾸느냐는 말일세."

"이쁜게 그러지요. 보고 있으면 기분도 좋아지고요."

"나도 그러네. 소리가 그냥 좋네. 또 사람들도 모두 소리를 듣고 좋아하지 않는가. 자네 말대로 좋아한다고 해서 이문이 생기는 일은 아니잖은가. 하하하."

"나리께서나 그러시제. 목사 나리나 딴 나리들도 그러까요?"

"그래도 얼마나 다행한 일인가. 그렇게 되면 다른 일 안 하고도 좋아하는 소리를 하면서 살 수가 있으니 고맙지 않은가. 혹시 목사께서 탐내는 화동이 있으면 그 댁에 맡기고 오게나."

동리정사에서 수련하여 실력을 갖춘 소리꾼이 제법 많다. 양반 가문들이 그런 소리꾼을 탐낸다. 가객으로 두면 힘들이지 않고도 체통이 높아지는 일이다. 더러는 신재효에게 부탁도 했다.

"그런디 조 진사 나리는 어쩌케 헐까요?"

고부의 조 진사가 진즉부터 화동을 보내 달라고 재촉하고 있었다. 이런저런 압력을 행사하기도 했다. 그래도 신재효는 꿈쩍하지 않았다. 그는 인색하다는 소문이 자자했다. 지난번에도 약조를 지키지 않았다. 소리꾼을 행랑에 머물게 하고 마치 머슴 다루듯 부렸다. 견디다 못해 소리를 포기하는 일마저도 있었다. 그래 놓고도 조 진사는 당연하게 여겼다. 오히려 무위도식하는 소리꾼의 행동을 바로잡았다며 자랑삼기까지 했다.

"보내지 말게."

단호했다. 좀처럼 볼 수 없는 태도다. 어지간한 일에 대해서는 너그럽기 그지없다. 좋은 것이 좋다는 식이다. 그렇지만 소리만큼은 양보가 없다. 대충 넘어가지도 않았다. 소리꾼의 사설을 서책에 담으려고 수십 번도 듣고 또 들었다. 기어이 따지고 밝혀서 바로잡아야 직성이 풀린다. 소리꾼을 가르치는 일에서도 마찬가지다. 자기 재물을 아낌없이 쏟아붓는다.
"거시기 조 진사댁에 갔던 갸가 다시 여그로 오고 싶다고 헌다는디요."
"그러면 데려오게."
신재효는 아무 망설임이 없었다. 마치 기다린 것처럼 얘기했다. 비단 이번뿐만이 아니었다. 조 진사는 가문의 위신을 드러내려고 소리꾼을 두었다. 하지만 대개 그리 오래가지를 못했다. 소리꾼을 소리꾼으로 대접하지 않아 반복되는 일이다.
"갚을 것이 쪼금 있다고 허든디……."
김세종의 기어드는 음성이었다. 신재효의 표정을 연신 곁눈으로 살피며 곤혹스러워했다.
"얼만지는 모르지만 당장 오라고 하시게."
신재효의 음성이 갑작스레 높아졌다. 자신이 직접 달려갈 태세다. 좀처럼 볼 수 없는 분노를 드러낸다.
"근디. 조 진사 나리가 보통사람이 아닌게로……."
오히려 김세종이 당황했다. 그 지시로 인한 파장이 저절로 짐작되어서다.

"자네는 소리꾼을 업신여기는데 가만히 당하고만 있을 텐가?"

신재효가 점점 더 격앙되고 있었다. 자칫 김세종의 태도까지도 문제 삼을 판이다.

"나리. 알것구만요. 그런디 동리정사로 델꼬 오지 말고 전주 통인청에다 델다 주먼 어쩔까요?"

무슨 일이 벌어질지 불을 보듯이 훤했다. 조 진사는 여느 양반하고는 사뭇 달랐다. 한양의 고관대작과 닿는 연줄을 내세운다. 위세가 대단했다. 더군다나 종친인 고부 군수와 한통속으로 행동하고 있어서 원성이 자자하다.

"아니네. 반드시 이리 데려오시게. 내가 알아서 할 것이니 그리 알게."

고부는 물산이 풍부한 곳이다. 고부 군수라는 자리는 여느 수령들의 자리와 달랐다. 한양의 고관대작들이 호시탐탐 노리는 노른자위다. 자신의 측근을 앉히려고 온갖 암투가 벌어질 정도다. 그러므로 행세깨나 하는 양반들은 대부분 한양의 고관대작들과 연줄이 닿아 있다. 조 진사도 그중 한 사람이다. 조정의 권력이 변하고 있다. 그의 기세가 덩달아 등등해지고 있었다. 신재효의 조치는 조 진사를 자극하기에 안성맞춤이다.

조 진사는 소리꾼을 데려온 것으로 짐작했다. 그래서 김세종을 반갑게 맞이하다가 태도가 돌변한다.

"너 지금 뭣이라고 허냐?"

겨우 얘기를 꺼내려 했을 뿐이었는데도 금세 알아차리고는 불호령에 이어 매질이라도 해댈 기세다.

"……."

"고개를 들어봐라."

김세종이 주눅이 들어 양어깨가 맞닿을 만큼 움츠렸다. 불같이 화를 내는 조 진사를 쳐다보지 못하며 이마가 땅에 닿도록 고개를 수그렸다.

"……."

조 진사의 호통으로 고개를 슬며시 쳐들기는 했다. 하지만 차마 눈은 마주치지 못했다. 어찌할 줄을 모른 채 처분을 바라는 형국이다.

"아까 헐라는 말이 므시냐?"

김세종이 기세에 눌려서 조 진사를 제대로 쳐다보지 못한다.

"나리. 기석이를 델꼬가서 소리 공부를 더 시킬라고 허는디요."

김세종의 음성이 떨렸다. 그렇지만 매질을 당하더라도 해야 할 말을 해야겠다며 대답했다.

"그놈 델꼬 갈라면 솔찬히 있어야 헐 것이다. 동리도 알제?"

자신보다 신분이 낮은 사람에게는 엄하기 짝이 없다. 신분 고하와 유불리로 조변석개한다. 신분이 낮다 싶으면 이놈 저놈이 예사다. 그런 조 진사의 태도가 달라졌다. 신재효를 낮춰 부르지 않는다. 어쩌면 순순히 보내줄지도 모른다는 생각이 얼핏 스친다.

"그러면 저놈 허고 따지그라."

조 진사의 조치가 의외였다. 그의 눈빛은 서늘했다. 혹시 불똥이라도 떨어질까 봐 멀찌감치 서 있는 조 진사 하인을 향하여 다시 소리치듯 말을 이었다.

"믄말인지 알것제?"

"나리. 지금 델꼬 가야 허는디요."

김세종이 이왕 할 말을 다 하겠다고 했다.

"저놈 허고 알아서 허라니까."

조 진사가 신경질적으로 반응했다. 누가 봐도 감정을 숨기느라 애쓰고 있었다. 평소 같았으면 자신을 무시한다며 매질하고도 남았을 성품인데도 슬쩍 비켜 가는 모양새다.

06

화양(火陽)

양순채는 낫을 갈다가 말고 외양간으로 들어갔다. 암소가 매여져 있던 말뚝을 손으로 쓰다듬다가 넋을 놓고 멍하니 허공을 바라다본다. 그러다가 다시 바깥으로 나왔다. 또 낫을 갈았다. 마치 기도하듯이 갈고 있었다. 진즉부터 날은 시퍼렇게 서 있었다. 뭐든지 스치기만 해도 싹둑 잘려 나갈 것처럼 예리하다. 그런데도 계속 낫을 간다.

"만복이 아부지 뭇헐라고 그러코롬 낫을 간다요? 인자 깔 빌 일도 없는디."

점예는 무서운 생각이 떠올랐다. 여태 한 번도 본 적이 없는 표정과 눈빛이라 마치 다른 사람을 보는 느낌이다.

"내 잘못이여……"

양순채의 눈에는 눈물이 가득했다. 큰 결심을 앞두는 모습이다.

"만복이 아부지가 믄 잘못을 했당가요?"

"아니어. 다 내 잘못이여."

"갓난 애기한테 군역 허라는 시상이 어딛다요! 만복이 아부지는 아무 잘못이 없당게요."

이정을 곧바로 뒤따라 나서지 않은 것은 다행이다. 하지만 언제 폭발할지 모르는 모습이어서 눈을 떼지 않고 있다.

"아들 난 것이 잘못이랑게!"

양순채가 고함치듯이 말했다.

"참 요상헌 소리를 허요이. 그거시 믄 잘못이다요?"

점예는 동의하지 않았다. 오히려 차분하게 타이르듯 말했다. 이런저런 이야기들을 꺼내어서 시간을 끌었다.

"아니랑게 이것이 달려가꼬 우덜이 다 죽는 당게."

양순채는 자신의 사타구니를 가리키며 울부짖었다. 눈동자가 반쯤이나 돌아가 있었다. 살기가 눈빛에 가득했다.

"언년이 아부지. 우덜만 이러는 것이 아니랑게요. 동네 사람들 한테 물어보씨요. 우덜만 이런가. 산 입에 거미줄 치것어요. 참는 김에 쪼매만 더 참읍시다 예!"

양순채의 눈빛이 살벌해지고 있다. 그를 자극하지 않으려 말 한마디, 숨소리 하나, 표정 하나하나까지도 신경을 곤두세워 대하고 있다.

"소 뺏긴 사람은 없당게. 우리 껏이 아니라는 것을 암시렁 인정사정 읎시 뺏어갔당게. 고것은 우덜한테 죽으라는 소리여."

당장 무슨 일을 벌일 것처럼 그가 격분하고 있다. 평소의 수더분하던 양순채는 어디에도 없다.

"지가 가서 한 번 더 사정해보께요."

"……."

이정에게 찾아간다고 해서 달라질 것은 없다. 어쩌면 혹을 떼려고 갔다가 하나 더 붙이고 올지도 모를 일이다. 그런데도 양순채의 눈빛이 조금 흔들리는 듯했다.

"그렇게 낫은 쩌그다 둡시다잉."

점예가 재빠르게 다가가 낫을 은근슬쩍 빼앗아 선반 위에 올려놓는 척하며 뒤란에 숨겼다.

"우리 만복이가 에미 애비가 큰 소리 땜에 깻것다."

점예가 만복이 이름을 목청 높여 말하고는 눈길을 양순채와 맞추었다. 방으로 들어가 재빠르게 만복이를 업고 외양간으로 나왔다. 그런데도 양순채는 외양간에 주저앉아 있었다.

"만복이 아부지. 만복이 웃는 것 좀 보씨요. 호호호."

그러나 양순채는 만복이를 보는 둥 마는 둥 했다. 만복이를 대하는 눈빛도 확연히 다르다. 아무리 힘들고 괴로운 일이 생겨도 만복이 얼굴을 보는 순간만큼은 활짝 웃었다. 그런 그의 낯빛이 어두워지고 있다.

"만복이 아부지 얼매나 이쁘요. 쪼까 보란게요."

점예는 그의 표정과 눈빛 때문에 마음이 점점 더 불안해진다. 한시라도 빨리 양순채의 마음을 가라앉히는 것이 급선무다. 만복이의 천진난만한 얼굴을 보면 생각이 바뀔 것 같아서 다가서며 대답을 재촉했다. 그러자 마지못해 슬쩍 바라보고는 툭 던지듯 말했다.

"이쁘구만."

점예는 더 해볼 말이 떠오르지 않았다. 말을 더는 붙이지 못하도록 행동하고 있었다. 어떻게 해볼 여지가 없다. 그렇더라도 집 바깥으로 나가는 것은 막아야 할 것 같았다. 여차하면 만복이를 앞세울 참이다. 만복이를 어르면서 사립문 앞을 가로막아 섰다. 외양간은 쥐 죽은 듯이 조용했다. 그래도 눈을 뗄 수는 없었다. 혹시라도 울타리를 뛰어넘을지 몰라서 큰딸 언년이를 불러냈다. 단단히 일러주고 마당을 지키게 했다. 양순채는 별다른 움직임 없다. 외양간 바닥에 꿇어앉다시피 하여 소여물을 쑤던 솥을 뚫어지게 바라볼 뿐이었다.

"아따 인자 소도 없는디……"

점예는 마음이 놓이지 않아 마당을 지키고 서 있었다. 양순채가 여물을 쑤느라 불을 아궁이에 붙이고 있다. 물론 아무짝에도 쓸모가 없는 행동이다. 마음을 달래려는 행동이라 여겼다.

"……"

하지만 양순채의 표정과 눈빛은 그대로였다. 오히려 온몸에서 심상치 않은 기운이 느껴졌다.

"국법이라는 어쩌것소. 잘 생각했어라우. 호호호"

점예는 그렇더라도 시간이 지나면 괜찮아질 것으로 생각했다. 모든 것이나 다름없는 암소를 빼앗겼으므로 금세 괜찮아질 수는 없다. 물론 쓸모없는 쇠죽이다. 그래도 안심이 생기고 있었다.

"……"

그래도 혹시 모를 일이다. 우선 언년이를 외양간 바로 앞에 세워서 양순채를 살피게 했다. 그리고 자신은 칭얼대는 만복이를 어르며 사립문 앞을 지켜 서 있었다.

"어머이! 어머이!"

언년이의 음성이 숨넘어갔다. 언년이가 혼비백산하는 모습으로 외양간 안으로 뛰어든다.

"믄 일이냐?"

"어머이 아부지가! 아부지가……."

목소리조차도 사색이다. 놀라서 말을 제대로 잇지 못했다.

"만복이 아부지! 만복이 아부지 왜 이러요!"

점예가 황급하게 뒤따라 들어가며 아연실색하고 있었다. 발을 동동 구르며 외마디소리를 내질러댔다.

"나 같은 새끼는 죽어도 싼디……빙신 새끼라 디지지도 못허는 구만. 허허허"

양순채가 손에 든 장작 끄트머리 한 뼘가량에서 불덩이가 이글거린다. 그야말로 시뻘겋다 못해 퍼런빛이 감도는 상태라서 가까이 다가서기조차 무서울 정도다. 그뿐만이 아니었다. 바지가 무릎에 걸려있다. 양순채 사타구니에서 김이 모락거린다. 그러고 보니 외양간에 살타는 냄새가 진동하고 있다.

"믄 일이다요? 어째서 이런 당가요?"

양순채가 허리를 뒤로 젖혀놓고 있다. 얼굴빛이 허해져 있다. 고통을 참아내느라 얼굴이 어그러지며 죽을힘을 다한다. 그의 모습만으로도 심상치 않은 일이 벌어진 듯했다.

"아이고. 으으으"

양순채가 신음을 내며 벌러덩 드러누웠다. 몸을 뒤틀어댔다.

"아이고 이 일이 믄 일이다냐! 시상에 시상에"

점예의 시선에 양순채 사타구니가 들어온다. 차마 쳐다보는 것조차가 아찔하다. 눈앞에서 일어나는 일이라고는 믿겨 지지 않았다. 머릿속이 아득해지며 하얘졌다. 상상조차 해보지 못할 일이다.

"이놈이 죄랑게⋯⋯으으으"

양순채가 짐승처럼 울부짖는다. 온 힘을 다하는 몸짓으로 장작 끄트머리에 붙어 이글거리는 불덩이를 사타구니에 다시 가져다 댄다.

"어째서 이러요!"

점예가 온몸을 내던져 다가가 장작을 빼어 들고 양순채의 아랫도리를 자세히 살폈다.

"아이고 아이고. 언년아. 언년아. 얼른 물 가꼬 와라. 글고 할매 델꼬와라"

점예가 화상으로 벌게져 있는 양순채의 성기와 고환에 입바람을 불어 젖혔다. 상처 이곳저곳으로 침을 뱉어댔다.

"할매가 없는디 어쩌까이?"

언년이가 쏜살처럼 물을 건네주고 난감한 표정으로 말했다. 어린 언년이의 눈에도 보통 일이 아니었다. 양순채의 성기와 고환이 시뻘겋게 부풀고 있었다. 언년이의 생각으로도 물을 부어 해결될 일이 아니었다.

"아까까지 있었은게, 할매 좀 불러 봐라. 언능! 언능!"

점예가 물을 쏟아부어 대며 비명으로 재촉했다.

"믄 일이냐?"

용흥댁이 울타리 바깥에서 점예의 비명을 듣고 허겁지겁 내달려 들었다.

"측백나무 잎삭을 가루로 맹그러서 여그다가 뿌려야 헌당게요. 지사때 쓸라고 나 둔 배가 있으면 좋은 디. 그 썩을 놈의 이정한데 다 주고 없은게······아이고 내가 못 살아!"

점예의 숨이 넘어간다. 하지만 용흥댁은 어리둥절하며 우물거렸다. 점예가 눈을 치켜떠서 용흥댁을 탓하며 양순채 사타구니에 바가지 물을 연신 들이부었다. 점예 등짝에서 만복이가 반쯤이나 빠져나와 자지러진다. 그래도 그러거나 말거나 다.

"이놈이 죄랑게. 이놈이…흑흑흑."

양순채가 정신을 잃어간다. 그러면서도 손가락으로는 사타구니를 가리켜대며 탓하고 있다.

"오메 오메 이일이 큰 일이다냐."

용흥댁이 상황을 알아차리고 혼비백산했다. 점예의 말을 제대로 알아듣지 못하며 허둥거렸다.

"아따 아따! 언능 측백나무 잎삭을 따가꼬 불에다가 태워가꼬 가루로 맹글어야 헌당게요."

점예의 닦달로 용흥댁이 측백나무 잎사귀를 훑어왔다. 그리고 그 자리에서 가루로 만든다.

"아직도 멀었당가요?"

점예는 눈으로 보면서도 재촉했다. 시어머니에 대한 미움을 눈빛에 가득 담아 타박한다.

"다 되얐다. 이놈 뿌리자."

점예가 측백나무 가루를 상처 부위에 뿌렸다. 하지만 아무런 소용이 없다. 시뻘게진 성기와 고환이 계속 부풀어 오른다. 주먹보다 커져서 금세 터질 것만 같다. 얼핏 봐서는 성기와 고환이 분간되지 않는다.

양순채가 정신을 잃고 외양간 바닥으로 벌러덩 널브러졌다. 점예는 억울하기 짝이 없다. 국법이라고는 하지만 만복이는 아직 돌도 지나지 않았다. 그런 핏덩이의 군역을 빌미 삼아 소를 빼앗아 갔다. 그런데도 자기 탓이라며 성기를 못 쓰게 만들었다. 차라리 죽을지언정 그냥 넘어갈 수는 없었다.

*

홍낙관은 목청이 찢어지도록 소리를 내질렀다. 김세종에게 배운 대로 천남면 화산리(지금의 고창읍 화산마을) 계곡에서 근 일 년이나 단련했다. 동리정사 화동들에게 글자를 가르치러 나갈 때 외에는 수련에 몰두했다. 소리꾼이 되어야만 했다. 관노가 되는 일은 죽기보다도 싫다. 소리꾼이 되기만 하면 먹고살기가 괜찮을 것이다. 그러려면 득음부터 해야 한다. 그야말로 젖 먹던 힘을 쏟아 목청을 다듬고 있었다.

"고왕 금늬의 긔이한 일도 만코
허망한 말도 말도 만커니와
이 일과 이 말은 긔의할 뿐 아니라
허망한 일 아니엇다."

홍낙관이 신재효 앞에 섰다. 있는 힘을 다해 소리를 했다. 동리정사 화동들에게 글자를 가르치거나 잠자는 시간 외에는 잠시도 게으름을 피운 적이 없었다. 그야말로 죽기 살기였다.

"그만하시게"

오섬가(烏蟾歌)를 막 시작하던 참이다. 신재효가 양미간을 찌푸렸다. 실망하는 눈빛이다.

"……"

홍낙관 자신은 오장육부에서 나오는 소리라고 여겼다. 그럭저럭 들어 줄 수는 있을 것으로는 생각했다. 그러나 가차 없었다. 신재효가 표정으로 채찍질했다.

"목청을 눌러서 소리를 해야 득음 수련이 되는 것이네. 저번에도 지적했었지 않은가. 까먹은 건가, 안 되는 건가?"

신재효의 말투가 자못 심각했다. 홍낙관으로서는 앞이 깜깜해진다.

"소인 딴에는 목청을 힘껏 눌러서 내는 소리입니다."
"자네는 말투부터 바꿔야 하네. 알겠는가?"
"말투를 어떻게 바꿔야 하는지요?"

홍낙관이 어렴풋하게 알아차리기는 했다.

"한양 말투는 목청을 열어서 말을 하지만, 이 고을 사람들의 말투는 목청을 누르는 말버릇이 있네. 그래서 자극을 많이 주게 되네. 그 때문에 목청이 상하여 탁한 소리를 내기 쉽다네. 아직 통성은 고사하고 겉목이나 다름없으니 우선 말투부터 바꾸시게."

"소인이 더 많이 공부하겠습니다."

무슨 말을 하는지 다 알아들을 수가 없었다. 더 많은 얘기를 들었다가는 그나마도 뒤죽박죽될 것만 같았다.

"그건 그렇고 화동들의 글공부는 좀 어떤가?"

신재효가 화제를 바꾸었다. 기대를 드러내느라 눈빛을 반짝이고 있었다.

"무척 좋아합니다. 아직은 부족합니다만 배우려는 열성이 대단합니다. 금세 잘할 수 있을 겁니다."

홍낙관의 말대로 동리정사의 화동들은 글을 아는 사람이 거의 없었다. 있더라도 더듬거렸다. 외운 사설을 소리로 옮겨 놓기에 급급했다. 스승에게서 이어받은 사설을 제대로 소화하지도 못하는 실정이었다. 또 앞뒤가 이어지지 않는 사설로 소리를 하다가 비웃음을 사기도 했다. 소리꾼으로서 힘들여 쌓아 올린 명성이 단번에 곤두박질하기도 했다.

"글을 보는 것조차 귀찮아할 텐데?"

"처음에는 힘들었습니다."

"그래도 그만두면 안 되네. 구전으로만 전해지고 있어서 바로잡아야 할 대목들이 많다네. 그런 대목을 지금 고치지 않으면 앞으로 점점 더 고치기가 힘들어질 걸세. 글을 가르치는 일은 대단히 큰일을 하는 것이니 지치지 말고 해주게나."

신재효의 표정이 진지했다. 홍낙관의 고충을 자신이 겪는 애로처럼 여기며 진심으로 당부하고 있었다.

"우선 나리께서 적어놓으신 사설로 언문을 가르치고 있습니다."

신재효는 각지의 소리 사설이 다르다는 점을 발견했다. 그래서 일일이 기록하는 일을 시작했다. 처음에는 소리 사설을 그대로 기록하려고만 했다. 하지만 그것으로 만족할 수가 없었다. 수정해야 했고 보완도 해야 했다. 그래도 부족하면 개작하기도 했다. 물론 사설을 기록하는 일은 힘든 일이다. 소리꾼마다 다른 사설을 하나씩 구분하여 따로 모으는 일이 어려웠다. 가끔 천릿길을 마다하지 않았다. 때로는 돈을 쥐여주며 듣고 또 들었다. 그렇게 채록했다. 그러는 신재효의 명성은 자자했다. 그런 명성이 한몫하기 시작했다. 각지의 소리꾼들이 동리정사를 스스로 찾았다. 물론 채록이 수월해지기는 했어도 바로 잡을 내용이 더 많았다. 언문으로만 기록할 수도 없었다. 한문을 섞어 채록했기에 홍낙관은 화동들에게 한문을 깨우쳐주는 일까지 더해야 했다.

"수련에는 지장이 없는가?"

글을 가르치는 일은 어려운 일이다. 가르치기 위해서 준비하고 뒤치다꺼리할 일이 더 많았다. 그뿐만이 아니다. 이런저런 이유를 들어 말을 듣지 않는 화동들도 여럿이다. 홍낙관의 수련에는 지장이었다. 갈 길 바쁜 사람의 발길을 붙잡는 격이었다.

"나리께 약조 드린 일입니다."

"글은 모르더라도 줏대가 강한 사람들일세. 여간 어려운 일이 아닐 덴데 괜찮겠는가?"

신재효는 소리꾼의 마음이나 습성에 대해 소상히 알고 있었다. 내로라하는 소리꾼일수록 인연이 깊다. 귀명창인 그에게 지도받고 도움을 받아야만 이롭기 때문이다. 한양의 고관대작은 물론이고 대원위 대감 앞에 나서려면 그의 도움이 필요했다. 그럴 때마다 동리정사에 머무르며 몸으로, 소리로 부덮쳤다.

"수련의 일종으로 여기겠습니다."

"그런 마음이면 되네."

"소인은 소리를 잘하고 싶습니다. 그런데 한양 말씨로는 정녕 쉽지 않은 일인가요?"

홍낙관은 마음 한편에 걱정이 떠나지 않았다. 좀처럼 표정이 밝아지지 않았다. 신재효의 가르침으로 명창의 반열에 오르게 된 소리꾼이 부지기수다. 벼슬을 얻기도 했다.

"꼭 그런 것은 아니다. 천구성이 아닌 바에는 한양 말투를 쓰는 사람의 목으로 수리성을 얻으려면 오랫동안 수련해도 쉽지 않다. 사설의 맛도 덜하고. 소리 내는 버릇부터 고쳐야 하니 훨씬 더 힘이 들긴 할 것이다. 단단하게 마음을 먹어야 한다. 또 위험하기도 하므로 스스로 단속도 잘해야 할 것이다."

신재효가 갑자기 말투를 하대로 바꾸었다. 더는 비가비로 대하지 않겠다는 말로 들렸다. 또 그동안 모르는 체하며 넘기던 홍낙관의 신분을 입에 올리며 단속하고 있었다.

"잘 알겠습니다. 각별하게 조심하겠습니다. 나리께 누가 되지 않도록 잘하겠습니다."

홍낙관은 마음이 후련해졌다. 그동안은 바늘방석이었다. 한양 소식을 손바닥 들여다보듯 하는 신재효였다. 그런데도 아무렇지 않은 듯 대하고 있어서 어떻게 행동해야 할지를 몰라 안절부절못했다.

"소리꾼이 되려면 한을 드러낼 줄 알고 다룰 줄도 알아야 한다. 그래야 청자들에게 감동을 주고 위로가 되고 힘이 되는 것이다. 이젠 이전의 너는 다 버리거라. 네가 가진 여건이 불리하기는 해도……네 처지로 말미암아 깊은 한이 생겼을 터이니 깊은 소리를 낼 수도 있을 것이다. 수련할 때 명심하거라."
　신재효의 말투가 평소와 크게 달라졌다. 이전의 온화한 눈빛은 온데간데없다.

*

　포도 시렁 아래로 주렁주렁 매달린 포도가 익어가고 있었다. 시렁 아래에 포도송이가 매달려 있어서 그 아래로 들어서려면 그렇지 않아도 수그려야 하는 고개를 더 수그려야 한다. 동리정사에는 소리꾼만 드나드는 것이 아니다. 주변 고을은 물론이거니와 전주와 한양 등에서 내로라하는 시인 묵객과 과객이 드나드는 곳이다. 발길이 시시때때로 이어지고 있다. 문사들이 수각인 부용헌과 사랑채의 신재효 서방을 문턱이 닳도록 드나들고 있다.
　"암도 없소?"
　조 진사 하인이 대문 안에다 목청을 대놓고 소리쳤다. 조 진사가 곁에 서서 뒷짐을 지고 거들먹거리고 있다. 항상 동리정사의 대문은 활짝 열려 있다. 아무나 대문으로 들어가면 된다. 설사 지나가는 걸인이 들어오더라도 막아서는 사람은 없다. 동리정사의 사정을 조금이라도 아는 사람이라면 모두 다 아는 사실이다.

"기냥 들어가면 되는디요."

대문 안으로 들어가려는 행인이 조 진사와 하인을 흘끔거렸다. 그리고 이상하다며 쳐다보다가 건네는 말이다.

"이 집 쥔장 신 호장 좀 불러주씨요."

조 진사 하인이 신재효를 불러 달라며 행인에게 부탁하면서도 조 진사의 눈치를 살핀다.

"여그 믄 일 있는 갑는디요. 아까침에도 양반들이 몽씬 들어갔어라우. 다들 오라 가라 안 허고 기냥 들어가든디요."

행인은 왜 유난을 떠느냐고 했다. 순간 조 진사의 표정이 일그러졌다. 미간에 깊은 주름을 만들어 놓고 행인을 잡아먹을 듯이 쏘아보았다. 여차하면 욕설이라도 퍼부어 댈 기세다.

"고부 조 진사 나리 오셨다고 허먼, 호장도 알 것인디."

조 진사 하인이 눈치를 살피며 재빠르게 행인의 말을 받았다.

"말은 전허것는디. 허허허."

행인이 조 진사의 표정을 흠칫 훔쳐 대답하고는 피식 웃고 대문 안으로 도망치듯 사라졌다.

"나리는 시방 솔찬히 바쁜디요."

신재효의 시중을 드는 신재효 소사가 한참 만에 나타나서 건네는 말이다.

"네 이놈. 나리라니. 누구를 말허는 것이냐?"

조 진사가 꾹꾹 눌러 참고 있던 부아를 터트렸다. 중인에 불과한 신재효를 '나리'로 호칭하고 있음을 노렸다가 뿜어낸 분노였다.

"……"

"신 호장 안에 있제?"

신재효 소사는 어안이 벙벙했다. 눈이 휘둥그레져 눈치를 살폈다. 그러자 조 진사 하인이 재빠르게 끼어들어 화제를 돌렸다.

조 진사 하인도 동리정사 포도시렁에 대해 알고 있다. 조 진사의 힘으로는 어찌할 수 없음도 안다. 조 진사의 성정으로 볼 때 자신에게 불똥이 튈 것이기에 끼어들고 본다.

"전주랑 여러 군데서 온 나리들이랑 한방에 앉어서 므슬 허시느라 엄청 바쁘당게요. 그래서 지한테 진사 나리를 모시고 오라고 허셨구만요."

신재효 소사는 손님들이 전주에서 왔음을 강조하고 있었다. 조 진사에게 들으라는 투였다.

"감사 나리도?"

조 진사가 놀라는 눈치였다. 태도가 순식간에 달라졌다. 신재효가 마중하지 않으면 한 발짝도 움직이지 않겠다던 태도가 변하고 있었다.

"그것 까정은 몰르것구만요."

"알았다. 호장이 바쁘다니 그냥 들어가자."

조 진사의 마음이 바빠졌다. 대문 안으로 앞장서 성큼성큼 들어갔다.

대문 안으로 들어서면 대문간 앞마당이 나온다. 그 마당을 가로질러 스무 걸음 남짓 걸으면 담장 왼편에 행랑채와 사랑채, 화방을 드나드는 중문이 있다. 그리고 안채로 드나드는 중문은 오른편 가장자리에 있다.

"쩌것이 므시냐?"

조 진사가 중문으로 들어서다가 멈추어 서서 묻고 있었다. 그도 잘 알고 있는 포도시렁을 가리키고 있었다. 그러면서도 처음으로 맞닥뜨린 사람의 태도였다.

"포돈디요."

신재효 소사는 시비를 거는 것임을 안다. 그러면서도 모르는 척 딴청을 피우느라 조 진사를 빤히 바라보며 대답했다.

"이놈아. 내가 포돈지 몰라서 허는 말이냐!"

"……?"

신재효 소사가 말뜻을 알아듣지 못하겠다는 눈빛으로 바라다보았다.

"나보러 쩌그로 들어가라고? 허허…신 호장이 이리 와야 쓰것다."

조 진사가 중문 앞을 가로막았다. 양다리를 벌려놓고 우뚝 섰다. 장승처럼 서서 중문 안을 넘어본다.

신재효의 마중 없이 대문 안으로 들어선 것만 해도 체면을 구긴 일이었다는 표정이다. 더는 체통을 구기지 않겠다며 버텨 서 있다.

"이 미련한 자라야! 대저 오장육부에 붙은 간을 어이 출납하리요.

이는 잠시 내 기특한 꾀로 너의 우국 군신을 속임이라.

또 너의 용왕의 병이 날까 무슨 관계 있느뇨.……."

중문 안쪽 부용헌에서 소리꾼의 소리가 들려왔다. 배꼽 밑에서 시작된 소리가 오장육부를 건드려 나오고 있다. 꺾어내고 굴리고 뒤집으며 한을 삭이고 있었다. 조 진사는 귀가 번쩍 뜨이는 모양이다. 소리가 들려오는 부용헌 쪽으로 고개를 후다닥 돌리자 포도나무 가지 사이로 선비들의 도포 자락이 비치고 있다.

"좋다! 좋지 않냐?"

조 진사가 엉겁결에 꺼낸다. 찡찡거리던 모습이 온데간데없다. 귀를 기울인 채 손가락을 까닥이며 추임새를 넣고 있다.

"나리. 쩌그로 가시면 너름새도 보실 틴디요."

신재효 소사가 뜨악한 눈빛으로 이때다 싶어 얘기했다. 그러자 조 진사의 표정이 순식간에 바뀌었다.

"저놈이 나를 므스로 보고!"

손찌검이라도 해댈 기세로 꾸짖고 나섰다. 손가락을 까딱이면서까지 추임새를 넣었다. 그런 사람이 공연을 보지 않을지

언정 포도 시렁 아래로는 들어갈 수가 없다며 뻗댄다.

"나리…아니 아니 호장님이…시방 여그 오기가 거시기헐 것인디요."

신재효의 소사는 '나리'라는 호칭을 썼다가 화들짝 놀랐다. 시회가 시작되었으므로 신재효가 마중 나올 수 없다고 하느라고 힘이 들고 있다.

"이놈아! 언능 내가 왔다고 혀라. 언능!"

조 진사가 더 강해진다. 신재효가 이곳으로 나와 고개를 숙이지 않는다면 가만있지 않겠다고 했다.

부용헌에서 소리꾼의 소리가 잇따라 들려오고 있었다. 물론 포도 시렁에 가려져 제대로 보이지는 않았다. 그런데도 마치 바로 앞에서 보는 듯 소리가 가깝다. 북통을 두드리는 고수 자세와 장단 가락이 어우러지는 모습이 눈앞에서 펼쳐지는 듯했다. 소리꾼의 소리에 청자들이 저절로 내는 추임새도 흥을 북돋고 있다.

"싸게 싸게 가서 신 호장한테 진사 나리 여기 기시다고 허랑게."

조 진사 하인이 또다시 나선다. 누구보다도 조 진사를 잘 안다. 조금만 더 화를 돋우었다가는 걷잡을 수가 없다. 자칫하다가는 신재효 소사는 말할 것 없다. 신재효에게도 여파가 미친다. 격조 높게 진행되는 시회도 난장판이 되고 말 판이다.

"알것구만이요."

신재효 소사가 낌새를 알아차리고는 부용헌으로 도망치듯이 내달렸다.

"어어 저 노무 새끼들이 남의 것을!"

조 진사의 부아가 누그러지는 참이다. 한 무리의 아이들이 몰려왔다. 포도 시렁 입구를 가로막아 서 있는 조 진사를 밀어제치듯이 지나쳐 포도 시렁으로 몰려들었다. 마치 제집 것인 양 포도를 따 먹고 있다. 누구의 눈치도 살피지 않고 제집인 양 행동하자 조 진사가 눈살을 찌푸리더니 악을 쓰듯이 목청을 높였다.

"아 소인이 허락한 일입니다. 저래도 포도송이를 통째로 따 가져가지는 않을 겁니다. 하하하."

신재효였다. 어느새 나타난 그가 고개를 숙인 채 다가와 포도 시렁 입구에 서서 아이들의 행동을 노려보고 있는 조 진사와 눈길을 맞추었다.

"저러다 안방 중방까지 뜯어 가것다."

조 진사가 찢어진 눈으로 아이들의 행동을 혼잣말로 나무라지만 신재효를 꾸짖는 것처럼 들린다.

"저 아이들은 초근목피로 끼니를 때우는 형편입니다. 일부러 포도나무를 심었습니다. 그래서 아이들이 따 먹도록 시렁을 나지막하게 매 놓았고요. 하하하."

신재효의 수염이 하얗고 길다. 머리에 쓴 갓에서부터 두루마기는 물론 신발까지도 한 치의 흐트러짐도 없다. 양반 갓은 아니지만, 그의 얼굴에서 나오는 낯빛은 남다르다. 눈동자에서 나오는 맑고 밝은 눈빛으로 활짝 웃고 있었다. 한껏 치장한 조 진사의 비단 두루마기를 무색하게 만든다.

"버릇 잘못 들 먼 상투 잡을 것인디. 허허허."

조 진사는 신재효보다 한참이나 손아래다. 그렇지만 조 진사는 그런 것 따위에는 안중에 없다. 단지 자신보다 신분이 낮은 중인으로만 대한다. 한때 아전에 불과했던 사람으로 취급하느라 애를 쓴다.

"아이들은 아무리 시끄럽게 떠들다가도 먹을 것이 나오면 조용해지는 법입니다."

"천것들은 배부르면 딴 생각을 허는 것이다."

조 진사의 음성이 높아졌다. 꼬투리를 잡으려고 틈을 노리는 태도를 역력히 드러내고 있었다.

"그렇군요. 소인은 많이 먹어야 할 아이들이 굶는 것이 안쓰러워서…조금이라도 먹이려고 한 짓일 뿐입니다만."

신재효가 빌미를 주지 않으려고 재빠르게 수긍했다. 그러면서도 자신의 의도를 분명히 밝힌다.

"그건 그런디. 저 시렁부터 치워야 것어. 머리를 수그려야 허는디…나는 그리 못하것다. 당장 뽑아내든지 불을 질러 버리든지 허랑게."

양반이 체통 없이 고개를 수그리면서까지 중인의 집으로는 들어갈 수는 없다고 했다.

"나리께 말씀드렸다시피 배를 곯는 어린아이들에게는 밥이나 다름없습니다. 한 명이라도 더 많이 따먹게 하려고 시렁을 매어놨습니다."

"그렇게, 못 허것다는 말이냐?"

조 진사의 목청이 높아졌다. 이곳에 온 용건 따위는 아무래도 상관없다는 식이었다. 부용헌 시회에 지장을 주어도 아랑곳하지 않겠다는 태도였다.

"형편이 그렇다는 말씀입니다."

"어허. 저번 맹키로 인자는 내 말을 아예 무시허것다는 것이제?"

조 진사가 노골적으로 분통을 터트렸다. 얼마 전에 김세종을 시켜 자신의 가객이었던 기석을 데려간 일을 꺼내놓았다.

"진사 나리. 오해십니다. 소인이 굶는 아이들에게 할 수 있는 일을 어쭙잖게 하는 일일 뿐이고, 기석을 데려온 일은 소리꾼에게 소리에 전념하도록 도운 것입니다."

신재효도 물러서지 않는다. 조 진사가 동리정사 포도 시렁에 대한 소문을 모를 리가 없다. 심지어 한양의 고관들까지도 안다. 그런데도 누구든지 문제 삼지는 않았다. 드나드는 양반들이 점점 늘어나고 있었다. 다들 소리를 좋아하고 시를 좋아하고 그림을 좋아했다. 그들이 동리정사를 찾는 이유는 비슷했다. 아무것도 문제 삼지 않았다.

"그려! 알았네. 그런디 아무리 시상이 변해도 쌍놈이 갓 쓰면 대그박이 벌어지는 것이여. 허허허."

조 진사의 얼굴이 붉으락푸르락했다. 부아를 주체하지 못하고 허공과 땅을 번갈아 쳐다보았다. 부용헌에 앉아 있는 사람들을 의식한다. 어쩔 수 없어 목청을 낮추며 울화를 참아내고 있었다. 신재효와는 더는 말을 섞지 않겠다는 태도다. 끝내 몸통을 홱 돌리더니 거친 몸짓과 걸음걸이로 돌아가고 있다.

*

"그것을 뭇헐라고 그러냐?"

양순채가 들고 있었던 장작이 이글거리고 있다. 그런 장작을 점예가 집어 들었다. 용흥댁이 화들짝 놀란다.

"……"

점예는 그러거나 말거나 벌떡 일어선다.

양순채의 얼굴은 창백하다 못해 푸른빛이 돈다. 정신을 잃고 축 늘어져 있다. 며느리가 그런 남편을 놔두고 바깥으로 나가려고 한다. 용흥댁은 화가 참아지지 않았다.

"너 해도 너무 헌다. 니 서방은 저러고 있는디."

용흥댁이 몸을 부르르 떨면서까지 꾸짖고 나섰다.

"……"

점예는 시어머니의 꾸중이 귀에 들리지 않았다. 오로지 남편을 저리 만든 세상이 원망스러울 뿐이다.

"저런 만복이 아부지 놔두고 어디 갈라고 이러냐?"
 용흥댁은 자꾸만 좋지 않은 생각이 들었다. 하늘이 무너지는 기분이었다. 아들이 어찌 될지 모를 일이다. 그래도 듣는 둥 마는 둥 하는 며느리라서 안 되겠다 싶었는지 목청을 낮추고 본다.
 "설마 서방질 허러 가것어요!"
 점예가 버럭 화를 냈다. 오죽하면 장작불로 성기와 고환을 지져댔을까 싶었다. 그래도 양순채의 무능이 밉고 원망스러웠다. 자신의 처지에 울분이 치솟았다.
 "미안허다. 애비가 불쌍헌게……."
 용흥댁의 목소리가 쥐구멍으로 기어들고 있었다.
 "불쌍헌 사람은 나여라우. 흑흑흑."
 점예가 눈물을 터트렸다. 아들 입장만 생각하는 시어머니가 미웠다. 기구해진 처지에 기가 막혔다.
 "……."
 용흥댁의 드센 기세는 어느새 사라졌다. 오히려 며느리의 대거리에 놀라고 있다.
 "아이고 이놈의 시상이 하늘허고 땅허고 딱 붙어서 뜩뜩 갈아 버렸으면 좋것다. 아이고 이놈의 팔자야. 흑흑흑."
 점예가 집어 들었던 장작 불덩어리를 휘휘 내돌리며 한탄하다가 후다닥 마당으로 나가더니 사립문으로 향했다.
 "어디 가냐? 만복이 젖도 먹어야 허는디."

용흥댁이 망연자실했다 차마 며느리를 붙잡지 못하며 점예의 등 뒤에 대고 하소연했다.
"원통해서 못살 것는디 나보러 어쩌라고라우! 흑흑흑."
"그려도 시(세) 번은 참어 봐라."
용흥댁이 뒤따라 나오면서 사정하듯 달랬다. 그러나 점예는 시어머니의 만류를 본체만체했다. 맨발로 사립문 바깥으로 쏜살같이 달려 나갔다.

점예는 고부관아로 내달렸다.
어떻게 당도했는지는 모른다. 어느새 남문 앞에 서 있었다. 치맛자락이 발에 밟혀 수십 번이나 고꾸라졌다. 행색이 영락없는 걸인 꼴이다. 그런 그녀가 남문에 대고 목청을 높이고 있어 행인들이 걸음을 멈추어서 쳐다보고 있다.
"워매, 워매?"
나졸(羅卒)들이 창을 겨누어 점예를 막아섰다. 그러면서도 뒤로 주춤주춤 물러서고 있었다. 흡사 귀신이거나 미친 사람처럼 보였다. 그녀의 치마는 물론이고 저고리와 얼굴까지도 검댕으로 새까맣다. 머리카락이 풀어 헤쳐져 있으며 맨발인 채다. 눈동자가 뒤집혀 있다. 들고 있는 장작 끝에는 사나운 불덩이가 매달려 있다. 누가 봐도 미친 사람이다.
"거시기 사또 나리 어딨소? 사또 나리 좀 만나야것소."
점예가 악을 쓰고 있었다.

"믄일인디 이런 당가요? 믄 일인지는 모르지만, 사또께서는 아까 어디 나가셨어라우."

나졸은 가까이 다가서지 못하게 하느라 급급하다.

"지는 꼭 사또 나리를 만나야것소. 그렇게 안으로 들어 갈 라요."

점예가 맞대어 막아서 있는 창대를 어깨로 밀어젖힌다. 두 나졸이 엉겁결에 뒤로 물러선다. 그러다가 창대를 맞대어 돌진하는 점예를 막아내기에 급급 한다.

"글먼 나 여그서 죽을 랑게 알아서 허씨요."

점예가 그 자리에 주저앉았다. 근래 들어 고부 군수를 만나려는 사람이 많아지고 있었다. 군수가 부임하고부터 부쩍 늘어났다. 그래도 미친 모습의 아녀자는 처음이었다. 죽기 살기로 덤비는 경우도 처음이다.

"야 너 언능 이방 어른한테 갔다 와라."

당황한 나졸이 하급 나졸에게 지시했다. 예사로운 일은 아니었다. 자칫 큰일이 벌어질 것 같은 불길한 기운이다. 남문 앞으로 사람들이 모여든다. 점점 소란스러워지고 있다. 점예의 목소리는 흡사 비명이었다. 동헌 안팎이 쩌렁거렸다.

"믄 일이냐?"

이방이 영문을 살피려고 슬금슬금 다가왔다.

"거시기, 사또 나리를 만나것다고 떼를 쓰구만요."

나졸이 땅바닥에 다리를 뻗고 뒹굴듯이 앉아 있는 점예를 가리켰다.

"쩌것이 므시다야?"

이방도 점예의 행색에 적잖게 놀라는 낯빛이었다. 그러다가 점예가 든 장작 불덩어리를 발견하고 어리둥절했다.

"그렇게요. 지도……."

"야 이놈아. 말이라고 허냐?"

"어쩌케 헐 수도 없었당게요."

나졸은 이방의 추궁에 난감해했다. 왠지 장작 불덩어리가 섬뜩하기는 했다. 하지만 그보다는 막아서는 것이 더 급했다.

"이년 서방. 양순채가 양물허고 붕알 지져버린 장작불이요!"

"야. 저 년이 므시라고 허냐?"

이방은 듣고도 믿기지 않았다. 나졸들도 마찬가지였다. 믿지를 못하고 고개를 갸웃거려 황당해하고 있었다.

"이년 서방놈. 양순채 양물허고 붕알을 지져 논 장작이라고라우. 사또 나리도 한번 지져 보라고 가꼬 왔구만이라우. 호호호."

점예는 흡사 실성한 사람이었다. 표정이 수시로 바뀌었다. 울다가도 웃고, 웃다가 순식간에 울부짖기도 했다. 동헌 안으로 돌진하려 죽을힘을 쓰고 있었다. 그런 그녀라서 이방이 질겁했다.

"아따, 미친년 아니냐?"

이방이 멋모르고 다가섰다가 점예의 살기 찬 눈빛에 뒷걸음질 쳤다. 더는 가까이 다가가지 못했다.

"하나도 안 미쳤어라우. 차라리 미쳐버렸으면 좋것구만요. 흑흑흑."

"야 니가 좀 뽀짝 가서 자세히 봐야 쓰것다. 미친년이 미쳤다고 허는 것 봤냐?"

이방이 말을 섞지 않으려 비겨서 있는 나졸을 앞세웠다.

"자! 자! 잘 보씨요. 용등 사는 양순채 각시구만요."

"언능 뽀짝 가보라는디 믓허냐?"

점예가 헝클어진 머리카락을 손가락으로 묶어 잡았다. 이방에게 잘 보라며 얼굴을 들이밀었다. 가슴도 쭉 내밀었다. 그래도 이방은 뒤로 후다닥 물러서고는 다가서지 못하는 나졸을 닦달하고 나섰다.

"지가 보기에는 암시랑토 않구만요."

나졸이 내키지 않는 몸짓으로 슬금슬금 다가갔다. 점예의 표정과 눈빛을 살피고 얘기했다.

"시방 저 여자가 들고 있는 것이 므시냐?"

이방이 다시 나졸을 닦달했다.

"장작 붙이 맞는디요!"

나졸이 별것 아니라고 했다.

"그냥 장작이 아니랑게요. 이년 서방 양물허고 붕알을 지져 논 장작 불이랑게요. 그렁게로 사또 나리한테 헐 말이 있구만이요."

 점예의 얘기가 사실이라면 얼핏 들어도 예삿일이 아니다. 도무지 이해할 수가 없는 일이지만 필시 곡절이 있을 것 같았다. 자초지종을 따져야 할 문제였다. 그러면 시끄러워질 일이다.

 "저년이 므시라고 씨부리냐? 저년을 그냥 두면 큰일나것다. 나는 사또 나리한테 고해야 쓰것다. 그렇게 언능 너는 형방한테 가서, 이리로 오라고 하고, 또 너는 저년이 어디 못 가게 꽉 잡아 놔라. 알았제."

 이방은 나졸들에게 그렇게 지시하고는 도망치듯이 동헌 안으로 내달렸다.

 "믄 일인디…이러요?"

 어느새 행인이 수십 명이나 모여들어 있다. 모두가 의아한 눈으로 쳐다보며 쑥덕거렸다.

 "구중 떡, 어째 이러고 있당가요?"

 점예네 마을의 또래 이웃인데도 알아보지를 못하다가 뒤늦게 화들짝 놀라며 다가왔다.

 "궁산 떡, 나는 여그서 죽을라요. 이정이 돌도 안된 만복이 군역 땜시…… 우리 소를 뺏어 가가꼬 만복이 아부지가 화가 나서 자기 양물허고 붕알을 요것으로 지져 부렀당게요."

 점예가 고래고래 목청을 높였다. 손에 든 장작 불덩어리를 사람을 향해 높이 치켜들어서 울분을 토했다. 사람들이 놀랐다. 관심이 깊어지고 있었다. 점점 많은 사람이 모여들었다. 점예의 말에 고개를 끄덕이며 혀를 찼다. 마치 자신이 당한 일이라도 되는 양 흥분하고 있었다.

"야 이놈아! 저년 입을 찢어버리지 않고 뭐 하느냐?"

고부 군수가 어느 틈에 다가와 있었다. 목청껏 고함을 내질렀다. 머리에 쓴 전립(군인이나 사대부가 쓰는 모자, 모립이라고도 함)꼭대기에 달린 순금 정자(頂子 전립 위에 꼭지처럼 만들어 달아놓은 꾸밈새)가 햇빛에 빛나고 있었다. 순금 정자에 매달려 기다랗게 늘여져 있는 공작새 깃털이 화려하기 그지없다. 공작 깃털이 삐뚤어져 얼굴을 가린다. 우스꽝스럽다. 전립 양태(갓의 챙에 해당하는 둥글고 넓적한 부분)가 기울어져서 어깨에 닿는다. 윤기가 흐르는 비단 철릭(관복) 옷고름이 풀어져 펄럭인다. 얼핏 보기에도 거나하게 취한 모습이다. 몸을 제대로 가누지 못한다. 바람에 흔들리는 갈대처럼 휘청거리며 아랫사람을 다그친다.

"느그들 뭇허냐. 언능 저년을 데꼬 가지 않고."

형방이 뒤늦게 달려와 군수의 비위를 맞추느라 나졸들을 닦달했다. 구경꾼들을 향해 눈을 부라렸다.

"사또 나리. 잘 만났구만이요. 지는 용등 사는 양순채라는 사람 각시 점예라고 허는디요. 인자 기어 댕기는 깟난 애기한테…. 으으으."

나졸 한 명이 달려들어서 점예의 입을 틀어막았다. 온 힘으로 몸부림치며 저항한다. 나졸 여럿이 달려든다. 손에 잡히는 대로 휘어잡는다. 머리채를 잡고, 입을 틀어막고, 몸통을 조인다. 점예가 얼굴을 뒤틀어대며 쉼 없이 떠들어대도 입 밖으로는 나오지 못한다.

"저년 입을 찢어버리라고 한지가 언젠데 아직도 나불거리냐? 당장 옥에 가두고 주리를 틀어라."

"어째서 믄 말인지 들어 보도 않허고 이러요. 내가 믄 잘못을 혔다고 옥에다 가두고 주리를 튼다요. 엉엉엉."

"야 이놈들아!"

고부 군수는 소란을 피우는 점예의 사연에는 관심이 없다. 어서 잡아 가두라며 목청을 높이고 동헌 쪽으로 비틀비틀 걸어간다.

"차라리 언능 여그서 죽이씨……요!"

점예가 있는 힘을 다해 고함을 내질렀다. 나졸들이 입을 틀어막으면 손가락을, 팔을 붙잡으면 팔을 물어뜯었다. 누가 보더라도 죽기로 작정한 모습이었다. 무려 네 명의 나졸이 양팔과 양다리를 붙잡아도 온몸을 비틀어대며 버텨내고 있었다.

07

득음의 길

 이날치가 동리정사를 나섰다. 신재효에게서 치레를 배웠다. 박유전으로부터는 성음 놀음과 부침새를 배웠다. 어느새 더늠이 많아져 있다. 귀명창인 신재효의 찬사도 쏟아졌다. 이름이 자자해지고 있다. 홍낙관은 그런 이날치를 따라 하려고 무작정 따라나섰다.
 대아면(지금의 아산면)으로 길을 잡았다. 무장현 선운사 도솔암 계곡은 수련하기에 그만이다. 홍낙관도 몇 번 다녀온 적이 있다. 그런데 이날치는 인천강 다리를 건너 두락암으로 향하고 있다. 홍낙관에게는 낯선 길이다.
 두락암은 국사봉 산줄기가 뻗어 내려오다가 우뚝 멈춰선 바위다. 북두칠성의 기운이 모여진 모양새라고 해서 붙여진 이름이다. 높이가 수십 길이다. 깎아지른 듯이 우뚝 솟아있다. 두락암 왼쪽으로 돌아가면 소반바위가 있다. 병을 거꾸로 세워놓은 모양의 병바위도 있다. 넓은 들판 건너편 구황산에는 탕건바위와 선바위가 있다. 경치가 좋은 곳이라서 소풍 가는가 싶었다. 홍낙관의 형편은 녹록지 않았다. 두 해가 다 되어가고 있다. 그런데도 득음은 고사하고 사설 한 대목마저도 제대로 소화해내지 못하고 있다. 마음이 급했다. 소리 공부에 매달려도 나아지지 않아 애가 타고 있었다.

"나는 선운사로 수련하러 가는 줄 알았는데……."

홍낙관이 실망감을 표시했다. 두락암은 고개를 한참이나 들어 올려야만 꼭대기가 겨우 보인다. 신재효의 지시로 화동들에게 글을 가르치고 있기는 했다. 어쩌면 지시라기보다 배려였다. 물론 그럭저럭 굶지 않고 살아갈 수는 있었다. 그렇다고 마냥 신세를 지며 살아갈 수는 없다. 시간이 흐를수록 가시방석이다. 소리를 배우고 수련한답시고 무위도식하는 화동이 한두 명이 아니다. 갈수록 인원이 불어나 무려 백여 명을 헤아린다. 물론 천석꾼의 재물로 감당하고는 있다. 하지만 재물이 많다고 하는 일은 아니다. 신재효라서 감당하는 일이다.

"범피창파 둥둥 떠가는디,

망망헌 창해이며 당당한 물결이로구나.

백빈주 갈마기는 홍요안으로 날아들고,

삼강의 기러기는 한수로 돌아든다. ……."

두락암 자락에 있는 영모정(조선 중기 유명 유학자 형제가 기거했던 집) 뒤편을 지날 때였다. 아녀자의 소리가 들려왔다.

춘향가의 '소상팔경'이다.

"채선이는 아닌데……."

홍낙관의 귀도 웬만큼은 열려 있다. 동리정사에는 아녀자 소리꾼이 있다. 그 소리가 마음을 제법 움직이고 있었다. 더군다나 진채선은 목 재치가 뛰어나다. 금세 구분해낼 수가 있어서 하는 말이다.

"그러구만이잉. 누구까?"

이날치도 고개를 갸웃거렸다. 귀를 기울여 듣지만, 동리정사에서 들어본 소리는 아니다.

"분명히 아녀자 음성이지?"

"긍게. 가시내가 소리 배우는 디는 우리뿐일 것인디…?"

이날치는 몸이 날렵하고 부지런한 사람이다. 그를 필요로 하는 사람들이 많다. 안 가본 곳이 없을 정도다. 그런 만큼 소식이 밝다. 특히 소리에 대한 소식이나 소문에는 더 민첩하다.

"듣기에 어떤가?"

"어깨너머로 허는 것 같은디. …자네보다는 낫어."

이날치가 굳이 홍낙관을 끌어들여서 자극했다.

"그래서 자네를 따라나선 것 아닌가. 하하하"

나름으로는 죽을힘을 다하는 중이다. 신재효의 지적대로 말투를 고치는 일에 진력했다. 목청을 누르는 버릇을 들이려 하고 있다. 소리가 오장육부를 거쳐 나오게 하느라고 온몸이 붓고 열이 날 때까지 내질러 댔다.

"여그 말을 언능 해야 한당게. 어째서 못허는지는 몰라도 한양 말은 듣기에 좋기는 헌디 맛이 없당게."

이날치가 말을 하면서도 두락암 쪽 소리에 귀를 기울이고 있었다. 소리를 대하는 자세가 홍낙관하고 사뭇 다르다.

"저 아녀자가 누군지 보고 싶구먼."

"쩌그 가먼 폭 파진 바우 밑에 정자가 있는디. 거그서 나는 소린 것 같은디……. 아무래도 당골네가 허는 소리 같구만."

이날치가 소리 내는 곳과 소리꾼의 신상을 짐작해내고 있었다. 그의 말대로 바위 절벽 밑동에 동굴처럼 움푹 들어간 조그마한 터가 있다. 바위에 부딪히는 소리를 구별해 내고 있었다. 얼핏 듣고는 알 수 없는 무당의 축원 소리를 금세 분간해 내고 있었다.

"나는 언제나 귀명창이라도 할 수 있으려나? 휴……."

홍낙관은 저절로 한숨이 내쉬어졌다. 이날치와 같은 반열까지는 바라지도 않는다. 사람들에게서 들을 만하다는 말이라도 듣고 싶다. 그런데 끝내 그조차도 장담하기가 버거워 한숨이 나왔다.

"자네는 인물도 잘났고 말도 잘허고, 글도 잘 알고 있은깨, 꼭 소리 안 해도 될 것인디. 잡가는 잘허니께 장시를 돌아 댕기믄서 재담으로 먹고살아도 될 틴디. 하하하."

이날치가 지나가는 말처럼 꺼냈다. 그동안 자신이 보고 느끼며 생겨난 생각을 솔직하게 얘기하고 있었다.

"……."

홍낙관은 충격이었다. 말문이 막혔다. 그렇지만 그른 말은 아니다. 나름으로는 해볼 수 있는 만큼은 해보았다. 소리꾼이 되려고 있는 힘을 다했다. 다만 귀가 조금 열렸을 뿐 나아지지 않는다.

"내가 거시기허라고 헌 말은 아닌디…… 그려도 미안허구만."

이날치가 낙망하는 홍낙관의 표정을 읽어내고는 미안해했다. 자신에게 글을 가르친 스승이다. 그래서 맘먹고 해준 말이기는 했다.

"욕심이 앞선 내가 문제지 뭐. 하하하."

그러면서도 홍낙관은 귀가 번쩍 뜨이는 것 같았다. 이날치의 말대로 여러 갈래의 길이 있다. 물론, 가장 큰 걱정은 신분이 탄로 나는 일이다. 홍낙관의 표정이 예사롭지 않았다. 그러자 이날치가 아차 싶었는지 두락암 쪽으로 시선을 옮기며 화제를 돌렸다.

"누군지 봐야 쓰것다. 내가 보니께, 소리를 허먼 헐 수도 있것는디."

이날치의 발걸음이 빨라지고 있었다. 제법 가파르고 울퉁불퉁한 길을 뛰듯이 다가가고 있다. 홍낙관을 내팽개치며 내달린다.

"역시 그렇구먼."

아녀자가 절벽을 향하여 앉아 있다. 근처까지 다가가도 반응을 보이지 않는다. 소리 내는 데에만 열중하고 있다. 그런데도 이날치가 누군지를 단번에 알아보고 있었다.

"무당이라면서?"

"당골네 맞어. 여그서는 모르는 사람이 없당게."

"아직 처자 같은데 어떻게?"

"용허기도 허고 굿 헐 때 축원 소리가 좋아서 여그저그서 찾는디야. 저그 무장까지 소문이 났데. 한시 반시도 가만두지 않은게…. 후딱후딱 댕길라고 조랑말까지 탄다는디. 지금도 가만히 들어봐봐. 소리허는 것이 아니고 '소상팔경'으로 굿 헐 때 허는 독경 연습 소리제?"

"어떻게 독경인지를 알 수 있어? 내 귀에는 소리꾼의 소리로만 들리는데."

"그렁게 별노므 소리를 다 들어봐야 헌당게. 그래야 귀가 열리고 귀가 지대로 열려야 지대로 할 수 있당게."

이날치가 조심스럽게 뒤로 물러서고 있었다. 그리고 한동안이나 가만히 바라보고만 있다. 그녀가 내지르는 소리가 없다면 숨소리조차도 천둥소리처럼 들릴 지경이었다. 바람조차 불지 않았다. 그녀가 바위만을 바라보며 소리를 내질러댔다. 온 힘을 다해 소리하고 있었다.

"저기 당골네 허는 것 좀 봐봐. 저 무당처럼 죽어라 해도 될까 말까 허는 것이 소리랑게. 그런디 자네는 생각이 너무 많어. 궁게 잘 안되는 것이랑게."
 이날치의 눈빛이 진지했다. 그동안 홍낙관을 보고 느꼈던 생각을 꺼내놓았다. 비가비라고 여기고 대하던 태도가 아니었다. 자신과 다름없는 소리꾼으로 여기며 충고하고 있었다.
 "내 딴에는 명창이 되기 위해 죽을힘을 다하려는 마음뿐인데……."
 "우덜 같이 한이 겁나게 많아야 죽자사자 소리만 헐 것인디. 아는 것도 많고 생각이 너무 많아서 영 안 되는 것 같어."
 말을 하면서도 이날치의 시선은 무당을 향해 있었다. 소리와 몸짓 하나하나를 샅샅이 훑고 있다.
 무당이 목소리를 갑작스레 낮추었다. 뒤를 돌아다보았다. 그리고 눈길이 홍낙관의 얼굴에 머물러서 움직이지 않는다. 바로 곁에 이날치가 있어도 홍낙관만을 뚫어지게 바라보다가 뚝 소리를 내는 것처럼 아래로 눈길이 떨어졌다. 얼굴이 삽시간에 새빨개지며 이날치가 보거나 말거나 몸통을 뒤틀어댔다.
 "우덜이 방해했는갑소이잉."
 이날치가 한 걸음 더 다가갔다. 인사를 나누거나 얘기를 나눈 적은 없으나 서로 얼굴은 알고 있었다. 잔칫집 같은 데에서 잠깐씩 스쳤다. 잔칫집이 아닌 이런 곳에서 만나기는 처음이다. 독경을 소리꾼처럼 연마하리라고는 생각하지 못했다.

신이 들려 저절로 나오는 소리라 여겼다. 동병상련이 느껴졌다. 반가운 마음이 생기면서도 미안해졌다.
"개얀쿠만이라우."
무당의 목소리가 기어들었다. 평소의 그녀와 딴판이다. 그녀는 제아무리 지체가 높은 양반이라도 기가 죽지 않았다. 오히려 고개를 빳빳하게 세웠다. 눈을 똑바로 뜨고 맞섰다. 대개는 그녀의 기세에 주눅이 든다. 방자한 태도지만 아무도 시비하지 않는다. 웬만한 사내는 범접조차 버거운 드센 기운을 지녀서다. 그런 그녀가 수줍어하고 있었다. 홍낙관을 보자마자 어찌할 줄을 모르고 당황하고 있다.
"본의 아니게 방해하여 미안하게 되었소. 미안하오."
홍낙관이 나서서 사과했다. 얼굴을 붉히며 고개를 쳐들지 못하는 당골네와 눈길을 맞추려고 했다. 그래도 당골네가 한사코 눈길을 피하며 고개를 수그려 부끄러워했다.
"우리는 저 짝으로 가서 해야 쓰것구만."
이날치가 미안해했다.
"아니어요. 지는 다 끝났구만요. 여그서 허셔요."
오히려 당골네가 더 당황하고 있었다. 이날치의 얘기에 손사래를 치면서도 곁 눈길은 홍낙관에게 닿아 있다.

*

화상을 입은 양순채의 사타구니 몰골은 엉망진창이었다.

07_득음의 길

고환이 콩알만큼이나 작아졌다. 성기는 화롯불에 녹아버린 엿가락이었다. 쪼그라들고 뒤틀어져서 누가 봐도 소변줄이 막힌 모양새다. 얼핏 보기에 목숨 부지가 쉽지 않다. 그런데 소변이 사타구니 아래로 흘러나오고 있다. 그나마 다행이다. 목숨 잃을 걱정은 안 해도 될 것 같았다.

열흘 만에야 깨어났다. 그리고 보름이 더 지났다. 점예는 관아에서 곤장을 맞고 초주검이 되어 옥에 갇혔다고 했다. 양순채는 자신이 한심하고 미웠다. 도무지 제정신으로 살 수가 없다. 몇 번이나 목숨을 끊으려고도 했다. 하지만 눈에 밟히는 일이 많다. 그래도 상처가 덧나서 차라리 죽는 편이 나을 것 같았다. 인사불성이 되도록 술을 퍼마셨다. 상처가 덧나지 않는다. 정신이 그대로다. 오히려 더 또렷해졌다. 가슴을 쥐어뜯었다. 머리통을 닥치는 대로 부딪혀도 정신이 그대로다. 차라리 누군가에게 죽을 만큼 두들겨 맞아 정신을 잃고 싶었다.

"어쩔라고 이런디야?"

용흥댁의 걱정이 깊어졌다. 양순채가 시도 때도 없이 울어젖혔다. 눈두덩이가 퉁퉁 부었다. 흡사 두꺼비 눈동자처럼 툭 튀어나왔다. 자해로 인해 뺨과 가슴 곳곳이 시퍼렜다. 피멍으로 성한 곳이 없었다.

양순채가 몸을 일으키느라 벽을 붙잡고 발버둥을 쳤다. 한참이나 씨름한 끝에 방문을 열고 바깥으로 나섰다.

"아직은 안 된당게. 에미 말 들어."

용흥댁이 화들짝 놀라서 옷깃을 잡아끌었다. 여차하면 드러누워 막아설 기세다.

"답답해서 이런당게요."

"거시기 눈구녕 꺼먼 아그들도 있고 늙은 에미도 있다. 내가 믄 말을 허는지 알제?"

"알았어라우. 쪼까 나갔다 오께요."

용흥댁을 안심시키며 사립문을 나섰다.

"어디를 갈라고 허냐? 에미 생각으로는 안 갔으면 조컸다."

양순채마저도 관아에 갇혀 곤장을 맞을 것 같았다. 그렇기에 용흥댁은 포기할 수가 없었다.

"알았당게요. 거그 안 간 당게요."

양순채가 목청을 높였다. 옥에서 아내를 끄집어낼 방도가 없다. 그런 자신의 무능이 밉고 서러웠다. 분통이 치밀어 올랐다. 아무리 애를 써도 울화가 견뎌 지지가 않았다.

"저자 구경이나 잠깐 허고 오께요."

용흥댁이 할 말을 잊은 채 아들의 표정을 살폈다. 양순채는 자신의 어머니가 더 힘들게 버틴다는 것을 모르지 않았다.

"그러면 언년이 델꼬 가면 안 되까?"

용흥댁이 부탁하듯이 물었다. 여태껏 바깥으로 데려나간 적이 한 번도 없다. 그런 사실을 아는데도 용흥댁이 애원하고 있었다. 양순채는 그러는 용흥댁의 마음이 읽혀서 가슴이 미어졌다.

"이리 와."

양순채가 불안한 눈빛을 어디에 둘지를 몰라 허둥대고 있는 언년이에게 손을 내밀었다. 언년이가 눈치를 살피다가 양순재의 팔을 붙잡아 부축하고 나섰다.

"아부지 꼭 잡고 댕겨야 헌다. 알았제?"

그러는 언년이가 제법 듬직했다. 용흥댁은 그나마 마음이 놓였다.

"알았구만이요."

언년이가 말뜻을 알아듣고는 낮고 작은 어깨로 양순채를 부축하여 사립문 바깥으로 걸어 나갔다. 양순채가 바람에 흔들리는 나뭇가지만큼이나 흐늘거렸다. 마치 술에 취한 모습이다.

해가 정수리 위에서 내리쬐고 있었다. 대낮부터 술에 취한 듯했다. 사람들의 눈살이 그의 모습으로 찌푸려지고 있다. 그래도 그러거나 말거나 비틀거리며 저잣거리를 활보하고 있다. 사람들의 어깨를 일부러 부딪치며 걷고 있었다. 누가 봐도 시비를 걸고 있다.

"어허이. 지금 뭇 허자는 거여?"

등짐장수의 체격은 황소처럼 단단하고 우람했다. 양순채를 향해 눈을 부라렸다. 그는 장시를 주먹으로 주름잡는다. 그가 횡포를 부려도 감히 눈살조차 찌푸리지 못한다. 그런 그에게 양순채가 허리를 꼿꼿이 세웠다.

"뭐여?"

등짐장수에게 시비를 걸었다.

"이노무시키가 죽을 라고 환장했구만."

등짐장수가 다짜고짜 양순채의 뺨을 후려쳤다. 뺨 맞는 소리가 저잣거리를 진동시켰다. 사람들이 모여들었다. 그래도 양순채는 언제 비틀거렸냐는 듯이 자세를 바로잡아 얼굴을 들이밀었다.

"그래 개새끼야. 디질라고 환장했다. 니가 쫌 죽여주라!"

오히려 등짐장수가 당황하고 있었다. 양순채가 엉거주춤하는 그를 몸통으로 사납게 밀어젖힌다. 그러자 등짐장수가 당황하여 두어 발짝 물러선다. 구경꾼들이 모여들었다. 억센 주먹을 가진 등짐장수가 맥없이 당하는 모습을 시원해하고 있었다.

"그래, 그렇게도 디지고 싶냐? 그러면 고로코롬 해주께!"

그가 주먹으로 양순채의 머리통을 우악스럽게 내리쳤다. 마치 수박이 쪼개지는 소리다. 그래도 양순채는 그러거나 말거나 머리통을 슬그머니 감싸 쥐며 고래고래 고함을 내질렀다.

"아이고! 야 이 새끼야 요로코롬 때려서 죽것냐! 더 시게 때리란게."

등짐장수는 힘이 장사다. 웬만한 사람은 한방에 나가떨어진다. 그런 주먹을 맞고도 오히려 기세가 등등해지고 있었다.

"그러냐. 개새끼야. 너 오늘 디져 봐."

"야 병신 새끼야! 주댕이로만 허지 말고, 언능 때려 보랑게."

양순채가 양손을 등 뒤에 맞잡고는 얼굴을 들이밀었다. 등짐장수가 당황하고 있다.

"아휴. 한 주먹꺼리도 안 된 새끼가 아휴 참."

"때리랑게 때리도 못허는 새끼가 입만 살아 가꼬, 병신이 따로 없당게. 요로케 디져 버리라고 때려 보랑게."

양순채가 등짐장수의 뺨을 힘껏 후려치고는 머리통을 들이밀었다.

"디지는 것이 그러케 꺼정 소원이냐? 그러면 정말로 디져 봐."

등짐장수가 더는 참지 않았다. 닥치는 대로 주먹을 날렸다. 그때마다 비명을 내지른다. 발길질도 이어졌다. 주먹과 발이 번개처럼 빨랐다. 양순채의 몸이 휘청거린다. 연속으로 둔탁한 소리가 났다. 그래도 쓰러지지 않고 비틀거리면서도 등짐장수의 팔을 붙잡아 당겨 물어뜯으며 큰 소리로 떠들어댄다.

"이 새끼 인자 봉께 좆도 아니구만! 빙신이여."

입술이 터졌다. 붉은 피가 튄다. 눈두덩도 찢어졌다. 검붉은 피가 흘러내린다. 그래도 양순채를 닥치는 대로 두드려 팼다. 양순채도 가만있지 않았다. 쓰러지면서도 욕설을 퍼부어 댔다.

"아부지! 잘못했다고 허랑게요. 엉엉엉."

언년이가 발을 동동 굴렀다. 등짐장수에게 엉겨 붙어 뜯어 말렸다. 아무 소용이 없다. 양순채도 더는 버티지 못했다. 바닥으로 맥없이 고꾸라졌다. 그래도 등짐장수는 멈추지 않자 반응이 없다. 비로소 등짐장수가 구타를 멈추었다. 그러고도 흥분을 삭이느라 씩씩거린다.

"아부지! 아부지! 눈떠 봐."

언년이가 쓰러져 있는 아버지에게 다가가 울부짖었다. 아무 반응이 없다. 눈꺼풀을 잡아당겨도 반응이 없다.

"우리 아부지 좀 살려 주씨요! 엉엉엉."

언년이가 양순채를 끌어안고 주변에 대고 울부짖었다.

"어이. 어이!"

등짐장수가 흥분을 추스르고 다가섰다. 겁을 먹고 양순채를 흔든다. 아무런 반응이 없자 슬금슬금 뒷걸음질이다.

"쩌리 비켜."

구경꾼 한 사람이 물바가지를 가져와 사람들 틈을 비집고 나섰다.

"정신 드요?"

양순채가 찬물을 뒤집어쓰더니 움찔했다. 눈을 감고 눈시울과 손가락을 꼼지락거렸다.

"아부지! 아부지! 엉엉엉."

언년이가 안도의 눈물을 쏟으며 끌어안아 일으키려 했다.

"나는 암시랑토않은디 니 어머이가 걱정이다. 흑흑흑."

양순채의 안면이 온통 피투성이다. 얼굴이 퉁퉁 부어서 누군지 조차 알아볼 수가 없다. 몸통도 마찬가지다. 온전한 구석이라고는 없다. 낡아 빠진 옷이 여기저기 찢어지고 뜯겨 나갔다. 몸통이 허옇게 드러난다.

"아부지. 나가 언능 가서 할매 데꼬 오께."

언년이가 울부짖던 울음을 뚝 소리를 내는 것처럼 그치고는 집을 향해 젖 먹던 힘으로 내달린다.

"누군지 알고 있었을 튼디…어째서 찐짜를 붙었으까잉?"

양순채의 친구가 등짐장수의 서슬에 눌려서 숨죽이며 기회를 엿보다가 뒤늦게 나섰다.

"차라리 맞어서 죽어 버릴라고 그랬네. 흑흑흑. 나 같은 빙신은 사나 마나랑게. 흑흑흑."

양순채가 드러누운 채로 대답했다. 정신을 언제 잃었었느냐는 듯이 목소리가 또랑또랑했다.

"어째서 이려? 자네 새끼들도 있는디!"

친구가 일으켜 세우려고 했다. 그래도 양순채가 늘어져서 꿈쩍하지 않았다.

"맞어서 죽을라고 그랬는디. 디지지는 안 허고. 흑흑흑."

양순채가 눈물을 쏟아내며 흐느꼈다.

"어이 순채! 개똥밭에 궁글어도 저승보다는 이승이 낫다고 안 허는가. 식구들을 생각해서 정신 좀 채리소. 응."

양순채가 당했던 억울한 사정을 모르는 사람이 없을 정도였다. 그의 얼굴은 몰라도 이름은 안다.

"오매. 오매. 그래서 일부러 맞을라고 찐짜를 붙었는 갑네. 쯧쯧쯧."

양순채를 가운데 놓고 빙 둘러선 사람들이 한마디씩을 꺼내놓았다. 양순채는 사람들의 관심과 걱정이 부끄럽다. 하지만 그보다도 정신이 또렷해지고 있어서 더 죽을 맛이다.

용흥댁이 손자에게 미음을 먹이고 있었다. 언년이가 헐레벌떡 뛰어 들어왔다. 숨이 넘어가고 있다. 자초지종을 듣지 않고도 보통 일이 아님을 알아차릴 수가 있다. 만복이를 방바닥에 내팽개쳤다. 단숨에 달려 장시 저자에 다다랐다.

"아따. 믄 구경났소! 쩌리들 가씨요!"

용흥댁이 사람들 틈을 사납게 헤치고 들어섰다. 고함을 내지르며 불만을 쏟아내고 있다.

"어머이 뭇허러 왔소? 디지게 놔두어 버리제…나 같은 바보 못난 겁쟁이 새끼가 살아서 뭇 허것소."

양순채는 눈 뜰 수가 없다. 사람들 보기가 부끄러웠다. 차라리 죽는 편이 나았다. 아무것도 보지 않고 듣고 싶지도 않았다.

"쪼까만 거시기 해주씨요."

용흥댁의 체구는 왜소하다. 제대로 먹지 못해 얼굴이 누렇게 떠 있기도 했다. 양순채를 그런 작은 몸으로 일으켜서 어깨에 걸쳐냈다. 그야말로 괴력을 발휘하고 있다.

"아짐. 지가 업을라요."

좀 전의 양순채 친구가 거들고 나선다. 용흥댁에게 걸쳐 놓은 양순채 한쪽 팔을 붙잡아 끌었다. 자기 어깨에 기대놓느라 얼굴이 벌게진다.

"아이고. 하대 양반, 흑흑흑."

용흥댁이 울음을 터트렸다. 아들의 널브러진 모습에도 꿋꿋했다. 아들을 추스르기에 온 힘을 쏟다가 양순채 친구가 거들고 나서자 눌러 참았던 설움이 폭발하고 있었다.

"어머이, 흑흑흑."

양순채는 여전히 눈을 뜨지 않았다. 얼굴을 친구의 등에 파묻어놓고 울부짖었다.

"미안허네. 나 같은 놈을… 흑흑흑."

양순채가 몸을 가누어 주면서도 눈만은 뜨지 않는다.

*

신재효는 자기 서방으로 김세종과 박유전을 불렀다. 두 사람의 소리는 확연히 다르다. 김세종의 소리는 맑으며 씩씩하다. 남자다운 기운이 넘쳐난다. 반면에 박유전의 소리는 슬프고 애잔하다. 목 재치가 풍부하다. 엇부침 장단이 많으며 발림(몸동작)이 능숙하고 잘 다듬어져 있다.

"날치 소리는 늘어 터져 가꼬 쪼까 듣기가 거시기허든디."

김세종은 슬픈 가락으로 기교를 부리느라 늘여 빼는 이날치의 소리가 못마땅하다고 했다.

"다부지고 짱짱허다고 존 것은 아닌디요. 허허허."

박유전이 애써 웃음기를 띠어서 반박했다. 자신의 맞은편에 앉아 있는 김세종이 아닌 아랫목의 신재효를 의식하고 내놓는 반박이다.

"장단은 엇부침허고 성음을 가시네 같이 허드만."

김세종이 콧방귀 뀌듯이 말했다. 그는 박유전보다 손위다. 동리정사에서 차지하는 비중도 크다. 그뿐만이 아니다. 소리꾼으로도 윗전이다. 신재효의 가르침으로 소리 이론도 공부했다. 소리에 대해서는 둘째가라면 서러운 사람이다.

"그러든지 저러든지 청자들 애간장 녹여 가꼬 울게 허기도 허고 웃게 허기도 허면 될 것 같은디요."

박유전도 물러서지 않았다. 자신의 주장을 조금도 굽히지 않는다.

"나리께서는 어쩌케 생각허시는 가요?"

김세종은 신재효가 자신의 의견에 동조하기를 바랐다. 신재효가 박유전의 소리에 관심을 보이는 것 자체가 못마땅했다. 소리꾼은 자신의 감정을 절제해야만 듣는 사람의 마음을 움직일 수 있다고 생각한다. 박유전의 소리에는 감정이 많다. 장단이 엇부침이라 듣기가 거북하다고 생각한다. 그런 문제에 대해 아무런 지적이 없어서 꼬집는 말이다.

"소리를 한두 가지만으로는 평할 수는 없네. 득음은 물론이거니와 인물 치레, 사설 치레, 너름새가 좋고 잘 어우러져야 좋은 소리라고 할 수가 있을 것이네. 하하하."

신재효는 기분이 좋았다. 두 사람이 서로 다른 생각으로 얼굴을 붉히면서 주장을 굽히지 않고 있었다. 그런 서로 다른 생각이 좋았다. 기예는 정해진 것이 없다. 정해져서도 안 된다. 사람마다 다름이 당연하므로 이런 논쟁이 좋다.

"그려도 소리에 심이 있어야 청자들 추임새가 잘 나오는 것이여."

김세종이 그렇게 말하자 박유전이 반박하고 나섰다.

"성님. 꼭 심이 있다고 추임새가 잘 나오는 것이 아니어라우. 청자들 거시기가 안 나온다고 꼭 안 존 소리도 아니고요."

김세종은 기교를 부리지 않는다. 대마디 대장단 즉 장단의 시작과 사설 구절을 함께 시작한다. 장단이 끝나면 사설의 구절도 함께 끝낸다. 여간해서는 마음이나 기분을 드러내지 않는다. 맑고 격하고 씩씩하게 소리한다. 하지만 박유전의 생각은 다르다. 반드시 성음이 우렁찰 필요가 없다. 추임새를 드러낸다고 해서 좋은 소리라고 생각하지 않는다. 청자의 심금을 울리면 된다는 주장이다. 창자의 마음과 뜻이 청자에게 제대로 전해지면 좋은 소리라 여기고 있었다.

"소년 명창은 있어도 소년 명 고수는 없다고 하는데…자네들은 어찌 생각하는가?"

"나리. 우덜 귀에는 북을 만 번 친 사람허고 만한 번 친 사람허고는 허벌나게 달브구만이요."

 김세종과 박유전이 약속이나 한 것처럼 대답했다. 북장단은 소리를 편하게 해주고 소리가 빛나게 만든다. 소리와 소리 사이에서는 가락으로 틈을 메꾸어 주기도 하고 장단을 다르게 하여 사설의 맛을 돋우어 준다. 명창이 아무 고수하고 나 소리판을 벌이지 않는 이유이다.

 "그건 그렇고 홍낙관의 소리는 어떤가?"

 신재효는 홍낙관을 유심히 살피는 중이다. 자신하고 비슷하기에 그에 관해 관심이 더 갔다. 신재효는 소리꾼으로 나설 생각은 아니었다. 하지만 소리를 소리꾼처럼 잘하고는 싶었다. 무진 애를 썼었다. 하지만 결국, 그만두고 말았다. 그에게도 그런 경험이 있었다. 한양 말투를 쓰는 홍낙관도 쉽지 않은 것 같았다. 그래서 다른 소리꾼들의 판단을 구하고 있다.

 "이 년이 넘었는디 아직도 떡목이나 거지반 같구만요. 귀허게 커서 그런지 암만해도 득음은 힘들 것 같구만요."

 두 사람은 이구동성이었다.

 "가슴에 엉친 것이 있어야 허는디……모상(貌相)을 보면 그런 것이 있겠어요?"

 소리꾼이 되려면 우선 가슴에 한이 맺혀야 한다는 말이다. 그래야 온몸에 멍이 들고 마디마디가 부스러지는 고통을 이겨낼 수가 있다는 얘기다.

 "……."

여러 생각이 스쳤다. 홍낙관은 있는 힘을 다하는 모습이었다. 그런데도 소리꾼보다 재담꾼이 더 어울렸다. 그는 여러 사람 사이에서도 금세 눈에 띄었다. 수려한 용모로 부드러운 언사를 구사한다. 비록 의복이 남루해도 이목을 집중시키는 매력이 있다. 말투도 다정하다. 그가 쓰는 한양 말투는 그의 인상과 잘 어우러진다. 듣는 이의 귀를 쫑긋하게 만든다. 교양이 풍기는 어휘를 구사한다. 세상 돌아가는 물정에도 밝아 눈과 귀를 사로잡는 묘한 매력이 있다.

"낙관이 좀 불러오게."

신재효는 결심이 선 듯했다. 평소처럼 '홍 도령'이라고 호칭하지 않았다.

"자네들은 나가서 일들 보시게."

신재효 서방 사면의 벽은 검다. 방바닥과 천정까지도 검은색으로 도배돼 있다. 두 사람이 나가자마자 뒤로 돌아앉았다. 벽을 바라보며 기도하듯 깊은 생각에 잠겨 들었다.

신재효 소사는 천남면 신기리 문수산 골짜기(지금의 고수면 은사리 신기계곡)로 달려갔다. 홍낙관은 온종일이다시피 소리를 가다듬고 있었다. 온갖 애를 써서 말투를 고치고 있었다. 소리가 나오지 않을 정도로 목도 쉬었다. 그러는 그를 동리정사로 데려왔다.

"할 만한 것이냐?"

홍낙관과 마주 앉은 신재효의 말투가 이전하고는 판이했다. 양반을 대하듯 하지 않았다. 오로지 아랫사람으로만 대하고 있다.

"생각처럼 쉽지 않습니다."

"알고 있다. 수년 동안 연마해도 쉽지 않은 일이다. 그런데 너는 너무나 급하다. 또 여러 가지로 불리한 여건이기도 하고."

"그래도 해 보겠습니다. 기어이 해 보이겠습니다."

홍낙관이 애써 눈빛을 반짝거렸다. 허리를 꼿꼿이 세우며 결연한 의지를 드러내 보였다.

"허허. 득음은 쉽지 않은 일이다. 수년간 매진하고도 그만두는 사람이 많다."

"나리. 저는 이 길밖에 없습니다. 무슨 일이 있어도 소리꾼이 되렵니다."

"네 사정은 잘 안다마는……. 다른 길도 많이 있다. 원한다면 다른 할 일도 많다. 굳이 안 되는 일에 공력을 들일 필요가 없다."

신재효가 홍낙관에게 이렇게 얘기하기는 처음이다. 용기를 북돋워 주려 애를 써왔다. 재능이 부족하다는 것을 모르지 않았다. 그런데도 기대를 버리지 않으며 응원했다. 그랬던 그가 평소와 다르다. 홍낙관은 불안했다.

"그래도……. 시작했으니 끝까지 해보겠습니다."

홍낙관은 억장이 무너졌다. 어떻게든 해보는 데까지는 해볼 참이다. 무슨 수를 쓰든지 살아남아야 했다.

"이제부터는 내 말을 잘 새겨들어야 한다."

신재효의 표정이 이미 많은 말을 하고 있었다. 바라보는 눈길도 예사롭지 않았다. 주변에 사람이 없는데도 시선을 돌려 살피고 있었다. 행여 말이 바깥에 새어나가지는 않을까 염려하고 있다. 그답지 않은 행동이다.

"너를 알아보는 사람이 있다는구나."

"……."

청천벽력이나 다름없었다. 그렇지 않아도 살얼음판을 걷듯 살고 있었다. 자신을 알아볼까 봐 석교포구 근처는 되도록 가까이 가지 않았다. 근처 개갑장터에 볼일이 있을 때는 광대 거지로 변장했다. 알아보는 사람이 없어도 항상 조심했다.

"만약 발각되면 관노가 될 것이다. 어디로 끌려갈지도 모르고."

"나리. 소인은 차라리……."

홍낙관의 얼굴빛이 순식간에 사색으로 변했다. 충격으로 넋이 나가 말을 잇지 못한다. 관노가 되느니 차라리 목숨을 끊겠다고 한다.

"그럴 것이다. 예인이라면 그럴 것이다."

신재효가 고개를 끄덕였다. 여태껏 인정하지 않았던 소리꾼으로 대접해 주고 있었다.

"소인은 아직 예인이라고는 할 수가 없지만, 관노로 구속되어 사느니 죽어서라도 하고 싶은 일을 하겠습니다."

"당골댁 소문을 들었다."

신재효가 뜬금없는 말을 꺼내놓았다. 홍낙관이 두암초당에서 당골댁을 얼핏 마주친 그날 이후 그녀를 마주친 적이 없다. 그런데도 당골네가 상사병에 걸렸다는 해괴한 소문이 돈다.

"아무리 소인의 처지가 곤궁해졌어도 안 될 일입니다."

홍낙관이 금세 알아듣고는 잠시도 지체하지 않았다. 따지고 보면 하찮은 소문에 불과했다. 신재효의 귀에 들어가 입에 올려지는 것이 야릇한 일이다.

"꼭 그렇게만 생각할 일이 아니다. 관노가 되는 것보다는 나을 것이다."

"아무리 그래도……."

홍낙관의 태도는 단호했다. 무당과 혼인하여 무부(巫夫)로 살 수는 없다는 의사를 분명하게 드러냈다.

"물론 처음 듣는 얘기여서 혼란스러울 것이다. 그런데 내가 본 너는……비록 고통스럽더라도 얽매여 사는 관노보다는 낫다."

신재효가 눈꺼풀과 눈동자에 힘을 주어 말했다.

"그래도 마음이 내켜야……."

"우선 살고 봐야 하지 않느냐? 예인이 관노가 되면 죽는 것이나 마찬가지다."

　홍낙관은 신재효의 지시를 한 번도 거스른 적이 없다. 그런 그가 이번에는 의사를 꺾지 않는다. 물론 신재효도 물러서지 않았다. 오히려 홍낙관을 소리꾼으로 인정하며 무당과의 혼인을 밀어붙였다.

*

"어이 쩌그 좀 보랑게"
　이날치가 빙 둘러선 사람들 틈에 끼어있는 아녀자를 가리키자 수그려있던 고개를 잠깐씩 쳐든다. 그러고도 앞을 똑바로 바라보지를 못한다. 고개를 반쯤 돌려서 곁눈으로 바라본다.
"그때 봤던 당골넨가?"
　그러고 보니 여러 번이나 봐왔던 아녀자의 자태다. 그래도 얼굴은 제대로 보지를 못했다. 재담이 끝나갈 무렵이 되면 사라지고 없어서 당골댁을 알아보지 못한다.
"그래도 이쁘기는 혀."
　이날치가 대답 대신 당골댁의 미모를 끄집어냈다. 홍낙관도 소문으로 들었다.
"곧 끝낼 테니까 자네가 좀 붙잡아 두면 안 될까?"
"뭣 헐라고?"
　이날치가 후다닥 홍낙관의 표정을 훔치고는 단순한 호기심이 아님을 알고 의아해한다.

"끝날 때까지 붙잡아 두시게. 부탁하네."

"참말로?"

혹시 몰라 되물었다. 진심이 느껴진다. 당골댁은 누가 봐도 절세의 미색이다. 눈을 뒤집기 십상이다. 그러면 무부가 되고 만다. 이를테면 양반도 천민이 되고 말기에 되묻는다.

"그렇다니까."

"거시기허는 것은 좋은디 자네가 어쩔라고?"

"조금 일찍 끝낼 테니 그때까지만."

홍낙관은 진지했다.

최 부자 댁은 고창은 물론이거니와 무장이나 영광에서도 이름난 가문이다. 재산도 둘째가라면 서러울 정도다. 무당이라면 그 댁에 불려 가기를 원한다. 아무나 부르지는 않는다. 그 집에 불려 갔다는 사실만으로도 영험한 무당이 된다. 그런 굿판을 내팽개치고 재담 마당을 따라다닌다고 한다. 홍낙관의 얼굴을 가까이 보려고 수 십리 길을 마다하지 않는다. 소문이 자자해진 상사병이다.

홍낙관과 이날치는 장시를 함께 돌아다닌다. 이날치는 소리를 맡고 홍낙관은 재담을 맡았다. 이날치는 타고난 소리꾼이라는 말을 듣는다. 목청이 커서 소리를 하면 장시가 떠내려가는 듯이 들썩였다. 그의 소리에는 슬픔과 한이 서려 있다. 듣는 이의 심금을 울린다.

홍낙관은 부드러운 한양 말씨로 세상을 풍자한다. 구경꾼들의 마음을 시원하게 만든다. 그래서 그런지 남녀노소, 양반은 물론 무지렁이까지도 좋아한다. 금세 구경꾼들이 몰려들어 북새통이 되어 자리를 쉽게 뜨지 못한다.

"아따 나는 몰르것다."

이날치가 마지못한 표정으로 응낙했다. 자신보다 한참이나 어린 홍낙관에게 충고하긴 해도 더는 어쩌지 못하겠다는 생각이다.

"형님. 고마워요."

홍낙관이 난데없이 '형님'이라는 호칭을 썼다.

"지금 므시라고 했는가?"

이날치가 당황하여 되물었다.

"형님이라고 했습니다."

"므시라고?"

"형님이라고요."

"해가 서쪽에서 떴는갑다."

이날치는 여전히 받아들이지 못하며 홍낙관의 눈을 빤히 바라보다가 위아래를 훑었다.

"저 아무렇지 않습니다. 그런 눈으로 보지 마십시오. 하하하."

"근디 뜬금없이 어째서 이런당가? 내가 므슬 잘못했소?"

이날치가 따지듯이 물었다.

"형님이라고 해보고 싶었습니다. 그동안 제가 많이 부족 했습니다. 이제부터는 깍듯하게 모시겠습니다."

홍낙관이 진지해져 있었다. 이날치에게 진심을 보이려고 애쓴다. 구경꾼들이 홍낙관의 재담을 기다리느라 웅성거리지만 상관하지 않았다. 구경꾼 틈에 끼어서 자신을 바라보고 있는 당골댁을 의식하며 행동했다.

08

소리 조우

양순채의 온몸이 만신창이였다. 몸을 움직일 때마다 비명이 저절로 새 나온다. 그래도 친구의 등에 업힌 채 몸을 뒤틀어댔다. 그때마다 뼈마디가 부서지고 살점이 찢겨나가는 느낌이다. 그래도 그편이 더 나았다. 외마디를 지르는 순간만큼은 머릿속이 아프지 않았다. 뱃속도 견딜만했다. 등짐장수의 주먹과 발길질에 나가떨어져 정신을 잃었던 순간이 좋았다. 오히려 깨어난 것이 후회된다.

시간이 지나면서 온몸의 상처는 아물었다. 몸을 움직여도 비명이 나오지 않았다. 인사불성이 되도록 술을 마셨다. 취하지 않았다. 오히려 정신이 또렷해졌다. 자기의 가슴이 부서지라며 주먹질했다. 그래도 그때뿐이다. 여전히 머리가 쪼개지고 뱃속이 너덜거렸다. 오장육부가 불에 덴 것처럼 오그라들었다. 맨정신으로는 한순간조차도 견딜 수가 없다. 고부 군수에게 몇 번씩이나 따지러 가려고 했다. 하지만 사람들이 한사코 만류했다. 그랬다가는 역적으로 몰려서 삼족이 몰살될 수도 있다고 했다. 옥에 갇혀있는 점예가 살아 있는 것만이라도 다행으로 여기라 했다.

집을 나섰다. 무작정 걸었다. 발걸음을 옮길 때마다 여전히 온몸이 욱신거린다. 그런데, 뼈마디와 근육에서 고통이 밀려올 때는 잠시나마 살 것 같았다. 걷고 또 걸었다. 오히려 온몸의 고통이 즐겁다. 전후좌우 아무것도 눈에 들어오지 않았다. 무작정 길을 따라 걸었다. 어디가 어딘지는 중요하지 않았다. 걸음을 옮길 때마다 육체의 고통이 머릿속 고통을 밀어내고 있어 좋다. 배고픈 줄도 모른다.

"여가 어디요?"

양순채의 눈동자가 풀어져 있다. 누가 봐도 온전한 사람이 아니다. 흡사 유리걸식하는 걸인이거나 정신이 나간 사람 모습이다.

"……"

행인들이 깜짝 놀란다. 마주치는 사람마다 후다닥 달아나기 바쁘다. 아무도 상대해 주지 않았다.

영락없는 부랑자 행색인 양순채의 눈에 주변의 모습이 들어오자 다리가 풀려 제자리에 털썩 주저앉는다. 허리가 저절로 휘어졌다. 엉덩이 걸음으로 담벼락에 다가가 기댔다. 고개를 쳐들자 절벽같이 가파른 산허리가 눈 안으로 들어왔다. 산

등줄기가 빨랫줄처럼 평평히 이어져 있다. 왠지 병풍이 둘러쳐져 있는 것처럼 아늑해진다. 오색으로 물든 나무이파리가 병풍에 그려진 산수화처럼 느껴졌다. 바람을 막아주어서인지 포근하기도 하다.

고개를 돌렸다. 성벽과 성문이 눈에 들어왔다. 형형색색으로 물들어가는 나무이파리들이 성안을 수놓고 있었다. 소나무 이파리와 단풍이 절묘하게 어우러져 있는 한 폭의 그림이다. 탄성이 절로 나왔다. 경치에 정신이 팔려 한동안 멈춰졌다. 머릿속 고통이 서서히 지워지는 느낌이라서 살만했다. 하지만 잠시뿐이었다. 금세 시들해졌다. 순식간에 고통이 다시 머릿속을 점령해 나가고 있다.

"삼월 삼짇날 연자 날아들고 호접은 편편 나무나무 속잎 나가기 꽃 피웠다 춘몽을 떨쳐 원산은 암암 근산은 중중
기암은 층층 뫼산이 울어 천리 시내는 청산으로 몰고······."
소리가 기대고 있는 담장 안에서 새 나온다. 무슨 뜻인지는 모른다. 하지만 소리를 듣는 순간에 속이 후련해진다. 고통이 밀려들다가 밀려난다. 심신이 귓속으로 파고드는 소리다.

"대천에 비우 소로기 남풍 쫓아 떨쳐나니
구만리 장천 대붕 문왕이 나 계시사 기사조양의 봉황새······."
양순채가 자신도 모르게 손가락을 까닥인다. 언젠가 장시 저자에서 들었던 소리다. 그때도 듣기 좋기는 했다. 발걸음을

저절로 멈추어 서게 했었다. 하지만 먹고 사는 일이 더 바빴다. 그때 그 소리와는 비교가 되지 않다. 애처로운 곡조가 명치끝에 맺힌 것들을 죄다 풀어내고 있었다. 귀가 저절로 쫑긋 세워졌다.

"여그가 어디다요?"

양순채가 지나가는 사람에게 담장 안을 가리켰다. 소리를 듣느라 행인이 담장 너머로 눈길을 보내고 있었다. 다시 보니 그 사람뿐만이 아니다. 꽤 여러 사람이 담장을 따라 멈춰 서서 소리를 듣는다. 한동안을 들었다. 이윽고 소리가 멈추더니 더는 들려오지 않는다.

"아까는 므슬 아는 모양으로 듣고 있드만 여그가 동리정산지도 모르는 갑네. 허허 참."

동리정사라는 말을 들어본 적은 있다. 그곳에 가면 밥을 얻어먹으면서 소리를 배울 수 있다고 들었다. 자신하고는 그다지 관련이 없는 곳이었다. 고창과 고부는 몇십 리나 떨어져 있다. 어떤 곳인가 궁금하긴 했었다. 가보고 싶기도 했다. 하지만 먹고사는 일만으로도 버거워서 엄두조차 내지 않았었다.

"여가 동리정사구만잉."

"어딘지도 모르고 왔는갑네?"

행인이 관심을 나타냈다. 얼핏 보기에 그 역시 양순채의 처지와 별반 다르지 않아 보였다. 남루하기 그지없다. 그런데도 눈빛은 반짝거린다.

"그냥 오다 본께 여그 드랑게요."

"그러면 소리하러 온 것이 아니요?"

행인이 의아하다는 표정으로 물었다. 동리정사는 대개 소리꾼이 되려는 사람이 기웃거린다. 소리에 재능이 있으면 누구라도 소리 사범의 지도를 받을 수가 있다. 먹고 자는 걱정 없이 몇 년이고 수련할 수도 있다. 소리꾼으로 이름을 얻게 되면 이리저리 불려 다니게 된다. 금세 신수가 바뀐다. 잘만하면 벼슬도 얻을 수 있다. 그런 소문이 파다했다. 소리꾼이 되려는 사람치고 모르는 사람이 없다.

"나는 소리에 '소'자도 모른당게요. 근디 아까 그 소리는 들을 만은 허네요잉."

"그런디 어디서 왔소?"

"고부요."

"여까지는 솔찬히 먼…디?"

행인이 고개를 갸웃거렸다. 믿을 수가 없다는 투였다.

"그러제. 내 말을 누가 고지 듣것어."

양순채가 혼잣말처럼 대답했다. 행인은 더 말을 나누고 싶지 않은지 몸을 돌려 제 갈 길로 간다.

그 누구도 양순채에게 관심이 없다. 바로 곁에서 말을 걸어 보았다. 하지만 눈길조차 주지 않는다. 못 본 듯이 행동한다. 아무도 양순채를 사람으로 여기지 않는 눈치였다.

무망감이 밀려왔다. 담장에 몸을 부리듯 기대는 것마저도 힘이 들었다. 기운이 빠져나가 버틸 수가 없었다. 고목 쓰러지듯이 고꾸라졌다. 흙먼지가 날리는 땅바닥에 새우등처럼 허리를 구부리고 앉았다. 또다시 머리가 쪼개지듯 아프다. 가슴이 무너지며 오장육부에 불이 붙는다. 머리통을 양손으로 감싸쥐었다. 가슴을 쥐어뜯다가 배를 움켜쥐었다. 큰 소리로 울부짖었다. 그래도 소용이 없다. 등짐장수에게처럼 다시 흠씬 두들겨 맞고 싶다. 온몸에 피멍이 들고 뼈마디가 부서졌으면 좋을 것 같다. 덩치가 황소처럼 크고 단단한 행인 하나를 발견했다.

"어이 구경났냐!"

양순채를 쳐다본 것이 아니었다, 그냥 제 갈 길을 가고 있는 그에게 느닷없이 시비를 걸었다.

"……?"

행인이 시비를 거는 양순채의 모습을 안쓰러운 눈으로 쳐다보다가 무시하고는 발길을 재촉한다.

"야 이 개새끼야! 왜 꼬나 보냐고오!"

양순채가 큰소리로 욕설을 퍼부었다. 귀청이 떨어져 나가는 듯한 큰 목소리였다. 말투가 옹골지고 야멸차다. 행인이 발걸음을 멈추고 양순채의 형편없는 행색을 훑으며 투덜거리듯 말했다.

"내가 언제 봤다고 지랄이냐?"

그가 말대꾸해 놓고도 곧바로 후회하는 눈치였다.
"지랄! 이 새끼가 디질라고 환장했냐!"
양순채가 꼬부렸던 상체를 세우고 벌떡 일어섰다. 저만치에 있는 행인을 향하여 주먹질을 보낸다.
"나 참 별놈을 다 보것네. 정 헐 일 없으면 도둑질이라도 헐 것이제. 허허허."
행인이 같잖다는 듯 한마디 던지고는 도망치듯 바삐 움직였다. 뒷덜미라도 잡힐까 걱정되는지 연신 뒤를 돌아다보기까지 했다. 주변의 다른 사람들도 모두 본체만체다. 아무것도 할 수 없는 자신이 미웠다. 아내가 고초를 겪고 있어도 아무것도 못 하는 스스로가 원망스럽다. 아랫도리에서 허전함이 느껴질 때마다 허망하고 억울했다. 그 어떤 것도 의미나 가치가 없다.
양순채가 제자리에 드러누웠다. 한참이나 죽은 듯이 모로 누웠다. 해가 떨어지자 한기가 밀려온다. 땅바닥에서 솟아오르는 냉기가 견디기 힘들 만큼 차갑다. 몸을 고양이처럼 더 웅크렸다. 그래도 나아지지 않았다. 그 순간은 머릿속이 편안해진다. 다른 데에 신경을 집중하면 비로소 모든 게 잊히고 있었다.
밤이 늦은 시각이었다. 활짝 열려 있는 동리정사의 대문으로 들어섰다. 사랑채 마당은 넓었다. 흡사 부랑자 모습인데도 막는 사람이 없다. 여느 부잣집하고 달랐다. 내친김에 중문 안으로 들어섰다. 족히 십수 칸이 넘을 것 같았다. 끄트머리 쪽에 냇물이 흐르고 있었다. 개울을 따라 눈길을 옮겼다. 연못 위에 텅 빈 정자가 보였다. 정자 마루에 몸을 부렸다. 밤이 깊어 가고 있다. 한기가 뼛속으로 파고들었다. 추위를 견디려고 움츠렸다. 죽도록 얻어맞은 뒤 밀려오던 고통이나 마찬가지다.

그러나 그것도 잠깐이었다. 결국은 모든 게 그대로다. 무슨 생각을 해도 가슴이 허전했다. 열기가 뱃속에서 뿜어져 나온다. 분노의 열기로 목이 짓눌려지는 느낌이다. 기억이 한꺼번에 되살아나며 머릿속을 헝클었다. 머리를 내젓듯이 흔들어 보았다. 그러면 그럴수록 악몽 같은 기억이 꼬리를 문다. 말 한마디, 표정 하나하나가 날카로운 송곳처럼 머릿속을 찌른다. 희미했던 기억조차도 또렷해지며 통증이 일어났다. 차라리 흠씬 두들겨 맞고 정신을 놓아야 살 수 있을 것 같았다.

양순채가 정자에서 일어났다. 주변을 둘러보았다. 늦은 시각인데도 불이 켜진 방들이 많다. 아직 잠자리에 들지 않았는지 두런거리는 소리가 들려온다. 잘되었다 싶었다. 가까운 사랑채가 적당할 것 같았다.

"누구냐!"

신재효가 화들짝 놀라며 소리를 질렀다. 자시까지 소리 사설을 정리하다가 잠자리에 들었다. 마치 꿈을 꾸는 듯했다. 인기척에 눈을 뜨니 검은 물체가 자신을 내려다보고 있어 소스라치게 놀란다.

"돈 내노시요!"

양순채의 목소리가 떨리고 있었다. 달빛이 창호지로 스며들고 있었다. 누군지를 알아볼 수 있다. 그런데도 얼굴을 가리지 않았다. 괴한의 모습이 이상했다. 위협하는 음성도 너무 컸다. 동리정사 울안이 쩌렁거릴 정도다.

"얼마나 필요하오?"

신재효가 침착하게 물었다. 언젠가 강도가 든 적이 있었다. 그때도 어설펐다. 배가 고파 무작정 들이닥친 자였다.

"있는 대로 주씨요. 아따 돈 좀 얼렁 주랑게요. 그냥 주면 되제 믄 말이 많으요!"

양순채의 목소리가 점점 커지고 있었다. 아무리 봐도 강도의 행동이라고 하기에는 어지빠른 모습이다. 고샅까지도 들썩거릴 만큼 목소리가 커서 위협으로 느껴지지 않았다.

"이 사람아. 여기는 사람들이 많네. 어서 나가게."

신재효가 빠른 손놀림으로 엽전을 꺼내어 쥐여주며 등을 떠밀었다.

"지가 그지요?"

양순채가 쥐여준 엽전을 바닥에 내동댕이치며 고래고래 고함을 내질렀다. 그의 목소리가 남달랐다. 한이 서려 있었다. 동리정사가 쩌렁거렸다. 잠자리에 든 사람조차도 다 깨운다.

"여가 어딘 줄 알고. 겁도 없네!"

어느 틈에 서너 명의 화동이 들이닥쳐 있었다. 신재효와 마주 선 양순채를 향해 주먹이 날아든다. 얼굴과 몸통을 가리지 않았다. 양순채가 순식간에 고꾸라졌다. 화동들이 그런 그를 일으켜 세워서 양팔을 밧줄로 묶었다. 그러자 신재효가 버럭 화를 냈다.

"왜 이러느냐? 그만해라. 내가 불렀다. 저 돈도 내가 내준 것이다."

신재효가 화동들에게 재빠르게 다가섰다. 양순채를 묶고 있던 밧줄을 풀어 멀찍감치 내던졌다.

"아니어라우. 지는 강도 맞당게요. 흑흑흑."

양순채가 원망하는 말투로 반박했다. 방바닥에 내 던져진 밧줄을 집어 들고 자기 몸통을 스스로 묶는다.

"내가 알아서 할 것이니 다들 화방으로 돌아가거라."

신재효가 물끄러미 바라보다가 화동들에 명령하여 화동들을 방에서 내몰아 냈다.

"앉아라."

신재효가 울부짖는 양순채의 어깨를 감싸 눌러 방바닥에 주저앉혔다. 양초에 불을 붙였다. 방안이 환해졌다. 무릎을 대고 마주 앉았다.

"왜 말겠어라우? 맞아 죽어버리게 놔두제. 흑흑흑."

양순채가 몸서리치듯 몸을 떨었다. 신재효의 무릎에 머리를 처박고 울부짖었다. 한이 저절로 느껴지는 목청이다. 숨소리까지도 가슴을 저민다. 마치 소문난 소리꾼이 내지르는 한 서린 소리처럼 느껴졌다.

"……."

신재효는 아무 말도 할 수가 없었다. 양순채의 사연을 들으면 들을수록 가슴이 먹먹해졌다. 그의 목청소리가 가슴을 울려댔다. 저절로 귀가 기울어지고 조금이라도 더 듣고 싶어진다.

*

한 번도 없었던 일이었다. 나졸들이 화방으로 몰려왔다. 여러 방을 샅샅이 뒤졌다. 동리정사의 행랑채는 물론 동리정사 울안에 있는 식솔들의 집까지도 헤집어 댔다.

"나리. 난리 났구만요."

신재효 소사가 허겁지겁 서방으로 뛰어들었다. 먹물에 붓을 적시고 있던 신재효 앞에 엎어져서 숨넘어가듯이 말했다.

"왜 이리 호들갑이냐?"

"거시기……. 쩌그서 거시기들이 거시기 허구만요."

"무슨 말인지 알아들을 수가 없구나. 숨 좀 돌리거라."

바로 그때였다.

"안에 기신기라우?"

곧바로 방문이 활짝 열렸다. 어느새 형방이 들어서서 눈으로 방안을 훑었다.

"무슨 일인가?"

신재효는 어이가 없었다. 여태껏 단 한 번도 없던 형방의 어처구니없는 행동이다.

"사람을 찾는 구만요."

올 것이 온 듯했다. 짐작이 금세 갔다.

"그런데 왜 여기에서 찾는가?"

"여그 있을 것이라고 혀서……."

형방은 말을 건네며 뒤를 돌아보았다. 언제 나타났는지 문밖에 조 진사가 우뚝 서서 눈동자에 힘을 주어 쏘아보고 있다.

"진사 나리께서 어인 일인지요?"

"역적놈 종친이 여긴다든디. 언능 어디 숨었는지 찾아내라."

조 진사가 사납게 말했다. 대답 따위는 필요 없다는 투였다. 포도가 주렁주렁 열린 시렁 아래에 꼿꼿하게 서서 형방을 채근했다. 머리를 수그리는 대신에 무릎을 구부렸다. 포도나무 가지를 툭툭 건드리며 건들거렸다.

"진사 나리. 일단 오르셔서 자세히 말씀해 주시면…아는 대로 여쭙겠습니다."

신재효가 기단으로 재빠르게 내려서서 허리를 깊숙이 굽히고 인사를 건넸다. 그래도 조 진사는 마루로 오르지 않겠다는 몸짓이다. 손바닥으로 시렁 아래로 늘어져 있는 포도나무 가지를 툭툭 쳐내고 있다.

"어허. 이 집이 대감마님 댁이라도 되는가비여. 쯧쯧쯧."
신재효를 무시하느라 보는 둥 마는 둥 허공에 말하고 있었다. 새초롬한 말투가 배배 꼬여 있었다.
"누추하여 오르지 못하시니 제가 내려서겠습니다."
신재효가 기단에서 내려와 마당에 섰다. 조 진사의 기세에 주눅 드는 태도는 아니었다. 오히려 아랫사람을 달래려 드는 모양새다.
"조 대감께서 내리신 분부이시니 그리 알아."
조 진사의 기세가 등등했다. 형조판서를 들먹였다.
"잘 알겠습니다, 나리."
신재효가 깎듯이 대답하고는 형방을 향해 말을 이었다.
"이보게 형방. 샅샅이 잘 살피시게. 저기 덕필이 방도 뒤져 보고… 필요하면 안채까지도 다 훑어보시게나."
신재효는 형방과 함께 봉직한 일이 있다. 당시 자신을 잘 따르던 이속 중 한 사람이다. 지금까지도 동리정사를 제집 드나들 듯이 드나들고 있다. 서로 모르는 것이 없을 정도다. 홍낙관을 어사무사하게 알아보는 사람이 있다는 얘기를 듣기는 했다.
형방이 선임 나졸을 불렀다.
"어이. 이리 와 봐."
신재효의 말대로 안 채도 수색시킬 생각이었다. 그런데 선임 나졸이 묻지도 않는 말을 꺼내놓았다.

"형방 어른. 여그 아닌가비어라우."

이미 십여 명이 동원되어 구석구석을 살핀 뒤였다. 들여다보지 않은 곳이 없었다. 얼굴은 고사하고 이름조차도 모르는 채 벌인 일이다. 그러니 예견된 일이나 다름없었다.

"그 놈이 재담허고 다닌다고 해서 혹시나 헌 것이네. 허허허."

선임 나졸의 말끝에 조 진사가 멋쩍은 표정으로 변명을 늘어놓았다. 그의 대답에 따르면 엉터리 같은 짓이다. 단지 신재효에게 봉변을 주려는 수작일 뿐이다.

"진사 나리. 동리정사에서는 재담을 가르치지 않습니다. 그러니 당연히 재담꾼도 있지 않고요."

신재효가 고개를 흔들며 잡아뗐다. 말려들지 않으려고 딴청을 피웠다. 그러자 그 틈을 형방이 재빠르게 끼어들었다.

"그렁게요. 지가 므시라고 혔는가요. …진사 나리. 인자 어쩌케 헐까요?"

조 진사가 벌인 일이라는 사실을 은근히 드러내는 중이었다.

"사또는 어째서 안 오시는지 모르것네. 요것을 보면 믄말을 못헐 것인디."

조 진사가 엉뚱한 얘기를 꺼냈다. 조금 전부터 구부려 있던 무릎을 고쳐세웠다. 갓이 시렁에 닿는다. 그러자 고개를 푹 수그리며 불평하며 다시 고개를 쳐들어서 포도 가지를 갓으로 치받았다.

"……."

포도 시렁에 불만을 품고 벌이는 수작임을 스스로 드러냈다. 그의 어설픈 행동에 신재효는 할 말이 없었다.

*

홍낙관이 동리정사로 돌아왔다. 이날치와 함께 여러 장시를 돌아다닌 끝이다. 화동들이 늘어나 있었다. 신재효가 천석꾼이어도 휘하의 식솔이 너무 많다. 소리꾼이 되려고 무위도식하는 사람도 부지기수다. 몇 년째 그러고 있다. 그래서 홍낙관이 나섰다. 조금이라도 보태고 싶어 재담 마당을 벌이고 있다.

조 진사의 얘기를 들었다. 가슴이 철렁 내려앉았다. 누군가가 자신을 알아보았다는 뜻이다. 다리가 후들거렸다. 돌아다니는 동안 제대로 알아보는 사람은 없었다. 김세종조차도 자신의 정체를 잘 알지 못한다. 안면이 있는 사람을 영광 장시에서 지나치듯이 마주한 적이 있다.

홍낙관은 며칠째 고민했다. 자칫 하다가는 아버지나 다름없는 신재효에게까지 날벼락이 떨어질 수도 있다. 더군다나 홍대감은 대원위 대감의 정적이었었다. 신재효는 훤히 알면서도 자신을 거두고 있다. 신재효와 대원위 대감의 관계가 남다르다고들 했다. 그러나 정치가 개입된 일이다.

"어떻게 하려는 것이야?"

신재효가 역정을 냈다. 무릎을 꿇고 앉은 홍낙관을 어이없다는 표정으로 노려보았다.

"일단은…."

"지금 보니 참 바보 같은 놈이구나."

"소인보다는 나리께서"

"언제 너더러 내 걱정을 해달라고 했느냐?"

신재효의 목소리가 높아지고 있었다. 여차하면 머리통이라도 쥐어박을 태세다. 그러면서도 안쓰러운 눈빛만은 어쩌지 못한다.

"나리께서 거둬 주셔서 이만큼이라도 버틸 수가 있었습니다. 앞으로는 나리의 먼 그늘로 나가서 버티겠습니다."

홍낙관이 엎드려 울먹였다. 이제부터는 홀로서기를 해야만 한다. 이제 쥐 죽은 듯이 숨어서 살아야 한다. 그동안 동리정사는 온실이었다. 언제까지일지는 몰라도 무작정 견뎌낼 생각이다.

"내가 방 한 칸은 마련해 주마. 그리 알아라."

"아닙니다. 혹여 나리께서 그 일로 고초라도 당하실까 저어됩니다."

홍낙관은 극구 사양했다. 큰일이라도 날 것처럼 두려워하며 손사래 쳤다.

"날 걱정할 때가 아니다. 네가 더 급하다."

"소인은 가진 것이 없습니다. 이미 다 잃었습니다. 새로 시작하면 됩니다."

"그런데 아직도 버리지 못한 것은 있다. 그것을 왜 모르느냐?"

"……."

홍낙관은 무슨 말인지 금세 알아들었다.

"고개를 들어라."

신재효가 수그리고 있는 홍낙관의 고개를 들게 했다. 눈길을 맞추어대며 눈빛을 살피고는 말을 이었다.

"그리도 싫더냐?"

"……."

홍낙관은 대답할 수가 없었다. 몇 번이고 마음을 고쳐먹으려고도 했다. 마음이 움직여지지 않았다. 마치 죽 떠먹은 자리처럼 고쳐먹으려는 마음이 시간이 지나면 아무 흔적도 없어졌다.

"재물이나 권력은 가져도 또 가져도 부족하다. 대개는 많은 사람을 힘들게 한다. 원성을 사기도 한다. 하지만 예인의 길은 그런 일이 없다. 자신하고 싸워서 이기면 된다. 이기면 높은 경지에 이른다. 자신이 좋아하는 것을 하고 살면 재물을 모으고 권력을 취하는 것보다 힘을 덜 들이고도 기쁨은 더 많다."

"하오나 소리꾼 되는 일이……."

불현듯 신재효의 지적이 떠올랐다. 그 지적에 따라 재담에 열중하고 있었다.

"소리만 예술에 이르는 것이 아니다. 네가 잘하는 재담도 예술이다. 권력도 재물도 별거 아니다. 신분도 뛰어넘는다."

"……."

그른 말은 아니었다. 한양에 살 때와 비교하면 오히려 편안한 날들이 더 많았다. 몸이 힘들고 서러웠으나 마음을 내려놓으니 별것 아니었다.

"쉽게 받아들여지지는 않을 것이다. 그러나 세상이 변하고 있음을 알아야 한다."

"알고 있습니다."

"관노나 무부가 거기서 거기 같지만 따지고 보면 천양지차다. 무부는 하다못해 광대나 백정이라도 해볼 수가 있다. 하지만 관노는 그럴 수 없다는 것을 잘 알지 않느냐? 지금 양반이나 상민이나 천민이나 다 같은 사람이라는 것을 깨닫고 새로운 세상을 만들려는 무리가 늘어나고 있는 세상이다. 유념하여 길을 찾아봐라."

"여기에도 서학이나 동학이 퍼지고 있습니까?"

홍낙관은 귀가 번쩍 열렸다. 세상이 변해가고 있다는 것을 알고 있었다. 한양에 살 때도 느꼈던 흐름이다. 노랑머리 양인들이 곳곳에서 눈에 띄었다. 왜인들이 이상한 신발을 신고 거리를 활보했다. 아녀자들이 속살을 드러내놓고도 부끄러운 줄 모르며 살고 있었다. 그들은 양반, 상민, 천민의 구분도 없었다. 홍 대감도 세상을 바꾸려다가 역적으로 몰렸다. 두 눈으로 피비린내 나는 정치싸움을 지켜봤다. 쉽사리 바뀌지 않으리라는 생각으로 세상을 지켜보고 있다.

*

 양순채는 가슴이 뭉클해졌다. 여태껏 한 번도 받아 보지 못한 대접이었다. 꿈조차도 꿀 수가 없었던 호사다. 자신은 강도였다. 큰 잘못을 저질렀다. 큰 벌을 받아야 마땅했다. 그런데 그게 아니었다. 신재효는 오히려 안쓰럽게 여기며 감싸준다. 마음을 고쳐먹으면 소리를 가르쳐 주겠다고 했다. 아무리 생각해도 꿈을 꾸는 것만 같았다. 가슴이 벅찼다.
 여태껏 살아온 세상과는 딴판이다. 그동안에는 아무 잘못이 없는데도 걸핏하면 두들겨 맞았다. 이유 없이 가진 것들을 빼앗기기 일쑤였다. 갓난아이더러 군역을 지라고 하고는 군역 대신에 세금을 물리고, 세금을 내지 않았다며 애지중지 키우던 소를 빼앗아 갔다. 억울하고 원통했다. 피가 거꾸로 솟았다. 다시는 아들을 낳지 않으려고 성기를 불로 지져댔다. 그뿐만이 아니었다. 억울함을 호소하는 아내마저 곤장을 때려 옥에 가두었다. 그리고 앞으로 낼 세금을 미리 거둔다는 이유를 붙여 노비로 팔아넘겼다. 오직 목숨을 부지하기 위해 견뎌내야만 했다. 누구에게서도 따뜻한 말 한마디 들어본 적은 한 번도 없었다.

그런데 신재효는 달랐다. 따뜻하게 감싸주었다. 세상에 태어나서 처음으로 사람 취급을 받았다. 다른 생각이 끼어들 틈이 없던 머릿속에 여유가 생기기도 했다. 뼈에 박힌 억울함과 서러움이 흐릿해졌다. 뭔가 좋은 일이 생길 것 같았다. 소리꾼의 소리가 들리면 가슴이 뻥 뚫리는 기분이었다. 그 순간만큼은 숨이 제대로 쉬어졌다.

"잘 왔다. 올 줄 알았다."

신재효가 빙긋이 웃으며 맞이했다. 마치 집 나간 아들이 되돌아온 것처럼 자애로운 눈빛으로 바라보았다. 뭐든지 품어줄 것 같았다.

"지가 염치가 없구만요."

막상 신재효 앞에 서니 부끄럽다. 고개를 제대로 쳐들 수가 없었다.

"그럴 것 없다. 네가 미치지 않은 것만 해도 다행이다."

신재효는 안쓰러운 눈으로 양순채를 위로했다. 사실 그날 그의 사연을 듣고 신재효는 자신이 당한 일처럼 분통이 터트렸다. 새벽녘까지 잠이 오지 않아서 뒤척였다.

"여그서 므시든 허고는 싶은디⋯⋯ 거시기가 없는디요."

양순채가 고개를 푹 수그려서 얘기했다. 신재효가 먼저 제안한 일이기는 했다. 그래도 면목이 없었다.

"알았다. 아무 걱정하지 마라. 너는 잘할 수 있을 것이니 열심히만 해라."

신재효가 두 손을 꽉 잡아 용기를 주었다.

"지는 암것도 모르는디요."

"내 말만 잘 따르면 된다. 걱정하지 말고 가슴에 맺힌 한을 잘 추슬러라. 그러지 못하면 네가 망가지고 만다."

신재효가 하얗게 뻗어 있는 수염을 쓰다듬었다. 머리에 쓰고 있던 망건을 괜히 매만지다가 소사를 불렀다.

"순채가 기거할 화방을 챙겨라. 그리고 사부는 화방에 있더냐?"

김세종을 데려오라며 지시했다.

"……."

양순채가 휘둥그레진 눈으로 신재효의 눈치를 살폈다. 예상하지 못한 표정으로 어리둥절하고 있었다.

"왜 그러냐? 너무 갑작스러우냐?"

"어머이나 아그들은……."

"모른다는 것이냐? 아니면 굶는다는 것이냐?"

양순채는 차마 대답할 수가 없었다. 모르기도 하거니와 당장 끼니를 걱정하는 처지다. 자신이 죽고 싶어도 죽지 못하는 까닭이기도 하다. 암소를 빼앗기고 아내가 옥에 갇혀있었어도 따지지도 못했던 이유는 오직 가족 때문이었다.

"걱정하지 말아라. 살 곳을 마련해줄 테니 너만 열심히 하여라."

"예?!"

꿈인가 생시인가 싶었다. 허벅지를 꼬집어보았다. 두 눈을 크게 뜨고 주변을 둘러보았다.

"꿈이 아니다. 이제는 염려할 것 없다. 그리고 이 진사 나리에게는 내가 잘 말씀드릴 테니 그것도 걱정을 말아라."

암소를 빼앗긴 일까지도 알고 있었다. 꿈보다도 더 꿈같은 일이 그에게 일어나고 있었다.

"부르셨는기라우 나리? ……엥?"

김세종이 사랑채 마당으로 들어서다가 화들짝 놀랐다. 너무 놀라서 한 발짝을 뒤로 물러서기까지 했다.

"어째서 또?"

김세종이 눈살을 찌푸리면서 양순채에게 물었다. 여차하면 주먹이라도 날리려는 동작이다. 김세종의 반응에 신재효가 재빠르게 나섰다.

"이쪽으로 앉으시게"

신재효가 놀라는 김세종을 양순채 옆자리에 앉혔다.

"믄 일인디요?"

김세종이 의문을 풀지 않는다.

"내가 오라고 했네."

"……?"

"자네가 좀 가르쳐야겠네. 직접."

김세종의 눈이 화등잔처럼 커지며 반짝였다.

"나리!"

뜬금없는 지시다. 여태껏 한 번도 없던 일이다. 많은 화동을 제자로 받아들였지만 이런 경우가 없었다. 김세종이 어찌할 줄을 모르며 엉거주춤했다.

"너의 사부시다. 큰절을 올려라."

신재효가 다그치자 양순채의 얼굴이 벌게지며 눈길을 어디에 두어야 할 줄 모르며 당황한다.

"어서!"

신재효가 다시 다그치듯 재촉하자 양순채가 벌떡 일어서서 김세종을 향해 넙죽 절을 했다.

"지는 소리가 므신지도 모르구만요. 시키시는 대로는 꼭 헐랍니다요."

"어어 알았구만. 겁나게 힘들 것인디 잘 해보드라고."

김세종도 엉겁결에 큰 절을 받았다. 애써 근엄한 표정을 지어서 양순채의 요모조모를 훑고 있었다.

"이제 두 사람은 스승과 제자다. 서로 예의를 갖추어 최선을 다해야 한다. 두 사람 모두 알겠는가?"

신재효가 굳이 두 사람의 다짐을 받으려 했다. 그러자 김세종과 양순채가 고개를 숙여서 대답했다. 신재효는 다짐을 듣고서 숙제를 끝낸 사람처럼 흡족해하며 소사를 불러 지시했다.

"순채하고 함께 고부에 다녀와야겠다."

"예. 알겠구만이요"

신재효는 내친김에 당장 출발하라는 표정이다. 미리 지시해 놓은 듯 신재효 소사가 금세 알아듣고 있었다. 신재효의 조치를 바라보는 양순채의 눈에서 눈물이 글썽였다. 감격에 겨워 울먹이고 있다. 그러면서도 눈빛을 반짝거리며 어깨가 넓어지고 있었다.

09
—
거듭나기

 예상했던 일이기는 했다. 그런데도 생각보다 더 막막했다. 굶지 않고 잠잘 곳을 갖는 일이 이렇게 어려운지는 미처 몰랐다. 벌써 두 끼를 걸렀다. 주로 헛간에서 잤다. 날씨가 추워지고 있다. 온몸이 멍든 것처럼 욱신거린다. 장꾼들이 장시 저 잣거리로 몰려들고 있다. 혹시 몰라서 이날치하고도 함께 하지 않았다. 굶어 죽을 수는 없다. 다행히 변장이 잘된 듯했다. 재담하는 동안에 알아보는 사람이 없다. 당골댁마저도 혼란스러워했다. 목소리로 겨우 알아채는 눈치였다.
 "여기까지 오느라 수고했소."
 처음으로 홍낙관이 말을 붙였다. 그동안 애써 모른 척했다.
 "……"
 당골댁이 금세 울음을 터트리고 말 기세다. 제자리에 얼어붙은 듯이 서서 온몸을 사시나무처럼 떨었다. 얼굴이 시뻘게지고 있었다.

"무슨 말이라도 해보시오."

"……"

여전히 고개조차 들지 못했다. 오히려 더 수그러들었다.

"고개라도 드시오. 잘못한 것은 없잖소. 허허허."

당골댁이 부끄러워하느라 어쩔 줄 몰라 했다. 일부러 농담으로 대했다. 당골댁이 고개를 슬그머니 쳐들었다. 큰 용기를 낸 듯하다. 하지만 어디에 눈길을 둘지 몰라 쩔쩔맨다.

홍낙관은 깜짝 놀랐다. 마음속에서 감탄이 저절로 나왔다. 눈이 휘둥그레졌다. 입이 다물어지지 않았다. 상상을 훨씬 뛰어넘는 절세미인이다. 가슴이 걷잡을 수 없이 뛰었다.

당골댁도 마찬가지다. 홍낙관의 반응에 자신의 옷매무새를 바로잡고 얼굴을 매만져댔다.

"참으로 곱소."

홍낙관이 놀란 눈으로 입을 다물지 못하며 엉겁결에 뱉은 말이다. 피부는 하얗고 눈동자는 검고 입술은 붉었다. 더군다나 눈빛이 맑고 밝으며 당당했다. 마음이 눈빛에 끌려가고 있었다. 홍낙관이 오랫동안 마음으로 그려오던 얼굴이 눈앞에 있었다.

"놀리지 마셔요."

당골댁이 몸을 비틀어댄다. 입가에 환한 미소를 지으며 마치 하늘을 날듯이 행복해하는 눈빛이다.

"아니요. 아니요. 진심으로 하는 말이오."

홍낙관은 넋이 나간 듯이 대답했다. 장꾼들이 몰려들고 있었다. 서둘러 자리를 잡아야 했다. 그래도 그럴 생각을 못 했다. 당골댁의 얼굴이 더 붉어지고 있었다. 입가의 미소도 더욱 환해졌다. 소원을 이룬 듯이 기뻐하는 모습이었다.

"조금만 기다리시오."

"일 보시어요. 소녀는 얼매든지 괜찮어요."

당골댁은 스무 살을 갓 넘긴 처녀다. 그런데도 사람들은 그녀를 '당골댁'으로 부른다. 무당이라는 이유로 천대하고 있다. 그러나 그녀의 입김은 만만치 않았다. 사람들은 영험하기로 소문이 나 있었기에 막상 그녀 앞에 서기만 하면 주눅이 들고 오금이 저리기 일쑤였다.

홍낙관은 재담을 벌이곤 했던 공터에 자리를 잡았다. 북을 어깨에 메고 고깔을 쓰려던 참이다. 장꾼들이 하나둘씩 몰려들고 있었다. 그중 한 사람이 눈에 띄었다. 훤칠한 키에 얼굴이 잘생겼다. 한눈에 봐도 범상치 않았다. 마치 등 뒤에서 빛이 나오는 듯하다. 그를 여러 명의 사내가 호위하고 있다.

"저 양반이구만요."

그중 한 사람이 나서서 홍낙관을 가리켰다. 처음 보는 얼굴이다. 그런데도 홍낙관을 잘 아는 사람처럼 지목했다. 불과 십여 보 안팎의 거리다.

홍낙관은 더럭 겁이 났다. 머리에 쓰려던 고깔을 바닥에 내동댕이치듯이 내려놓았다. 그러고는 슬금슬금 뒤로 물러났다. 고개를 뒤로 돌려 뒤쪽을 살피며 급한 걸음으로 물러선다. 점점 가까이 다가왔다. 순식간에 팔을 뻗기만 하면 붙잡힐 거리다.

"뭡니까?"

홍낙관이 외마디소리처럼 내질렀다.

"아따 그것이 아니고요."

홍낙관을 따라잡으려는 듯이 사내들이 다가섰다.

"대체 누구요?"

그렇게 소리치며 홍낙관이 몸통을 휙 돌려 내달리기 시작했다. 앞만 보며 무작정 달린다. 붙잡히면 죽을 것처럼 내달리고 있었다.

정신없이 달렸다. 오직 앞만 보고 달렸다. 산중으로 달리다가 넘어져 구르고 일어서기를 반복했다. 여태껏 한 번도 그렇게 달려 본 적이 없었다. 비가 내려도 뛰지 말라는 말을 귀에 못이 박히도록 듣고 자랐다. 그래도 죽을힘 다해 달렸다. 양반으로서 보기에는 영락없이 천민이다. 그러고 보니 천하고 귀한 일은 따로 있지 않았다. 살아남는 것이 훨씬 중요했다. 전 재산이나 다름없는 북과 고깔을 내던졌다. 신분이 노출된 것으로 판단했다. 벽오봉기슭에 마련한 움막으로 돌아갈 수도 없다. 입에 풀칠마저도 어려운 처지가 될 판이다. 더는 재

09_거듭나기   217

담꾼으로도 살기가 힘들 것 같았다.

　홍낙관은 성후산(지금의 성산)에 몸을 숨겼다. 일단 동태를 살피면서 앞날을 생각해볼 작정이다. 동리정사가 훤히 내려다보인다. 울안에 핀 갖가지 꽃들이 봉황의 깃털처럼 보인다. 소리꾼들이 내는 소리가 봉음인 오음(五音)으로 들리는 듯했다. 석양이 되었다. 하늘이 노을에 물들어 황홀하고 성스러운 빛을 띤다. 마치 모양성 맹종죽에서 열매를 먹은 봉황이 천북면 예천리(지금의 고창읍 월곡리) 우물에서 목을 축인 후에 울안의 벽오동 나무로 깃드는 모양새다. 동리정사는 사철 꽃이 피는 정원이 있다. 신재효의 아버지가 깊은 뜻으로 심어놓은 벽오동 나무가 숲을 이루고 있다. 소리꾼이 되려는 사람이 경향 각지에서 몰려들고 있었다. 부용헌에는 시인, 묵객은 물론 과객의 발길이 끊이지 않는다. 불현듯 신재효가 떠올랐다. 귀한 재물을 아끼지 않는 그를 보고 모여들고 있다. 그의 마음이 어렴풋이 읽혔다. 그의 가르침이 가슴에 닿는다.

　홍낙관은 언덕 아래 움푹 들어간 곳에 자리를 잡았다. 그곳에 고개를 숙인 채 웅크렸다. 읍내와 벽오봉(지금의 방장산) 기슭을 번갈아 살피고 있다. 동리정사를 예의주시했다. 이미 모든 것을 알고 있으리라 여겨졌다. 물론 자신이 거처해온 벽오봉 기슭 움막도 알아냈을 것 같다. 혹여 동리정사에 화가 미치기라도 하면 스스로 나설 생각이다.

　홍낙관이 움막을 바라보다가 움찔했다. 조랑말이 대로를

따라 천북면 수월리(지금의 고창읍 월암리)를 지나고 있다. 동리정사에서 나온 이후 근 한 달이나 후미진 그 움막에서 머물렀지만, 조랑말 행차를 본 적은 없다. 자신의 움막으로 다가가는 듯했다. 나무 뒤로 몸을 숨겨 더 바짝 엎드렸다.

족히 한 식경은 지난 것 같았다. 동리정사에서도, 부근에서도 아무 일이 일어나지 않고 있다. 움막을 흘끔흘끔 살폈다. 좀 전에 다가가던 조랑말이 움막 입구를 지키듯이 서 있다. 동리정사는 별일이 없는 듯했다. 그나마 다행이었다.

홍낙관은 언뜻 당골댁의 얼굴이 떠올렸다. 그러고 보니 그녀도 조랑말을 탄다고 했다. 이곳저곳을 불려 다니다 보니 어쩔 수가 없어서 제법 비싼 조랑말을 탄다고 했다. 혹시 당골댁일지도 모른다는 생각이 들었다. 만약 군졸이나 나졸들이라면 가만히 기다리고 있지 않을 것 같았다. 주변의 민가들조차도 가만두지 않고 뒤져댈 일이다.

어둠이 내려앉기를 기다려 움막으로 다가갔다. 신경을 곤두세웠다. 앞뒤 좌우를 살피며 조심스럽게 걸음을 옮겨놓았다. 움막 안에서는 부스럭거리는 소리조차도 들리지 않았다.

밤이 제법 깊어졌다. 달빛이 희미하게 비친다. 멀리 떨어진 채 움막의 동태를 살폈다. 조랑말 몸통이 보일 뿐이다. 움막 주변을 샅샅이 훑어 살폈다. 고요만이 자리를 차지하고 있다. 조금 더 다가갔다.

"히히힝!"

조랑말이 인기척에 놀랐다. 앞발을 들어 펄쩍 뛰더니 울음소리를 냈다. 홍낙관도 덩달아 놀라 엉덩방아를 찧었다.

"어째야 쓰까잉."

당골댁이 움막에서 달려 나왔다. 화들짝 놀라며 마치 엉덩방아를 자신이 찧는 것처럼 아파했다.

"어?"

홍낙관이 더 놀랐다. 혹시나 했던 자신의 짐작이 들어맞고 있다는 사실이 놀라웠다. 순간적이었지만, 운명이 느껴져서 소름이 돋았다.

"흑흑흑."

당골댁이 울음을 터트렸다. 그러면서도 고개를 숙여 눈을 내리깔고 부끄러워했다.

"여태 나를 기다린 것이요? 나 같은 사람을……."

가슴이 먹먹해졌다.

"아까침부터……. 영광 장시서 바로 왔구만요. 흑흑흑."

당골댁이 기쁨을 주체하지 못해 울음을 터트렸다.

"그 먼 길을……."

홍낙관은 감격했다. 따지고 보면 내세울 것이라고는 없다. 앞으로도 어떻게 될지도 모른다. 좋아질 일보다는 나빠질 여지가 더 많다. 어쩌면 평생의 짐이 될 수도 있다. 그런 사정을 꿰뚫어 보고 있을 텐데도 마음을 주고 있어 감사할 따름이다.

"……소녀는 암시랑토 않구만요. 그런디 어째서……?"
"혹시 뒤를 밟은 사람이 없소?"
 마음을 내려놓을 형편은 아니었다. 마음 같아서는 끌어안고 얼굴이라도 비벼대고 싶다. 하지만 나졸들이 어디에선가 지켜볼지도 모를 일이다. 느닷없이 들이닥치기라도 하면 끝장이다. 그러므로 한눈팔 형편이 아니다. 눈동자가 저절로 번뜩여졌다. 주변이 연신 두리번거려졌다.
"그런 사람은 읎구만요. 그런데 아까는 어째서……?"
"그럴 일이 있소."
"근디요. 동학허는 사람을…어째서?"
"뭐라고 했소?"
 홍낙관은 귀가 쫑긋해졌다. 그렇지 않아도 만나려고 했던 사람들이다.
"손화중이라는 분인디, 여그 사람들은 모르는 사람이 읎구만요."
"누구라고 했소?"
 홍낙관도 들어본 이름이다. 그를 따르는 사람이 많다는 것도 안다. 아무나 꺼낼 수가 없다는 선운사 도솔암 마애불상 비기를 꺼냈다고 들었다. 신비한 능력으로 새로운 세상을 열 사람이라고 했다.
"쩌그 무장 사셔라우."
 당골댁이 속내를 훤히 들여다보는 듯이 말했다.

"무장 어딘지는 아시오?"

"여그서 멀지 않구만요."

"그럼 내일이라도."

"지하고 같이……?"

"그래 주면 고맙겠소."

"낼 아침에 여그서 가시게요."

당골댁은 부끄러움을 무릅쓰고 있었다. 그러나 목소리에는 야릇한 기쁨이 담겨 있었다.

"여긴 아주 불편하오. 그래도 괜찮겠소?"

홍낙관은 움막의 형편이 걱정이었다. 날씨가 제법 춥다. 산기슭이라 초겨울 같은 찬 바람이 불어왔다. 움막 곳곳에서 바람이 새어 들어왔다. 겨우 한 사람이나 덮을 정도의 이부자리가 있을 뿐이다. 그마저도 거적때기나 다름없다.

*

양순채는 꿈을 꾸는 듯했다. 벌써 열흘째나 놀고먹고 있다. 소리를 한답시고 온종일 경치 좋은 곳에서 유유자적했다. 꿈인가 생시인가 싶다. 이래도 되는가 하는 생각이 들었다. 은근히 불안했다. 하지만 그것도 잠시 잠깐이었다. 가마솥에서 새어 나오는 뜨거운 김이 뱃속을 휘저어 댔다. 식도를 타고 시도 때도 없이 올라왔다. 목구멍을 가로막았다. 숨쉬기가 힘들어졌다. 냉수를 들이켜야 뱃속 열기가 조금이나마 식혀졌다.

그래야 숨이라도 잠시 쉴 것 같았다. 물론 잠시 잠깐뿐이다. 항상 가슴속이 쓰리고 허전했다. 머리가 수십 조각으로 쪼개어지는 것처럼 아팠다. 마음을 바꾸려고 있는 힘을 다했지만 어떤 생각을 하든지, 무엇을 하든지 변함이 없다. 태산만큼이나 무거운 짐이 가슴을 짓눌러댔다.

"소리를 꽥 질러 보랑게!"

김세종이 눈을 부릅떠서 호통쳤다. 마치 양순채의 마음을 훤히 들여다보는 듯이 짚어냈다.

"악!"

양순채가 마지못해 소리를 내질렀다. 그냥 내는 소리였다. 그런데도 많은 얘기를 쏟아내는 것처럼 들렸다.

"한 번 더!"

"악!"

양순채가 어색하기 짝이 없는 표정으로 김세종의 지시를 따른다. 김세종이 왜 그리 시키는지 따위에는 관심이 없었다. 어쩔 수 없이 따른다는 모습이었다.

"악을 쓴게 쪼까 낫제?"

"지는 믄 말인지 모르것구만요."

"자네 속 말이여?"

김세종이 뭔가를 일깨워주려 애쓰고 있다. 자신이 경험했던 것처럼 양순채도 그럴 것으로 단정하고 있었다.

"쪼까 거시기 헌 것 같드만 또……"

"인자 쩌그 배꼽 아래에서 소리를 낸다 생각허고 혀봐."
"그 말이 븐 말이다요? 목구녕 말고 배꼽으로요?"
어처구니가 없다는 눈빛이다. 어떻게 해야 할지를 모르고 우두커니 바라볼 따름이었다.
"긍게 배꼽에다가 심을 주고 소리를 내 보란 말이여."
"아! 아!"
양순채의 목소리가 달라지고 있다. 그렇지 않아도 우렁찬 음성이다. 귀청이 떨어질 것 같은 큰 소리가 나오기 시작했다.
"인자는 오장육부를 쥐어짜 봐."
김세종의 기대가 한껏 부풀어졌다. 자신의 말뜻을 제대로 알아듣지 못하리라는 것을 알면서도 주문하고 있다.
"뱃속에 있는 것을 어쩌케 쥐어짠다요?"
"목구녕 힘을 빼고 허릿심으로 소리를 허는 것인디 잘 안될 것이여. 그래도 내 말이 븐 말인지 알아 볼라면 해보랑게. 아~아~ 요렇게 해봐 봐."
의문이 생기는 것은 당연하다며 시범을 보여주었다.
"아~ 아~."
양순채가 흉내 내고 있었다. 김세종의 성음을 제법 따라 하고 있었다.
"한 번 더 해봐."
"아~ 아~ 아~."
김세종의 눈이 휘둥그레졌다. 양순채의 발성은 여느 사람하고는 확연히 달랐다. 자기 경험에 비추어보면 타고난 재주를 가진 소리꾼이다. 물론 죽을힘으로 다해야 하는 멀고도 험한 길이기는 하다.

"거시기 소리꾼이 될라면 목구녕에서 피를 동우로 쏟아야 허네. 그러면 몸뚱아리가 퉁퉁 붓고 뼈 마디마디가 노골노골 허고, 목구녕이 붓어서 말이 안 나오고, 물을 먹을라고 허면 목구녕이 찢어지는 것 맹키로 아퍼야 허는 것이여. 한 번도 아니고 몇 번이나 견뎌야 하는디……. 헐 수 있것는가?"

양순채의 의지를 확인하려고 김세종이 경험을 꺼내놓고 있었다.

"인자는 고로코롬은 안 살라요. 디질 똥 말똥 뼛따구가 노골노골해지게 욕보고 살았는디……. 다 뺏어 갑디다. 그런디 또 그러코롬 고생허라고요? 인자는 죽으면 죽었제, 고로코롬 은 다시는 안 살라요."

양순채가 지난 일들을 떠올렸다. 더 강요하면 차라리 혀라도 깨물어 버리겠다고 했다.

"고생이라고 다 같은 고생이 아니네. 자네 말대로 재물은 얼마든지 뺏어 갈 수가 있제. 허지만 소리는 그러지 못허네. 죽었다 살아나는 재주가 있고, 아무리 권세가 좋은 고관대작 이라도 뺏어 갈 수가 없네. 내 말이 틀린지 잘 생각해 봐."

김세종의 목소리에 힘이 실려 있다. 양순채가 알아듣는 것은 나중이었다. 양순채의 생각을 바로잡는 것이 우선이었다.

"안 헌다고 매 맞기도 허고, 잘못 허면 매 맞다가 죽을 수도 있제라우."

"허기 싫은 것을 허는 것보다는 매 맞아 죽는 것이 더 낫제! 안 그런가?"

양순채의 말이 모두 그른 것만은 아니다. 권세와 재물을 앞세워 소리꾼을 낮추보며 업신여기는 경우가 많다. 그래도 대개는 온전히 굴복하지 않는다. 그들의 기세에 온전히 주눅 들지도 않는다.

"그러기는 허것구만이라우. 흐흐흐."

양순채는 왠지 속이 시원해지고 있었다. 웃음이 나오려고도 한다. 머릿속이 개운해지는 기분이다.

"득음을 해가꼬 소리로 눌러 버리면 그럴 일도 없제. 그로코롬 헐 수만 있으면 밥도 돈도 생기고, 양반 같은 대접도 받고 벼슬까지도 헐 수가 있네."

"정말로요?"

소리꾼도 잘만하면 양반만큼이나 잘 먹고 잘산다는 말을 들은 적이 있다. 그래도 벼슬 얻는다는 말은 처음 듣는다.

"못 믿것으먼 나리한테 물어보소!"

김세종은 특별한 지시를 받았다. 신재효가 깊은 생각으로 내린 결정이어서 양순채에게 공을 들이고 있다. 그가 엉뚱한 행동이라도 할까 봐 염려하고 있었다.

"거시기도 지쳐부렀는디요. 뭐."

양순채의 말대로 목숨이 붙어있어도 사는 것 같지는 않았다. 마음이 한순간도 가만히 있지 않았다. 잠시나마 잊었던 기억이 자꾸만 되살아났다. 머리통이 부서지는 아픔이 시작되곤 했다.

"그렁게. 그것을 맘에 담고 살면 돌아버리던지 죽던지 둘 중에 하나가 되것제."

김세종은 양순채가 안쓰러웠다. 단지 신체의 일부분만이 아니다. 남자의 힘은 그곳에서 생겨난다. 사내로서 삶을 포기한 것이나 마찬가지다. 그렇지만 소리의 세계에서는 다르다. 한이 소리로 토해지면 창자(唱者)인 소리꾼은 물론 듣는 사람의 마음까지도 움직일 수가 있다. 스스로 위안이 되고 힘이 될 수도 있다.

"그렁게요. 지도 죽었으면 좋컷다 했구만요. 나리 서방(書房)에 들어갔을 때도 차라리 맞어서 죽을라고 그런 짓을 했구만이요."

"그래도 안 죽고 살아야 허제. 그럴라면 어쩌케 해서라도 이겨야 허는디…소리로 이기면 자네뿐 아니라 듣는 사람도 심이 생기는 것이네. 얼매나 존가?"

"……."

"사람들에게 심이 되면 되제. 해가 되지 않으니께 욕먹을 일은 없네. 그런디 권세를 얻고 재물을 모을라고 허면 그것 땜시 심든 사람이 생기고 그래서 욕먹기 마련이제."

양순채도 동리정사에서 들려오는 소리를 듣고 명치끝에 맺힌 것이 풀린 적이 있었다. 차라리 죽는 것이 낫다며 생각하던 고통이 잠깐이나마 누그러졌었다.

10

어사 출두

 동리정사 울안 석가산 돌 틈에서 피는 꽃은 곱기로 유명했다. 꽃은 초봄부터 피기 시작해 초겨울까지도 핀다. 사람들이 담장 바깥을 지나다가 걸음을 멈추고 꽃구경에 빠지기 일쑤다. 울안으로 들어와서 구경하기도 한다. 그렇기에 대문을 늘 활짝 열어놓는다.
 고창 현감이 기별도 없이 고개를 수그린 채 포도 시렁 아래로 걸어 들어왔다.
 "나리께서 어인 일로 누추한 곳을 찾으셨습니까?"
 신재효는 근 보름이나 집을 비웠었다. 아무에게도 알리지 않았다. 소사만을 데려갔었다. 기별이 닿을 수가 없었다.
 "어디 갔다가 이제야 오는 건가?"
 현감은 화가 잔뜩 난 얼굴이다. 쏘아보는 눈빛이 고약하다.
 "나리. 이 노리(老吏)가 무슨 잘못이라도 저질렀는지요? 혹시 조 진사 나리께서…?"

신재효는 얼마 전 동리정사에 왔다가 망신당하고 돌아간 조 진사의 표정이 문득 떠올랐다. 비록 관직이 없는 진사이기는 해도 등에 업은 배경으로 막강한 위세를 부리고 있다. 그날 그의 체면은 말이 아니었다. 그가 가만히 두고 보지만은 않으리라 짐작했다.

"당장 합하께 달려가시게."

고창 현감이 밑도 끝도 없는 말을 꺼냈다. 숨이라도 넘어가듯이 서두른다. 여차하면 등이라도 떠밀어 댈 기세였다.

"무슨 일인지 여쭤도?"

물론 어림짐작이 되었다. 그래도 혹시 모를 일이다. 짐작대로라면 아직 말미는 많이 남았다.

고창 현감이 서찰을 꺼내놓았다. 대원위 대감의 친필이다. 가끔 서찰을 보내오는 경우가 있기에 특별하지는 않다.

"파발마를 내줄 테니 어서 출발하시게. 벌써 열흘이나 지났으니 쉬지 않고 밤낮으로 달려야 할 것이네."

서찰에 따르면 며칠이 남지 않았다. 자칫하다가는 기일 안에 당도하지 못할 수도 있지만, 고창 현감은 한시름을 놓는다는 표정이다.

"알겠습니다. 이 노리가 알아서 할 것이니 염려 놓으십시오."

"아. 합하께 본관(本官)의 노고도 잘 아뢰고. 하하하."

고창 현감이 농담을 섞어 얘기하고는 겸연쩍은 듯 웃어젖혔다.

"제가 어찌 모르겠습니까?"

"고맙네. 나도 도울 일이 있으면 도울 것이네. 하하하."

고창 현감이 활짝 웃어젖히며 좋아했다.

바로 그때다. 한 무리의 사내들이 대문 안으로 몰려 들어온다. 재빠르게 움직이는 그들은 한눈에 봐도 꽃구경하려는 사람이 아니다. 집안으로 들어서자마자 이곳저곳으로 흩어졌다.

"무슨 일이냐?"

고창 현감이 사랑채 마당으로 들어서는 사내들을 향해 호령했다. 누군지 모르는 눈치다.

"……"

사내들이 듣는 둥 마는 둥 했다. 눈을 부라리며 꾸짖었지만 그러거나 말거나 다짜고짜 신재효의 서방으로 들어간다. 신발을 신은 채로 방안을 막무가내로 휘젓는다.

"이놈들! 내 말이 안 들리느냐?"

고창 현감이 관복 차림으로 고함을 내지른다.

"나리. 고정하시랑게요. 암행어사께서 납셨당게요."

조 진사가 뒤따라 들어오고 있었다. 신재효를 바라보며 느물거렸다. 어깨에 힘이 잔뜩 들어가 있었다.

"갑자기 웬일이오?"

고창 현감이 금세 앞뒤를 읽고 물었다.

"역적이 여그 있다고 혀서 잡으러 왔구만요."
"역적이라니? 신 호장을 말하는 것이요?"
"그것은 봐야 알 것지만, 허허허."
조 진사가 헛웃음을 웃어젖히며 신재효를 쏘아보았다.
"진사 나리께서 알아서 하실 일입니다. 소인은 할 말이 없습니다."
신재효도 해볼 테면 해보라는 식이다.
"사또 나리. 어사또께서는 동헌에 기시는 구만요. 지더러 델꼬 오라고 혔구만요."
조 진사는 뒷배를 동원한 자신의 힘으로 일어나는 일이라며 으스댔다.
"나원 참. 허허."
고창 현감은 어처구니가 없었다. 나라의 기율이 무너져 내리는 일이어서 개탄하는 말이다.
"느그들은 고놈을 어쩌케 해서라도 잡아야 헌다. 알것느냐?"
조 진사의 기세가 등등했다. 역졸들을 부하처럼 취급하여 명하고는 고창 현감과 신재효를 번갈아 쏘아보며 기세를 올린다.
"사또께서는 언능 가시는 것이 좋것구만요. 그러고 자네는 나랑 같이 가야 쓰것네."
조 진사가 어사의 서리라도 되는 양 굴고 있었다.

"신 호장은 어서 이쪽으로 오게. 나랑 들어가세."
고창 현감이 보다못해 나선다.
"그러믄 사또께서 델꼬 가시면 되것구만요. 지는 여그 남아서 홍 머시기라는 놈을 잡아가꼬 가겠구만요."
조 진사가 기고만장했다. 고창 현감을 깔아뭉갰다. 암행어사를 움직이고 있다며 우쭐댔다.
신재효가 긴장했다. 지난번에는 몽니를 부리는 정도였었다. 하지만 이번에는 계략을 치밀히 세워 행동하고 있다. 자칫 모략에 걸려들 수도 있다.

동헌은 모양성 공북루를 지나 오른쪽 자그마한 언덕 위에 있다. 신재효가 현감과 나란히 언덕 위로 올라서는 참이다.
"니가 신재효냐?"
암행어사가 동헌 마당을 서성이다가 목청을 높였다.
"소인이 신재효입니다."
신재효가 땅바닥에 무릎을 꿇었다. 그렇지만 암행어사는 인사를 받을 생각이 없다.
"너는 어찌 역적의 종친을 숨겨두고 있느냐?"
암행어사의 어조가 단호했다. 곧바로 추국을 시작했다. 신재효는 올 것이 온 것 같았다.
"소인은 아둔하여 무슨 말씀인지 모르겠습니다."
홍낙관을 받아들일 때부터 각오한 일이기는 했다. 막상 닥

쳤으니 잡아떼고 보는 것이다.

"다 알고 왔느니라. 당장 이실직고하라."

암행어사가 막무가내로 을러멘다. 여차하면 매질이라도 해 댈 기세다.

"나리. 소관이 잠시 말씀드려도 되겠습니까?"

고창 현감이 나섰다.

"본 현 수령이오?"

암행어사가 불쾌한 눈빛으로 쏘아봤다. 신재효와 나란히 서 있는 모습 자체가 못마땅하다는 반응이다.

"그렇습니다. 그런데 소관이 신 호장의 집으로 가서 합하의 서찰을 전하고 있었습니다만."

"지금 뭐라 했소? 합하라고 했소?"

암행어사가 화들짝 놀랐다. 예상하지 못한 말이라서 어리둥절하고 있었다.

"그렇습니다. 합하께서 진즉 보내오신 서찰인데 사정이 생겨서 오늘에야 전하는 중이었습니다. 신 호장의 집에 역졸들이 들이치던데 소관이 알면 안 되는 일이라도 있습니까?"

고창 현감이 반격을 가했다. 그도 그럴만한 것이, 어디까지나 자신이 다스리는 고을의 일이다. 더군다나 이웃 고을의 향반이 개입하여 이러쿵저러쿵한다. 어처구니가 없었다.

"그렇지는 않소만. 그런데 합하께서 무슨 분부를 하시는지?"

암행어사의 기세가 단번에 꺾이고 있었다.

"합하께서 부르셨습니다. 알현하러 올라가야 합니다."

"지금 올라가야 하오?"

"그렇습니다. 시일이 촉박합니다."

어사가 보여달라고 요구하지도 않는데도 대원위 대감이 보내온 서찰을 눈앞에 펼쳤다.

"추국은 저자가 다녀온 후에 해야 할 것 같습니다."

암행어사는 서찰을 몇 번씩이나 살핀다. 꼬투리를 잡으려는 눈빛으로 샅샅이 들여다본다.

"그럼 채비하라 일러도 되겠습니까?"

고창 현감이 꿇어앉아 있는 신재효를 쳐다보며 어사의 의견을 물었다. 그리고 암행어사의 대답을 기다리지 않고 말을 이었다.

"신 호장은 서두르시게."

암행어사가 당황하는 사이에 고창 현감이 나서서 신재효의 팔을 잡아끌어 일으키고 있었다.

"그래도 될는지요?"

신재효가 느릿느릿 일어서며 물었다.

"할 수 없지 않은가. 일단 그 문제는 나중에 따져보기로 하고 합하의 분부부터 따르라."

암행어사가 떨떠름한 표정으로 승낙했다.

"소인 그럼 서두르겠습니다."

10_어사 출두

신재효가 서둘러 돌아간다.

암행어사와 고창 현감이 마주 앉았다. 암행어사가 개입할 정도의 문제가 아니었다. 조 진사가 나설 일은 더더구나 아니었다. 그래서 그런지 암행어사의 태도는 당당하지 않았다.
"어찌 된 일인가요?"
고창 현감이 물었다.
"역적을 감싸는 일은 중죄이지요."
암행어사의 대답이 단호했다.
"그런 일이라면 소관이 처리해도 충분합니다만."
"낸 들 모르겠소. 그런데……. 허허허."
암행어사가 선뜻 말을 잇지 못했다. 눈길을 피하기에 바빴다.
"소관의 소견으로는 그 일보다는……."
고창 현감이 전모를 꿰뚫어 본다는 듯이 말했다.
"다른 합당한 일이 있는 겁니까?"
암행어사가 뾰족한 말이라도 들을까 싶은 눈빛으로 귀를 기울이고 있었다.
"아마 포도 시렁 때문이 아닐까 여겨집니다."
"포도 시렁이 뭐요?"
암행어사로서는 무슨 말인지 알 수가 없다.
"얘기하려면 다소 복잡합니다. 소관과 함께 가보시는 것이 좋을 것 같습니다."

암행어사는 고창 현감의 안내로 동리정사에 당도했다. 그러자 조 진사가 후다닥 곁으로 다가왔다.

"역적의 종친은 찾았소이까?"

암행어사가 주변을 둘러보다가 고개를 갸웃거렸다. 그리고 기세등등해져 있는 조 진사에게 묻는다.

"그런디 쥐 새끼같은 놈이……."

조 진사의 대답이 옹색했다.

"이것들은 왜 이러는 거요?"

암행어사의 표정이 굳어졌다. 그가 보기에 울안 곳곳이 아수라장이다. 역졸들이 화방과 사랑채, 행랑채, 안채까지도 가재 뒤짐을 하고 있었다. 더구나 수색하고 아무 상관 없이 포도나무 넝쿨을 헤집어 대고 있었다.

"거시기 그러니까 어사 나리께서도 당한 것 맹키로 여그를 들어 올라고 하면 누구든지 고개를 숙여야 헌당게요. 그래서 이참에 손을 볼까 헙니다. 하하하."

조 진사는 내친김에 포도 시렁을 없애겠다고 했다.

"안 되는 일이오. 염연히 신 호장의 개인 재산이오. 집주인인 그가 알아서 할 일이오."

고창 현감이 재빠르게 나섰다.

"그건 현감의 지적이 맞소. 이 집 주인이 알아서 할 일이오"

암행어사도 동의했다.

"그러면 천한 중인한테 고개를 숙여야 허는디……. 양반 체면이 말이 아니지요. 허허허."

하지만 조 진사는 나름의 명분으로 자신의 주장을 굽히지 않았다.

"그러면 중인의 집이니 굳이 드나들지 않으면 될 것 아니오?"

암행어사는 어이없다는 표정으로 받아쳤다.

"……."

조 진사가 예상치 못한 어사의 반응에 당황한다.

"내 말이 그른 것이오?"

"옳은 말씀인디요. 그런디 고것이……."

조 진사가 할 말을 찾지 못하면서도 마땅찮은 표정을 지었다.

"정 그렇다면 국법에 어긋난 것이 있는지를 살펴서 체면치레를 해보시오."

암행어사가 그럴듯한 문제를 찾아내라고 했다. 뭐라도 꼬투리를 잡으라는 말이다. 어사출두를 끌어들이려 쓴 재물에 걸맞은 체면을 세우라는 뜻이기도 했다.

"……."

"내 눈에는 바로 보이오만. 허허허."

"……."

조 진사가 재빠르게 암행어사의 눈길을 쫓았다. 그의 눈길이 닿는 곳을 샅샅이 훑었다. 하지만 알아차리지를 못하고 도움을 요청하고 있다.

"저 기둥을 보시오."

"……?"암행어사가 사랑채 마루에 세워진 기둥을 가리켰다. 그래도 여전히 어리둥절할 뿐이다.

"허허 현감 눈에는 보이겠지요?"

암행어사가 내려다보듯이 묻고 있었다. 고창 현감과 조 진사를 번갈아 바라보며 식견을 뽐내고 있었다.

"……?"

고창 현감의 체면도 말이 아니다. 눈을 동그랗게 뜨며 곤혹스러워했다.

"둥근 기둥이 보이시오? 중인은 저런 기둥으로 집을 지어서는 안 되오. 당장 교체하라 이르시오."

그리고 보니 지붕을 떠받치고 있는 기둥이 둥글고 굵다. 마치 대궐 기둥으로 느껴질 만큼 웅장하다.

"그러면 시렁은 어쩌케 헐까요?"

조 진사가 이때다 싶게 재빠르게 끼어들었다. 그리고 암행어사의 안색을 흘끔흘끔 살핀다.

"조금 전에도 얘기했듯이 이 집 주인이 알아서 할 일이오. 그러니 더는 거론하지 마시오."

동리정사는 아수라장이다. 심지어 별당까지도 들쑤셔 놓았다. 포도 시렁이 엉망진창으로 망가져 있다.

*

 청지기가 직접 마중 나와서 기다리고 있었다. 대원위 대감이 출타까지 미루며 기다린다고 했다. 신재효를 보자마자 소매를 잡아끌었다. 이전과는 달랐다. 낌새가 이상했다. 오금이 저렸다.
 "왜 이제 오는가?"
 힘이 들어간 눈빛으로 쏘아보며 추궁하듯이 물었다.
 "소인이 한동안 외지에 나가 있어서 합하의 분부를 뒤늦게 받들게 되었습니다."
 대원위 대감의 기세가 심상치 않다. 의관을 차려입고 자리에 앉아 있던 대감이 사랑마루에서 절을 올리는 신재효를 노려보았다. 여느 때처럼 방으로 들일 생각이 없다는 태도다. 가슴이 철렁 내려앉았다.
 "왜 늦었느냐?"
 대원위 대감이 추궁하듯 물었다. 목소리에서 찬 바람이 불고 있다.
 "합하. 소인을 죽여주시옵소서."
 신재효가 바닥에 바짝 엎드려 머리를 조아렸다. 처분에 따르겠다는 몸짓이었다.
 "네놈이 역적을 감추어 두고 있었느냐?"
 단도직입적으로 말했다. 매서운 눈빛을 번득이며 눈을 부라렸다.

"소인 죽어 마땅하옵니다. 죽여주시옵소서."

신재효가 더 바짝 엎드렸다. 이마를 마루에 대고 땀을 쏟아내며 울부짖듯이 빌었다. 잠시 신재효의 태도를 살피던 대원위 대감이 한참 만에 얘기를 꺼냈다.

"필시 까닭이 있을 터. 자초지종을 고하라."

"한양에서 내려온 '비가비(양반 소리꾼)'라고만 여겼사옵니다. 이후에도 비록 소리꾼은 되지 못하고 있으나 쓰임새가 많아 곁에 두고 있었사옵니다."

"어떤 쓰임새를 말하는 것이냐?"

"글을 알아야 소리꾼이 좋은 소리를 할 수 있사옵니다. 소인의 지시로 글을 가르쳤고 소인이 치성하는 소리 사설을 채집하여 기록하기도 했사옵니다."

"지금도 그러고 있느냐?"

"아니옵니다. 그자의 신분을 알고 무녀와 혼인케 하였사오며, 지금은 천민이 되어 살고 있사옵니다."

사실은 대원위 대감의 입에 오르내릴 얘깃거리조차 되지 못했다. 그런데도 대감이 관심을 기울이고 있어서 의아하기 짝이 없다.

"어사가 왔더냐?"

"황공하옵니다."

그렇지 않아도 이상하게 생각했었다. 지방 수령이 맡아서 처리해도 충분한 하찮은 일이다. 그런데도 암행어사까지 출두했다. 향촌의 양반에 불과한 조 진사가 어사또라도 되는 양 설쳤다. 뭔가 앞뒤가 맞지 않는 일이 벌어지고 있어서 갸우뚱했었다.

"그리됐다면 이제 되었다. 조 씨 가문에서……. 허허허."

대원위 대감이 말을 꺼내다가 멈칫했다. 그래도 신재효는 고개를 들지 못하고 더욱 긴장했다. 대원위 대감의 진의가 제대로 파악되지 않아 땀이 났다.

"어사 출두가 너를 급히 부른 이유이기도 하느니라."

어사 출두는 조 씨 가문의 등쌀에 무슨 일이 일어날지 몰라 마지못해 허락한 일인 듯했다.

"하찮은 소인의 일이온데 황공하옵니다."

"대비마마의 심기를 살펴야 하니. …쯧."

조 대비는 왕가의 큰 어른이다. 그녀의 도움이 아니었다면 대원위 대감의 아들이 임금에 오를 수 없었다.

"황공하옵니다."

"앞으로는 이런 일이 생기지 않아야 한다. 알겠느냐?"

조 진사와 마찰을 일으키지 말라는 얘기다.

"황공하옵니다. 명심하겠사옵니다."

"아무튼, 그건 그렇고…낙성연이 코앞으로 다가오고 있느니라. 한 치의 어긋남도 없어야 한다."

대원위 대감은 경회루 낙성 연회를 개최하여 왕실의 권위를 높일 계획이다. 또 백성들의 노고도 위로할 생각이다. 소리꾼 세우는 일은 신재효에게 맡겨놓고 있었다.

"합하. 황공하옵니다. 칭찬받고자 한 일은 아니지만 합하께 옵소서 좋아하실 것 같아서 새 소리꾼을 발굴하여 죽을힘을 다하여 조련하고 있사옵니다."

"귀띔이라도 해주면 안 되겠느냐?"

대원위 대감이 귀를 앞으로 활짝 열었다. 기대를 한껏 부풀리는 모습이다.

"합하께서 허락해 주실 일이 있사옵니다."

신재효가 엎드렸던 허리를 지긋이 세웠다. 대원위 대감과 눈길을 맞추려고 고개를 들었다.

"어서 말해 보아라."

"사실은 소리 하는 아녀자가 있사옵니다. 소신이 각별한 마음으로 조련하고 있사온데 아녀자 소리꾼이라서 어떠할지 염려하고 있사옵니다."

신재효가 조심스럽게 진채선의 얘기를 끄집어냈다. 관례에 없는 일이다. 통념에 어긋나는 얘기다. 나라의 중요하고 엄중한 잔치다. 자칫 작은 실수라도 저질렀다가는 목숨을 내놓아야 할 판이다. 신재효가 더 바짝 엎드렸다. 오감을 동원하여 대원위 대감의 표정을 하나하나 살폈다. 그야말로 목숨을 건 부탁이다.

대원위 대감이 한동안 생각에 잠겼다. 신재효는 온몸에서

식은땀이 쏟아졌다. 괜한 말을 꺼내놓은 것 같았다. 가슴이 시커멓게 타들어 갔다. 온몸이 사시나무처럼 떨렸다.
"아녀자가 낙성연에 참여한다는 말이냐?"
입을 꽉 다물고 침묵을 지키던 대원위 대감이 하문했다. 고민을 표정과 말투로 드러냈다.
"합하. 황공하옵니다. 소신의 생각이 짧았사옵니다. 벌하여 주시옵소서."
신재효는 눈을 지그시 감았다. 대원위 대감의 뒤편에 걸려 있는 칼날이 번득이는 것만 같았다.
"건축을 축하하기 위해 여는 연회이니라. 각별한 마음을 정성껏 가다듬어서 임해야 한다. 그런 중차대한 자리에 아녀자가 나선다면 웃음거리가 되지 않겠느냐?"
대원위 대감의 지적대로 아녀자 소리꾼은 없다. 여자는 감히 소리꾼이 되려는 마음조차 먹지 못하고 있었다. 그것도 왕실에서 벌이는 큰잔치다. 각별한 의미를 담은 연회이다.
"소인의 충심을 헤아려 주시옵소서."
대감의 말이 목을 걸 수 있느냐는 물음으로 들렸다. 그런 건 이미 각오한 지 오래되었다.
"그토록 소리를 잘하느냐?"
대원위 대감이 신재효의 의지를 다시 확인하는 말이다.
"소신의 귀와 가슴으로는 그렇게 듣고 있사옵니다."
신재효는 있는 힘을 다해 상체를 일으키고 고개를 들어 올렸다. 여차하면 목숨을 내놓겠노라는 다짐이다.
"그렇게 자신하는 까닭이라도 있느냐? 결국, 나의 마음에 들지 않으면 그만이지 않느냐?"
대원위 대감이 농을 하듯이 말하면서 비시시 웃었다.
"합하께서는 귀명창이시옵니다."
"귀명창이라도 취향이 다르고 듣는 마음도 다르지 않으냐. 어찌 감당하려고 이러느냐?"
대원위 대감의 눈빛이 날카로워졌다. 신재효를 쏘아보며 다짐받으려는 물음이다.
"소신의 소견으로는…합하께서는 비범한 혜안을 지니셨사옵니다."
신재효의 이마에 땀방울이 맺혔다. 망건이 흥건하게 젖고 있었다. 망건 밑으로 땀이 새어 나오기까지 한다.
"그러면 아녀자를 어찌 데려오겠느냐?"
대원위 대감의 표정이 누그러지고 있었다.
"……"
"남장을 시키면 되지 않느냐? 하하하."
신재효로서는 대원위 대감의 허락을 얻는 일이 더 급했다. 미처 생각하지 못한 방법이다.
"합하의 은덕에 소신은 오로지 감읍할 따름이옵니다."
신재효가 눈을 놀라 뜨며 대답했다. 이마를 바닥에 맞대놓고 감읍하고 있었다.

"그건 그렇고 다른 소리꾼은 어떠냐?"

"양순채라는 소리꾼을 기르고 있사온데 여태껏 들어보지 못한 소리를 내고 있사옵니다."

"소리가 얼마나 우렁차냐? 이십 리 밖에서도 들리느냐?"

"우렁차기도 하고 흐느끼기도 하옵니다. 하지만 가만히 듣고 있으면 이상하게도 마음이 정화되옵니다."

"그런 소리도 있구나. 어서 들어보고 싶구나."

"함하께 불러 올리겠사옵니다."

"아니다. 그럴 것 없다. 아무튼, 내 기대에 미치지 못하면 각오해야 한다. 알았느냐?"

무시무시한 경고였다. 곱씹을수록 모골이 송연해지는 으름장이다. 한마디 한마디가 날카로운 칼날처럼 섬뜩하다.

*

뱃속이 늘 부글거렸다. 가슴이 답답했다. 숨을 내쉴 때마다 응어리가 목구멍에 걸렸다. 응어리가 부풀어 오르며 숨길을 막아섰다. 온종일 치가 떨리고 열불이 났다. 김세종이 그런 양순채를 지켜본다. 양순채로서는 식솔들이 동리정사에 기대 살려면 어쩔 수가 없다. 소리꾼이 되려는 시늉이라도 해야만 한다.

"어이! 그러코롬 건성으로 헐라면 허지 마소. 뭇허로 헛지랄을 허는가. 나리한테 야그헐텐게 그리 알소. 쯧쯧쯧."

벌써 몇 달째 그러는 형편이어서 김세종이 버럭 화를 내고 혀를 찼다. 당장이라도 신재효에게 고하여 그만두도록 하겠다는 말이다.

"거시기 목구녕을 뭇이 꽉 막고 있어서 소리가 잘 안 나오는구만이라우."

양순채의 태도가 달라지며 조금씩 나아지고는 있었다.

"그렇게 트림이 나올 때 뱃통에 심이 들어가는디. 그 심으로 소리를 질러 보랑게"

"아. 아아."

양순채가 이전보다는 입을 더 크게 벌렸다. 제법 목청이 트이고 있다. 그래도 평소보다는 약간 높았을 뿐이었다. 그 정도의 소리에 문짝 창호지가 흔들렸다. 소리꾼의 귀로 들어도 놀라웠다.

"쪼까 낫제?"

"그런 것 같구만이라우. 그런데 잘 모르것어라우."

"그러면 인자 평우조로 소리를 내봐. 자, 아~~아~~."

김세종이 시범을 보여주며 따라 하라고 했다.

"아~아~."

양순채가 어색히 따라 하고 있었다. 처음과는 다르게 못마땅한 표정만은 아니었다. 그렇지만 김세종처럼 소리를 길게 늘이지는 못했다.

"그냥 목구녕으로만 허지 말고 뱃통으로 내봐. 소리를 배심으로 밀어낸다 생각허고 혀봐. 믄 말인지 알아 듣것는가?"

"아~~아~~."

"어쩌? 목구녕이 쪼까 뚫리제?"

양순채의 소리가 금세 달라지고 있다. 가르쳐 주지 않았는데도 소리에 한과 흥이 묻어나오고 있다.

"그런 것 같구만이라우잉. 거시기가 쪼까 나간게 쪼까 시원해지는 구만이라우."

목구멍에 걸려있는 응어리가 풀린다고 했다.

"우덜이 허는 소리는 그냥 소리가 아니어. 몸둥아리에 가꼬 있는 것을 쏟아 냄스로 우덜도 좋고 듣는 사람도 좋게 허는 것이여. 그럴라면 소리허는 우덜이 먼저 좋아야 헌당게. 믄 말인지 알 것는가?"

"솔찍이 믄 말인지는 모르것는디 아까침보다는 쪼까 좋구만이라우. 아~~아~~아~~."

양순채는 시키지 않은 발성을 했다. 얼굴에 드리워진 그늘이 사라지고 있었다. 입가에 옅은 미소마저 돈다.

"고로코롬 쭉 해봐. 목구녕에 걸린 것이 읎어질 것이네."

"아~~아~~아~."

양순채는 온종일이라도 소리를 내지를 기세였다. 소리를 내지를 때마다 그늘이 걷히고 있었다.

"인자는 소리를 목구녕으로만 내지 말고 뱃통으로 질러봐. 그러면 더 시원해 질 것이여. 하하하."

김세종의 요구가 은근슬쩍 늘어나고 있다. 양순채가 소리를 내지를 때마다 기대가 커져 그러고 있다.

"아~~아~~아~~."

양순채의 소리가 길게 이어지지는 않았다. 자꾸만 중간에서 끊어지고 있다.

"숨을 질게 마셔서 소리헐 때 질게 뱉어내랑게. 소리가 빨랫줄 맹키로 쭉 뻗는다는 생각으로 질러봐."

"아따 그 말이 튼 말이다요? 소리가 눈에 비어야제 그러든가 말든가 헐 것 아닌게라우."

양순채가 농담을 섞기까지 했다. 여태껏은 웃음은 고사하고 밝은 얼굴조차도 보여주지 않았다. 항상 그늘로 가득했다. 그런 사람이 보이는 태도라서 신기하기까지 했다.

"성님이 시키는 대로 소리를 꽥 지르고 난게 쪼까 살만허구만이라우. 허허허."

양순채가 묻지도 않는 말까지 꺼내놓았다.

"인자 봐봐. 지대로 허면 양반이 안 부럽고 한양의 고관대작도 부럽지 않당게."

그래도 마음이 놓이지는 않았다. 양순채가 언제 이전으로 돌아갈지 모를 일이라 마음이 쓰였다.

"아따 성님도 내가 바본지 아시오? 어쩌케 고관대작을 갖다가……. 쪼까만 허풍을 더 떨면 내가 진짜 그런가 허고 넘어갈 것인디. 하하하."

신재효는 서방에 앉아 사설을 정리하고 있었다. 대원위 대감의 농담 섞인 말이 예사로 들리지 않았다. 목숨을 내놓아야 할지도 모를 일이다. 사설 한 대목 한 대목조차도 신경을 곤두세웠다. 그런데도 화방에서 들려오는 소리가 귀에 쏙쏙 박힌다. 동리정사를 통째로 들었다가 놓는 것처럼 쩌렁거렸다. 가만히 앉아 듣고 있을 수가 없어 화방으로 다가섰다.

"나리~이!"

김세종이 인기척을 느끼고 방문을 열다가 신재효를 발견하고 건네는 말이었다.

"계속하게나."

양순채가 동리정사에 머무른 지 근 반년이 되었다. 그동안에는 이토록 수련하는 모습을 보지 못했다.

"나리 앞에서…아까만치로만 해보소."

김세종이 신이 나서 주문하고 있다. 이나마 수련에 임하는 것이 대단한 성과라도 되는 양 들뜬다.

"참 거시기헌디요."

양순채가 긴장을 감추지 못했다. 신재효를 의식하느라 눈길을 어디에 둘지 모르며 우물거렸다.

"소리꾼은 인물 치레를 해야 한다. 내공을 쌓아서 자신을 당당하게 여기고 최고라는 자신감을 가져야만 제대로 실력을 발휘할 수가 있다. 그러니 재능만을 수련하지 말고 정신도 함께 수련해야 한다."

자칫 소리에만 몰두하다가 보면 도야는 뒷전으로 밀린다. 물론 소리꾼은 세상과 소리로 교통한다. 그래도 내공이 뒷받침되어야만 깊이가 깊어지고 매력이 많아지고 높아지고 소리 사설도 그럴듯하게 들린다. 수련의 성과를 누구 앞이건, 어떤 곳에든지 당당하게 맘껏 드러낼 수가 있다.

"나리. 순채가 믄 말인지 알아들을 라면 솔찬히 있어야 헌당게요."

김세종은 아직 풋내기에 불과하다고 했다. 그러고는 양순채에게 말을 이었다.

"긍게 나리 말씸은…여그 나리가 안 기신다 생각허고 해보라는 말씸이여. 믄 말인지 알것는가?"

"자네 사부 말이 옳다. 아무도 없다 생각하고 해봐."

신재효가 한마디를 더 보탰다.

"근디…사람이 있는디…어쩌케 없다고 생각헌당가요?"

양순채가 두 사람의 말에 눈을 껌뻑거리다가 여전히 이해할 수 없다는 표정이었다. 오히려 고개를 수그리며 더 쑥스러워했다.

"평우조로 허지 말고 소리만 꽥 질러봐."

김세종이 양순채를 어르듯이 이야기해도 선뜻 소리를 지르지 못했다.

"내가 시험하려고 하는 것이 아니니 그냥 네가 하고 싶은 대로 해보아라."

신재효는 양순채의 소리를 조금이라도 더 가까이에서 듣고 싶었다. 서방에서 들었을 때와는 다를 것이기에 건네는 말이다.

"아~~ 아~~."

양순채가 마지못해 소리를 낸다. 그런데도 신재효의 눈동자가 휘둥그레지고 있었다.

"배운 적이 있구나."

"아까 침에 배왔구만이라우."

양순채가 별것 아니라는 듯 수줍어했다.

"그런데 어찌 소리에 한이 있고 흥도 들어 있느냐? 아직 많은 수련이 필요하다마는 갈고 닦으면 큰 소리꾼이 될 것이다."

"지도 생각이 같구만요. 그런디 안 할라고 헌게 꺽정이구만요."

김세종이 맞장구를 치며 도움을 청하고 있었다.

"이제부터는 소리하는 맛을 차차 알게 될 터이니 크게 염려할 것이 없을 것이네. 하하하."

양순채가 소리 공부에 빠져들 것으로 확신했다.

양순채는 신재효가 뭐라고 하는지에는 관심이 없다. 잠시 잊고 있던 기억들이 떠올라 두 사람의 말이 귀에 들어오지 않았다. 잠시 잠깐 사이였다. 뱃속에서 열기가 생겨나고 있다. 그 열기가 기도를 타고 오른다. 목젖에 걸렸다. 가슴이 답답해진다. 숨이 제대로 쉬어지지 않았다. 숨길이 막히고 있다.

숨길을 트지 않으면 죽을 것 같아서 목청에 온 힘을 준다.

"꺼억, 꺼억."

양순채의 트림이 크게 뀐 방귀 소리나 다름없다. 그래도 뱃속이 시원해지지 않아서 연신 꺼억 댄다.

"그러지 말고 아까처럼 목청껏 소리를 내봐라. 아마 속이 시원해질 것이다."

신재효가 안쓰러운 눈빛으로 바라다보았다. 조금 전 김세종의 처방이나 다를 바 없다.

"알것구만이라우. 아~~아~~."

응어리가 쏟아져 나오는 것 같았다. 물론 그때 뿐이기는 해도 그나마 그 순간만큼은 살만하다. 소리를 내지르다 보면 가슴에 담겨 있는 설움이 씻겨 나오는 기분이다.

"그래 그렇게 하는 것이다. 목청이 찢어지게 내질러 봐라. 누가 있든 말든 아무도 없다 생각하고 맘껏 소리를 쏟아내 봐."

양순채는 소리를 하면서도 여전히 쭈뼛거렸다. 그냥 아~ 아~ 하는 소리만 거듭해서 내지르고 있다.

11

소리 몸살

홍낙관은 동리정사를 바라볼 때마다 미안했다. 먼발치에서도 낯을 들 수가 없다. 역졸들의 발길에 난장판이 되었다. 포도 시렁은 어느 한 곳 성한 곳이 없다. 거의 뜯겨 나가다시피 했다. 신재효가 지키려던 자존심이 깡그리 무너진 꼴이다.

"나리께서는 괜찮은지 모르겠소."

신재효가 걱정이었다. 한양에 다녀왔다는 소문을 들었다. 인사를 하면 반갑게 맞이해 줄 것이다. 하지만 볼 낯이 없다. 엄두를 내지 못하고 있다. 홍낙관은 머리를 싸매 두문불출했다.

"거그서 뭇을 헌다고 초대허드만요."

당골댁이 몇 번이나 망설이던 끝에 꺼내놓았다. 그동안 힘들어하는 홍낙관을 가만히 지켜보기만 했는데 더 미룰 일은 아니라서 건네는 말이다.

"나 때문에 모두 힘들었다고 들었는데……. 너무 뻔뻔하지 않소."

홍낙관은 화동들에게도 미안했다. 자신으로 인해 매질을 당하기까지 했다. 그래도 그들은 발설하지 않았다.

"헌다 허는 양반들이 다 모이는디…서방님한테는 재담을 허라고 허드만요."

당골댁은 표정이 들떠있다. 그녀는 홍낙관의 아내가 된 것이 자랑스럽다. 동리정사가 어떤 곳인가. 그곳에서 벌이는 연회를 보는 것만으로도 기분 좋은 일이다. 며칠씩 자랑해도 부족할 구경거리다. 그런 잔치에 지아비가 초대되어 날아갈 것만 같았다.

당골댁은 난생처음이었다. 부용헌 앞 근처에 자리를 잡았다. 홍낙관의 아내 자격으로 앉았다. 홍낙관이 허리를 꼿꼿이 세우고 부용헌 마루에 섰다. 그의 등 뒤에서 빛이 난다.

"호남좌도 제주군 한라산은 옛적 탐라국 주산이요. 남방도 중 제일 명산이라. 험준하고 수려한 정기가 어리어서 기생 애랑이 생겨났나 보더라. (중략) 제주목사 재수되니 김경이 즉시 도임길을 떠나려고……."

소리꾼의 장단과 가락을 따라 하고는 있다. 하지만 누가 들어도 득음한 성음은 아니다. 그래도 전기수(책을 읽어주는 사람)와는 차원이 달랐다. 입담이 능숙하고 사설의 구조가 잘

다듬어져 있다. 한양 말씨여서 듣기에도 좋다.

"배비장전을 재담으로 엮었느냐?"

신재효가 배비장전을 재담 거리로 삼은 홍낙관의 속셈을 밝히려 꺼내 드는 물음이었다.

"그렇습니다. 요즘하고 닮은 구석이 많아서 골라봤습니다."

"그럼 계속해 보시게."

신재효가 잘 들어보라는 듯이 홍낙관을 귀하게 여겨 말했다.

"그러면 이제부터는 제주 목사 배 비장(裨將)이 기녀 애랑에게 빠져 피나무 궤에 들어가 당하는 봉변을 재담으로 풀어 보겠습니다."

홍낙관은 신이 났다. 양반들이 듣고 있었다. 양반들의 태반은 소설로 읽어서 내용을 알고는 있다. 그렇기에 토막에 불과한 재담이라서 흥미 끌기는 쉽지 않다. 그런데도 한마디 한 대목에 귀를 기울이고 있었다. 심지어 몸을 움직이며 추임새까지 넣고 있었다.

"…배 비장이 두 눈을 희게 뜨고 이를 갈며 좀 놓아다오, 하면서 죽어도 문자는 쓰던 것이었다. '포복불입(飽腹不入)하니 출분이기사(出糞而幾死)로다'… 방자 안에서 웃으며 탁 놓으니 배 비장이 곤두박질쳤다가 일어나 앉으며 하는 말이……."

홍낙관은 입가에 비웃음을 담아 재담을 풀어가고 있다. 양반들을 흘끔 쳐다보다가 관아가 있는 모양성을 찢어진 눈빛으로 바라보기도 했다. 통성하고는 멀었다. 북을 치며 장단을 맞추는 고수가 있는 것도 아니다. 하지만 재담에 감칠맛이 돈다. 재담의 표현이 사람들 가슴에 척척 달라붙고 있었다. 너름새를 적절하게 구사해 좌중을 휘어잡는다. 사람들의 마음을 움직여서 추임새를 끌어냈다.

"얼쑤, 어얼쑤."

사람들이 추임새를 넣었다. 때로는 구수하고 때로는 날카롭고 때로는 황당한 재담이 몸통을 휘감고 돌았다. 그의 몸짓 하나, 표정 하나, 눈빛 하나조차도 놓치지 않으려고 숨죽이고 있었다.

그때였다. 사랑채 옆 후문 쪽이 웅성거렸다. 순식간에 부용헌으로 다가왔다.

"저놈이다. 언능 잡어라!"

구경꾼들의 눈길이 쏠렸다. 조 진사가 거들먹거리며 다가왔다. 그의 모습에 하나 같이 놀라고 있다. 사족들이 격조 높은 풍류를 즐기고 있었다. 전주와 한양의 시인 묵객도 함께하고 있는 자리였다.

"진사 나리! 재담 중입니다."

신재효가 재빠르게 막아섰다.

"그렇소. 무슨 일인지는 모르지만, 나중에 따지면 안 되겠소?"

한양에서 내려왔다는 양반이 동시에 나섰다. 동리정사에 대한 명성을 듣고 벼르고 벼르다가 맘먹고 내려왔다고 했다. 얼핏 보기에도 범상치 않은 용모였다. 며칠째 머무르며 소리꾼의 소리에 흠뻑 빠져 있었다. 동리정사의 이모저모를 꼼꼼히 살피며 부러워했다.

"그런게. 뭣땜시 그러는지는 몰라도, 해필 이런 점잖은 자리를⋯ 쯧쯧쯧."

여기저기에서 불만이 쏟아졌다.

"거시기 그것이 아니고⋯⋯. 저놈은 역적 놈 종친이요. 어이신 호장! 언능 대답해 보란게!"

조 진사가 신재효를 향해 목청을 높였다.

"진사 나리. 죗값을 받느라 무부가 되었습니다. 천민이 되어 온갖 천대를 받고 있습니다. 그러니 재담이 끝나거든 따져보시는 것이 좋을 것 같습니다. 소인이 신원을 보증할 것입니다. 혹여 도망치면 소인을 벌하여 주십시오."

신재효가 턱밑으로 길게 늘여진 하얀 수염을 양손으로 쓰다듬어 내리면서 대답했다.

"⋯⋯."

조 진사의 얼굴이 붉으락푸르락했다. 눈꺼풀을 빳빳하게 세우고 신재효와 홍낙관을 번갈아 노려보았다. 어떻게든 신재효를 무릎 꿇릴 기회를 엿보는 눈빛이다.

그래도 홍낙관은 꼿꼿했다. 오히려 배 비장의 어처구니없는 행실을 마음껏 비꼰다. 조 진사가 배 비장이라도 되는 양 풍자하며 멈추지 않고 재담을 풀어낸다. 청중이 홍낙관의 말 한마디 한마디에 탄성을 쏟아냈다. 그의 몸짓에 웃기도 하고 눈살을 찌푸리기도 했다.

"수고했다."

신재효가 재담을 마친 홍낙관을 치하했다. 그러고는 낚아채듯이 손목을 잡아끌었다.

"나리 데려왔습니다."

조 진사 앞에 홍낙관을 세웠다.

"이놈이 역적 종친이구만잉. 어째서 여그서 요러고 있냐? 여그 쥔이 시켰냐?"

조 진사가 목청을 높였다. 주변 사람들에게 들어보라는 투였다. 주변 사람들과 눈길을 맞추어대며 기고만장했다.

"하지만 나리. 지금은 무부입니다. 저기 저 무당이 아내입니다."

신재효가 보란 듯이 나서서 구석 자리에서 불안한 눈빛으로 바라보는 당골댁을 가리켰다.

"어허. 편역드는 것 좀 보소. 한 통속이구만."

조 진사는 잘되었다며 흥분했다.

"아무렴 한통속이겠소? 저 화방들을 보시오. 수십 명도 넘는 화동들을 자기 재물을 들여 가르친다고 들었소. 뭐가 아쉬워서 끈 떨어진 역적 종친과 한통속이 되겠소? 불쌍한 자를 거두다 보니 이리되었으리라고 생각하오."
 선비 한 사람이 보다못해 나서서 조 진사에게 면박을 준다.
 "그렇게 더 이상허지요."
 조 진사도 물러서지 않았다.
 "이미 대원위 대감께서 사면하신 사안입니다. 앞으로 무부로서, 천민으로 조용히 살아갈 것입니다. 그러니 염려하지 않으셔도 됩니다."
 신재효는 되도록 대원위 대감까지는 끌어들이지 않으려 했다. 하지만 격조 높은 연회는 망칠 수가 없었다.

*

 소리를 맘껏 내지르면 뱃속이 가라앉았다. 시원해지기도 했다. 그럴 때마다 양순채는 살 만 해졌다. 잠시 잠깐이지만 머릿속이 개운해졌다. 그때마다 뱃속에 생겨나는 열기가 식으면서 숨쉬기도 괜찮았다. 김세종과 신재효의 가르침이 큰 힘이 되고 있었다.
 "어~~어~~."
 양순채는 목청이 따끔거려 제대로 소리 낼 수가 없었다. 김세종의 가르침대로 아랫배에 힘을 주고는 있었다.
 "내가 믄 말 허는지 아직도 모르것냐?"
 김세종이 눈을 부라리며 나무랐다. 조금 전까지 형님처럼 대하던 모습이 아니었다. 평소와 딴판이 되어 제대로 가르침을 따르지 않는다면 손찌검이라도 해댈 기세다.

"배에다 심을 겁나게 주고 있당게요."

양순채가 변명하듯 대답했다. 김세종이 의도를 재빠르게 알아차리고 자신의 부족함을 인정했다.

"다시 혀 봐."

"아~~어~~."

"다시!"

"아~~~어~~~."

"고로코롬 해 가꼬는 육자배기도 못 헌다. 다시!"

"아~~~아~~~."

양순채의 목청이 찢어지는 것처럼 날카로웠다. 얼굴이 시뻘겋게 달아오르며 양쪽 목 핏대가 튀어나왔다.

"그려 그렇게 계속해. 모가지가 아퍼도, 목이 샐 때까지……. 믄 말인지 알것냐?"

김세종은 계속해서 닦달했다. 양순채가 힘들어해도 그러거나 말거나 상관하지 않았다. 오직 매섭게 몰아붙이는 데에만 열중했다. 강도를 점차 높여서 큰 잘못이라도 저지르는 양 몰아치고만 있다.

"아~~~~아~~~~."

"더 크게. 모기만 한 소리로…… 뭇 헐라고 지랄허냐? 다시!"

"아~~~~~아~~~~~."

11_ 소리 몸살

"목구녕이 고로코롬 아깝냐! 목청을 딱 붙여 가꼬 긁으랑게 아직도 믄 말인지를 모르겄냐? 다시 혀!"

김세종은 양순채의 낯빛까지도 샅샅이 훑었다. 잔꾀를 부리려 하면 순식간에 알아채고는 과장하여 꾸짖었다.

"지는 죽어라고 허는디……. 아따, 심들어 죽것어라우."

양순채는 수십 수백 번이나 소리 지르기를 반복했다. 힘을 다해 거듭했다. 그런데도 김세종은 성에 차지 않는다.

"죽어라고 헌다고 허지 않았냐? 아직 목이 새지 않은 것은 살살 요령 부렸다는 증거여. 다시 혀!"

김세종의 목소리가 더 사납고 높아졌다.

"알았어라우. 알았당게요."

근 한 달째 씨름했다. 새벽부터 잠들 때까지 시달렸다. 어느 순간부터인지 괴롭히던 불덩어리가 느껴지지 않는다. 기도에 걸려 부풀어 오르던 화기도 어느 틈에 사라졌다. 뱃속에 들어있는 원한이 소리에 섞여서 쏟아져 나오는 기분이다.

벽오봉은 고창과 무장과 흥덕의 진산이다. 그 서북쪽 흥덕현 일남면 용추(지금의 신림면 신평리)에 용추폭포가 있다. 폭포의 높이는 그다지 높은 편이 아니다. 그래도 수량이 풍부하여 폭포수 떨어지는 소리가 웅장하다. 폭포수가 만들어낸 용소라 이름 붙은 연못은 꽤 깊다. 바위가 둥그렇게 둘러싸고 있다. 한여름에도 차디찬 수분이 피어올라 용소 가장자리 바위에 앉으면 목을 촉촉이 축일 수 있다. 폭포수 떨어지는 소리도 크다. 소리 수련에는 그만이다.

"저 소리 들리냐?"

김세종이 폭포수가 떨어지는 소리를 두고 물었다.

"……."

"저 소리를 이겨야제 소리꾼이라고 헐 수 있다. 명심해야 헌다."

"사부님도 참. 지가…요?"

어느 틈부터 양순채가 '사부님'이라는 호칭을 붙이고 있다. 그동안 김세종의 강요에 못 이기는 척 가까스로 소리를 내던 모습이 아니다. 반쯤 쉰 목소리로 힘주어 말했다. 연습했던 흔적들이 하나씩 드러나고 있다.

"목이 쉬어서 말헐라면 깝깝헐 것이다."

"그것도 모른 사람이 어딨다요! 허허허."

양순채는 자신을 놀리는 것으로 생각했다.

"말헐라고 허니께 배에 심이 들어가 지제?"

"말이 안 나오는디 어쩌것어요. 심을 주어야지라우."

양순채가 뻔한 것을 묻는다는 투였다.

"그것 가꼬는 안 되야. 목청이 꽉 맥켜가꼬 아무 소리도 안 나올 때도 죽기 살기로 배에다가 심을 주어서 소리를 내야 헌다. 알겄냐?"

김세종은 알아듣든지 말든지 상관하지 않았다. 양순채가

언젠가는 알아들을 것으로 기대할 뿐이다.

"그러코롬 허면 모기만 한 소리가 나올 틴디…아따 그 심든 짓을 뭇허로 허까? 사람들이 믄 소린지를 알아들으면 될 것인디."

양순채는 혼잣말처럼 말했다. 무슨 말인지를 도무지 모르겠다는 표정이었다.

"그로코롬 생각허냐. 그러면 허지 마. 너 같은 놈은 첨 본다. 나리가 거둬 주시는 것인디 니 복을 발로 걷어차는구나. 쯧쯧."

김세종이 부르르 화를 냈다. 양순채의 투정을 더는 봐주지 않겠다는 표정이다. 자리에서 벌떡 일어나더니 내려가려 채비하고 있었다.

"아니. 지 말은……."

양순채가 당황한 낯빛을 감추지 못한다. 단순한 투정일 뿐인데 예상이 빗나가고 있어서 쩔쩔맨다.

"나리가 니놈의 소리가 특출나서 거두는 줄 아냐? 니가 심들어 허는 것이 불쌍해서…그러지 마라고 돌봐 주시는 것인디. 중이 싫으면 절을 떠나야제. 쯧쯧쯧."

김세종의 태도가 점점 냉정해지고 있었다.

"사부님. 지가 참말로 잘못혔구만이라우. 한 번만 용서해 주시먼, 인자는 정말로 말 잘 들을라요."

양순채가 무릎을 꿇고 머리를 수그렸다. 쉰 음성이 폭포수 떨어지는 소리에 묻히지 않게 하려고 배에 힘껏 힘주고 있었다. 두 사람의 간격이 꽤 먼데도 절실해진 양순채의 마음이 전달되고 있다.

"정말이냐?"

"지가 인자부터는 사부님이 죽으라면 죽는 시늉이라도 헐라요."

"어째서 거시기를 또 지져 부린다는 말은 안 허냐? 하하하."

"그것이 또 있어야제 그러든가 말든가 허지라우. 흐흐흐."

양순채는 비위를 맞추려고 던진 농담이다. 하지만 온몸에 왠지 허탈하고 막막한 기운이 돈다.

"그려그려. 소리를 죽을 똥 살 똥 모르고 허면, 지긋지긋헌 것도 아까처럼 웃으면서 야그헐 수가 있다. 믄 말인지 알것냐?"

"다는 모르지만 쪼끔은 알것구만요."

양순채가 고개를 끄덕였다. 소리를 내지를 때마다 머릿속 고통이 사그라졌다. 뱃속에서 불타는 화기도 누그러지고 있다. 목구멍을 막아서는 가슴의 응어리도 쏟아져나왔다.

"제대로 허다 보면 고관대작도 별것 아니다. 이 말이 믄 말인지 알라면 몇 번은 죽었다 살아야 헌다. 그런게 지금은 아무리 말해도 못 알아들으니께 다 알라고 허지는 말고…내가 허라는 대로…죽으라면 죽는시늉이 아니라 정말 죽어야것다

허고 내 말을 들어야 헌다. 알았냐?"

"인자는 사부님이 시키는 대로 헐랍니다."

양순채의 태도가 달라지고 있다.

"인자부터는 소리를 헐 때 통성을 써야 한다."

"……?"

이미 여러 번 들어본 말이기는 했다. 배꼽으로 낸다는 말도 들었다. 하지만 어떻게 내야 하는지는 알지 못했다.

"믄 말인지 모르것다는 것이냐?"

"지송허구만요."

"니가 여태까지 해찰했다는 증거여. 인자는 두 번은 안 갈차 줄 것이다. 내 말 잘 듣고 니 스스로 알아먹어야 헌다. 알 것냐?"

"명심허것구만요"

양순채가 단호해지는 김세종의 태도에 긴장했다. 그의 한마디 한마디를 놓치지 않으려 귀를 바짝 세우고 있다. "일단은 목이 쉬어서 벙어리가 되아야 헌다. 그러더라도 소리를 그치면 안 된다. 배에다가 심을 주어 가꼬 소리를 낼라고 혀야 허고, 오장육부에다가도 심을 주고…그래도 안 되면 별 지랄을 다 해봐야 헌다. 내 말이 믄 말인지 알것냐?"

"해보것구만요. 그런디……."

"인자 말은 그만 허자. 평우조로 시작해라."

김세종의 태도가 엄중했다.

"아~."
"밀어내. 다시!"
"아~~."
"다시! 숨을 배꼽 아래에 집어넣고 소리허라고!"
"아~~~."
"다시! 내 말이 믄 말인지 모르것냐?"
"아~."
"다시! 어째서 가슴으로 내냐. 너 내 말이 말 같지 않냐?"

김세종이 버럭 화를 냈다. 금세 머리통이라도 후려칠 태세다. 말투뿐만이 아니라 얼굴도 붉으락푸르락했다.

"아~~~."

양순채는 죽을힘을 다해 소리를 내질렀다. 하지만 김세종은 소리를 낼 때마다 가만있지 않았다. 어떤 때는 호흡이 짧다고 하고 어떤 때는 목청을 열었다며 꾸짖어댔다. 숨을 아랫배까지 들어 마시지 않는다고도 하고 폭포수 떨어지는 소리에 소리가 들리지 않는다며 타박했다.

결국, 양순채는 온종일 잠깐의 쉼도 없이 소리를 내질렀다. 녹초가 되었다. 목이 쉬어 소리가 입 밖으로 나오지 않았다. 그런데도 김세종은 아랑곳하지 않았다. 더 강도를 높여 닦달했다. 날이 어두워졌어도 상관하지 않았다.

양순채가 허리를 구부려 배를 움켜쥐고 고통스러워했다. 그러거나 말거나 김세종은 눈을 부라리고 꾸짖었다.

"이놈아! 니가 왜 심든 줄 아냐?"

"······?"

"니 놈은 소리가 좋아서 허는 것이 아니여······ 요러케 헐라면 때려 쳐!"

"지송허구만요."

양순채는 오장육부를 동원했다. 그래도 겨우 모깃소리만 하다. 김세종의 엄포에 죽을힘을 다한다.

"그래 고로코롬 죽기 살기로 소리를 내면 되는 것이여. 소리를 짖어서 헐라고 허면 절대로 못헌다. 얼마 못 가서 그만두고 말아. 내가 한두 사람 본 것 아니다. 그렇게 소리를 안 허고는 못 살것다 소리 허는 것이 좋다 허고 허드라도 될랑가 말랑가 허는 것이 소리랑게. 글고 금방 므시 되는 것도 아니어. 그렇게 소리는 아무라도 헐 수가 있는 것이 아니어. 너는 복 받은 줄 알아야 헌다. 내가 지금 믄말을 허는지 알것냐?"

김세종 이런저런 얘기를 꺼내서 양순채의 반응을 살피고 있다. 고행을 견뎌낼 재목인지를 따져보고 있다. 산짐승 소리가 들려왔다. 벽오봉 동쪽에서 떴던 보름달이 서쪽으로 기울어지고 있었다. 그래도 소리를 더 크게 내지르라며 거듭 닦달하고 있다. 양순채의 목이 쉬어 소리가 나오지 않는데도 김세종의 윽박지름이 멈추기는커녕 더 거세졌다.

*

홍낙관은 그날 일을 생각할수록 기분이 좋았다. 동리정사에 모인 양반들을 마음껏 놀렸다. 그야말로 뼛속까지 천민이 되어 시원하게 놀았다. 더더구나 코가 납작해진 조 진사를 떠올리면 더 시원했다. 한양에서 살던 시절이 불현듯 떠오를 때마다 처참하게 변한 자신의 처지가 원망스러웠다. 하지만 마음을 달리 먹으니 그 또한 별것 아니었다. 누구나 아침과 저녁을 맞이한다. 고관대작이라고 해서 아침이 길거나 저녁이 늦지도 않는다. 다만 어떻게 생각하느냐에 따라 길기도 짧기도 하다. 자신도 무부가 되느니, 관노로 사는 게 낫겠다고 생각한 적이 있었다.

동리정사에서의 재담은 그럴싸한 성음이 아니었다. 어설프기 짝이 없는 성음으로도 사람들의 마음을 사로잡아 더 기뻤다. 물론 풍자와 해학이 섞인 사설이 발휘한 위력이기는 하다. 사람들의 가려운 구석을 시원하게 긁어주었기에 점잔이나 빼는 양반들의 마음까지도 움직일 수 있었다. 이를테면 세상의 질서나 이치를 내동댕이쳐서 얻어낸 재미였다.

"아따 믄 사람들이 저러코롬 많이 왔다요?"

고창 농악패 상쇠 점백이의 눈이 휘둥그레졌다. 그는 꽹과리를 두드리면서도 열두 발이나 되는 상모를 돌렸다. 몸통과 고개를 돌리고 흔들어대는 것을 보면 어지러울 정도다. 그러면서도 장단과 가락을 한 번도 놓치지 않았다. 농악패를 한 치의 어긋남도 없이 이끌었다. 그도 꽤나 알려진 상쇠다. 그런 그가 홍낙관을 따르고 있다. 홍낙관의 재담 놀음에 농악패를 동원하여 마치 부하인 것처럼 나서서 구경꾼을 모았다. 꽹과리를 쳐서 고수처럼 장단을 맞추기도 했다. 홍낙관의 호위병을 자처했다. 점백이가 나서면 사람들이 제법 몰려든다. 그런 그가 홍낙관을 보려고 구름처럼 몰려드는 구경꾼들의 모습에 입을 다물지 못했다. 홍낙관은 소리꾼으로는 턱없이 부족했다. 그런데도 명창에 버금가는 대우를 받는다.

"쩌그 대접주님이 오셨구만이라우"

구경꾼들로 넓은 공터가 메워지고 있었다. 사람들을 바라보던 점백이의 음성이 들떠있다.

많은 사람 틈에 섞여 있어도 손화중은 금세 눈에 띈다. 말한마디, 몸짓 하나조차도 허투루 하지 않는다. 그렇기에 사람들의 신망이 두텁다. 사람들의 힘이 되고 희망이 되었다.

"지는 대접주님이 믄 말을 허시는지 모르것구만이라우."

점백이가 고개를 갸웃거렸다.

"우리 같은 천민들도 접을 만들어야 한다는 뜻입니다."

홍낙관은 은밀하게 천민 포접(包接)을 만들고 있다. 우선 처지가 같은 무부와 무당들을 모았다. 백정과 역부, 공장 인부, 승려들도 모았다. 상당 규모의 접이 만들어지고 있었다. 점백이는 평판이 좋다. 그를 따르는 농악패들이 줄을 이었다. 재인들을 참여시킬 생각이다.

"거시기헌다고 여그 왔을 것인디요."

점백이가 공터를 가득 메운 구경꾼들을 훑고 있었다. 여러 광대와 농악패들을 이곳으로 모이도록 조치해 놓았다고 했다. 구경꾼들 틈에서 확인하고 있었다.
"수고하셨습니다. 이따가 회합을 소집하겠습니다."
홍낙관은 재담을 끝내면 손화중과 함께 회합을 가질 계획이다.
"근디 물어볼 것이 있구만이라우."
이전과 다른 점백이의 태도다.
"······?"
"우덜은 꽹과리치고 북 치고 장구 치고 허면 고관대작이 별 것 아니든디······. 사람이 하늘이 되는 시상이 되면 므시 달브다요?"
점백이의 표정이 그 어느 때보다도 진지했다. 자신들은 농악놀이를 할 때만큼은 그 어느 것도 부럽지 않다고 했다. 비록 천민으로서 멸시를 몸에 달고 살지만 불행하지는 않다고 했다.
"골계미만으로는 살 수가 없습니다. 그러니까 꽹과리치고 양반들을 놀린다고 처지가 달라지는 것은 아닙니다. 사람은 누구나 귀합니다. 양반이라고 해서 귀하고 우리 같은 광대라고 해서 천하지 않습니다. 새 세상은 양반이나 천민이나 다 귀한 사람이라고 여기는 세상입니다."
"아따 문자 쓰면 우덜이 어쩌케 알아 들것소. 믄 말인지 정말로 모르것구만이라우. 긍께 존 세상을 맹글라면 접을 맹글어야 헌다는 말씸이지라우?"

점백이가 머리통을 쓰다듬었다. 그러면서도 홍낙관의 얘기에 동의했다. 무슨 뜻인지는 모르지만 무조건 따르겠다고 했다.

"그러니까 우리 같은 천민들도 힘을 모으면 좋은 세상을 만들 수가 있다는 뜻입니다."

"긍게 우덜도 사람대접을 받을 수 있다는 말이제라우?"

홍낙관은 말을 알아듣지 못하는 점백이가 안쓰러웠다. 무슨 말인지도 모르면서도 무작정 믿어 주는 그가 고마웠다. 그러는 현실이 서글펐다.

"대접주께서는 우리가 가지고 있는 재능이 크게 쓰일 때가 올 것이니 일단은 힘을 모으라고 했습니다."

어느새 구경꾼들이 넓은 공터를 가득 메운다. 사람들이 이런저런 요청을 해대며 시작을 재촉했다.

"거시기 배 비장이 점잔빼다가 궤짝 속에 들어간 것이 시원허든디. 하하하."

"아니어. 동리선생이 맨근 오섬가가 더 재밌던디."

어떤 구경꾼은 치산가가 유익하다며 우겼다.

"동방화촉 깊은 밤에 금금요석 펼쳐놓고
저희 둘이 훨씬 벗고 말롱질도 하여보며
택견질도 하여보며 다리씨름하여 보며 ······"

신재효가 지은 단가를 끄집어냈다. 소리꾼 같은 성음이 필요한데도 어설펐다. 그런데도 박수갈채가 쏟아졌다. 구경꾼들이 열광했다. 구경꾼들은 사설 속에 빠져들어 마치 자신에게 일어나는 일인 양 좋아했다.

*

소리를 내지르는 순간만큼은 살 것 같았다. 목이 잠겨서 소리가 나오지 않아도 양순채는 죽을힘으로 아랫배에 힘을 주었다. 그리고 오장육부를 뒤틀어대면 모깃소리만 한 소리가 새어 나왔다. 고통스럽지만 왠지 기뻤다.

벌써 몇 번째인지 모른다. 또다시 목이 쉬어 소리가 나오지 않았다. 이전하고도 달랐다. 며칠째나 말 못 하는 벙어리로 살았다. 그래도 그러거나 말거나 가만히 있지 않았다. 가만히 있을 수가 없었다. 오히려 김세종이 힘들어했다. 용추폭포로 달려갔다. 박유전은 참봉 벼슬을 하고 오수경(색안경)을 하사받았다. 이날치도 선달 벼슬을 받았다. 대원위 대감을 비롯한 사람들의 마음을 사로잡아 그리되었다. 양순채의 한 줄기 빛이다. 유명한 소리꾼이 되어 박유전이나 이날치처럼 벼슬을 해야겠다며 결심했다. 노비로 팔려 간 아내 점예를 찾아오려 죽을힘을 다하고 있다. 목구멍에서 또 시뻘건 피가 섞여 나왔다.

"쪼까 살살해도 되는디. 참말로 너 독허구나. 허허허."

오히려 김세종이 힘겨워했다. 김세종도 죽을힘으로 명창의 반열에 올랐다. 그런 그가 하는 말이라서 고수(鼓手)가 의아해했다.

"아따 성님이 이런 말을 할 때가 있구만요잉."

그동안 한 번도 들어보지 못한 말이다. 수많은 화동을 수련시키면서도 흡족하게 여긴 적이 없었다. 그들이 있는 힘을 다해도 늘 채찍질이었다.

"저러다가 소리 몸살 날 것인디. 몸살이 나드라도 쪼까만 나야 허는디."

김세종도 소리 몸살에 시달렸었다. 마치 나무 위로 올라가 떨어진 것처럼 온몸이 붓고 멍들었다. 수일 동안을 옴짝달싹 못 하는 고통에 시달렸다.

양순채는 있는 힘을 다해도 말이 나오지 않았다. 그런데도 손을 내저어 대며 아무렇지 않다고 했다.

"암시랑토 않다고?"

양순채가 고개를 크게 끄덕여서 결심을 드러냈다.

"……아따 너 독허다잉. 그러면 한번 더 혀보자. 허허허."

김세종도 어쩔 수 없었다.

"으~~~."

양순채가 소리를 내질러댔다. 영락없는 비명이다. 한 맺힌 소리다. 몸을 부르르 떨면서 모깃소리만 하게 반응하고 있다.

"안되것다. 내려가야 쓰것다. 응?"

김세종이 자리에서 일어섰다. 고수를 손짓으로 불러 내려갈 채비를 서두르라고 한다.

"으~~~."

양순채는 꿈쩍하지 않는다. 자리에 꼿꼿하게 앉아서 죽을 힘을 다해 소리를 지른다. 하지만 바로 곁의 고수에게도 들리지 않는다.

"어서 일어나. 이러다가 죽는다. 내 말 들어. 응!"

김세종은 더럭 겁이 났다. 고집하는 양순채에게 다가가 양겨드랑이를 잡아 일으켰다.

"으~~~."

양순채가 일어나지 않으려고 버티며 비명 같은 말을 했다.

"내 말 안 듣다가는 큰일 난다. 언능 일어나!"

김세종은 고수와 함께 양순채를 부축해 내려왔다. 산내면 석탄리(지금의 고창읍 석교리)를 지날 때였다. 양순채가 온몸을 부들거리더니 제자리에 주저앉았다. 한여름 땡볕이 내리쬐는데도 입술이 새파래지며 어깨를 움츠리고 바들바들 떤다.

"거시기 큰일 났구나. 언능 어디로 들어가야것다."

김세종은 당황했다. 주변을 둘러보며 마땅한 곳을 찾았다.

"성님. 쩌그 석탄정(지금의 고창읍 율계리에 위치하고 있음)으로 가먼 어쩔까요?"

고수가 들판 가운데 나지막한 바위 언덕 위의 석탄정을 가리켰다.

"언능 가야겄다. 순채는 내가 알아서 헐텐게 너는 언능 가서…부석짝에다가 불을 때야 허니께, 장작 있는가부터 봐라."
"근디 요로코롬 더운디 방에다 불을 땐다고라우?"
고수가 달려가려다 말고 뒤돌아서서 되물었다.
"언능 가라는디 뭇허냐! 내 말을 못 알아 듣것냐?"
마음이 급했다. 양순채를 둘이 함께 부축해도 버겁다. 그래도 아궁이에 불을 지피는 것이 더 중요하다.
"근디 내가 말헌다고……."
고수가 머뭇거렸다. 석탄정 주인인 유 목사의 허락이 떨어져야 한다. 정자 지기의 도움도 필요했다.
"알았다. 니가 순채를 델꼬 와라."
김세종이 나서야 할 것 같았다. 고수 대신 쏜살처럼 내달려 석탄정으로 헐레벌떡 들어섰다.
"동리정사 사범이 아니냐? 급한 일이라도 있느냐?"
유 목사가 김세종을 알아보았다.
"목사 나리. 소리 몸살 허는 소리꾼이 있어가꼬 급하게 왔습니다요."
김세종이 무릎을 납작 꿇었다.
"그러면 의원으로 가야지. 여기서 뭘 어떻게 하려는 것이냐?"
"한속이 들어 가꼬 우선 방에 들어가야 헐 것 같구만요."
"한여름인데 힘들겠구나. 병자를 어서 들이거라."

유 목사의 허락이 떨어졌다. 정자 지기에게 도와주라고도 했다. 자리를 마련해 주느라 술계당으로 옮겨간다.
"부석짝에다가 불을 때야 허는디. 어쩌까잉"
김세종이 정자 지기의 눈치를 살피며 도움을 요청했다.
"므시라고 했는가?"
정자 지기가 고개를 쭉 내밀어 젖혔다. 조금만 움직여도 숨이 헐떡거려지는 무더위다. 도무지 이해되지 않는 얘기다.
"방에다 불을 때야 헌다는 말이네."
"대그박이 익을 것 같은디……믄 말인가?"
"누가 그것을 모르는가. 소리 몸살이 되게 들었당게."
"소리를 허다가 한속도 드는가?"
"암만. 고뿔보다도 더 헌당게. 그런게 언능 부석짝에다가 불이나 좀 때주소."
김세종은 마음이 급했다. 소리 몸살은 몸살감기와 비교가 되지 않을 만큼 힘이 든다. 노닥거릴 겨를이 없다.
"아이고 성님. 나 죽것소."
고수가 땀으로 범벅이 되어서 양순채를 부축하고 있었다. 금세 쓰러질 것처럼 들어왔다. 그가 애지중지하는 북을 내팽개치다시피 했다. 자기의 저고리를 벗어 양순채에게 입혀놓고도 부족하여 온몸으로 끌어안고 있었다. 그래도 양순채는 온몸을 부들거리고 있다.
"언능 방에다가 뉘어야것다."

김세종이 안쓰러운 표정으로 후다닥 양순채를 품에 끌어안고 조심스러운 걸음을 옮겼다.

양순채가 다 죽어가고 있었다. 양어깨를 움츠리고도 한기를 어쩌지 못해 덜덜 떨고 있다. 김세종과 고수를 번갈아 쳐다보며 입술을 달싹거려도 입 밖으로는 나오지 않는다.

"언능 방으로 들어가자."

석탄정은 그다지 큰 정자가 아니다. 정면이 세 칸이고 측면도 세 칸이다. 가운데 칸에 자그마한 방 한 칸이 있다. 비바람과 추위를 피하려고 만들어 놓았다. 뒤쪽에 누마루를 들여 놓았다, 겨울이 되면 불을 지피려고 아래에 아궁이를 두었다. 사방으로 방문을 설치했다. 여름에는 서까래에 박힌 문고리에 문짝을 걸어 바람이 잘 통하게 했다.

"문 닫어!"

김세종의 말에 고수가 방문을 후다닥 닫았다. 아궁이에 불을 지폈다. 방이 더워졌다. 그런데도 양순채는 한기에 시달리며 오그라들고 있었다. 방안을 엉금엉금 기며 따뜻한 구석 찾기에 바쁘다. 한쪽 구석에 쌓아놓은 이불을 끄집어내 뒤집어쓰고도 한기에 절절맨다.

"아따 큰일 났네."

김세종은 가슴이 쿵쾅거렸다. 조금 전까지만 해도 자기의 경험을 빗대며 그러려니 했다. 그런데 자신의 예상보다 더 심해지고 있다.

양순채는 차라리 죽는 편이 좋을 것 같았다. 손끝과 발끝까지 아프지 않은 곳이 없다. 뼈마디가 떨어져 나가는 느낌이다. 열기로 방이 펄펄 끓었다. 방바닥 어디든지 이불이나 방석을 깔지 않고는 앉아 있을 수가 없다. 그런데도 온몸에 한기가 휩싸고 있다.

"성님 이불 좀 더 주라고 허는디요."

고수가 어이없어했다. 그렇지 않아도 무더운 날씨다. 방안의 열기가 바깥 마루에서도 느껴진다. 그런데도 양순채는 한기로 온몸을 부들부들 떨며 덮을 이불을 요구한다.

"어허. 큰일 났다. 어이 지 서방, 이불이 더 있는가?"

자칫하다가는 양순채가 잘못될 것만 같다. 김세종도 소리 몸살을 두어 번 앓았었다. 하지만 그때와도 다르다. 예상보다 훨씬 더하다.

"근디. 괜찮을랑가 모르것네."

정자지기가 이불을 건네면서도 걱정이다.

"이불 여기 놓고 어서 의원을 불러오너라."

유 목사가 술계당에서 지켜보다가 나섰다. 소리 몸살이라는 말을 얼핏 듣기는 했다. 이 정도로 위중한 일인지는 미처 몰랐기에 놀라고 있다.

"목사 나리. 수선 피워서 지송하구만요."

김세종은 유 목사의 관심이 고마웠다. 한낱 하찮은 소리꾼들에 불과한데도 걱정해 주고 있어서 저절로 나온 말이다.

"저런 고통을 이겨내고 사람들에게 기쁨과 위로를 주는구나. 대단하고 훌륭하다."

유 목사가 혼잣말처럼 말했다. 닫힌 방문을 안쓰러운 눈빛으로 바라보며 감동하고 있었다.

"목사 나리. 쪼끔 있다가 유생들이 오실 것인디…지송하구만요. 쪼까만 낫으면 언능 델꼬 가겠구만이요."

김세종은 거듭 머리를 조아렸다. 유 목사의 배려에 고개를 깊이 숙이고 있었다.

"아니다. 그럴 것 없다. 강학은 저 술계당에서 하면 된다. 염려하지 말고 치료에나 집중하여라."

유 목사는 유생들을 가르치는 일을 보람으로 삼아 여생을 보내고 있다. 석탄정은 그의 선조가 후진을 양성하려 지은 정자다. 강학하는 장소만큼은 웬만해서는 바꾸지 않는다. 그런데도 바꾸겠다고 했다.

"으으."

이불을 뒤집어쓴 양순채가 방안을 헤집고 다녔다. 몸통과 뼈마디는 말할 것이 없다. 손톱 끝과 발톱 끝까지도 쑤시고 아렸다. 아무리 참으려고 해도 신음이 저절로 나왔다. 모기 우는 소리보다도 작은 신음인데도 외마디소리처럼 들린다.

양순채가 방문을 열어젖혔다. 이불을 뒤집어쓴 채 유 목사에게 머리를 조아렸다. 말이 나오지 않아 몸짓으로 마음을 드러내고 있었다.

"알았으니 아무 염려하지 말고 몸이나 잘 추슬러라. 내가 너희들의 수고를 미처 몰랐구나."

유 목사의 목소리가 가볍게 떨렸다. 소리꾼의 소리를 재능이라고만 생각하고 있었다고 했다. 그런 생각으로 소리를 듣고 즐겼다며 말하고는 열린 방문을 정성껏 닫아준다.

12

골계미·비장미

경회루 낙성연에 참여시킬 소리꾼은 이미 결정된 것이나 마찬가지다. 그런데 자꾸만 대원위 대감의 말이 머릿속에서 떠나지 않는다. 어쩌면 목숨을 걸어야 할지도 몰라 결정하기에 무진 힘이 들었다. 두려웠다. 대원위 대감에게 장담한 일이 후회되었다.

"순채 소리는 어떤가?"

양순채의 발성과 성음은 나무랄 데가 없었다. 그야말로 목숨을 걸고 수련했기에 누가 들어도 저절로 감탄이 나온다. 그가 대청마루에서 소리를 하면 삼십 걸음도 넘는 대문이 덜컹거릴 정도다. 성음이 먹물만으로 동양화를 그리는 것처럼 자유자재다. 장단이나 가락이 새롭다 못해 신기하게 들린다. 사람의 마음을 이리저리 몰고 다닌다.

하지만 신재효의 평은 중요하지 않다. 대원위 대감의 귀와 가슴에 어떻게 들리느냐에 달린 일이다. 물론 대감도 귀명창이다. 비슷한 평을 내릴 것으로 기대되기는 했다. 그래도 혹시 모를 일이다.

"사람이 내는 소리라고 허기가 거시기허구만이요. 바람 부는 소리 같기도 허고 폭포수 떨어지는 소리도 들리고 천둥 치는 소리도 있고 짐승 우는 소리도 있구만요. 다른 것은 다 좋은디요……. 인물 치레는 모르것구만요."

박유전과 이날치, 정창업도 놀라고 있다. 그들도 내로라하는 소리꾼이다. 서로 둘째가라면 서러워할 명창이다. 소리꾼은 다른 소리꾼의 소리에 민감하다. 웬만해서는 인정하려고 들지 않는다. 좀처럼 칭찬하지도 않는다. 그런 그들이 인정하고 있다. 칭찬을 아끼지 않았다. 다만 워낙 엄중하고 대단한 자리이니만큼 제대로 재능이 발휘될지를 염려할 뿐이다.

대원위 대감은 냉정하고 무서운 사람이다. 보는 눈과 귀가 예리하다. 결코, 사사로운 감정에 얽매이지 않는다. 누구든 가차가 없다. 그의 눈 밖에 나면 안 된다. 그랬다가는 목숨이 위태롭다.

그런 무서운 존재와의 약속이다. 그때 보았던 대감의 눈빛이 잊히지 않는다. 시도 때도 없이 떠올라 가슴을 철렁 내려앉게 했다. 당장이라도 목이 떨어져 나가는 기분이 들게 했다.

"소리는 좋지만, 아직 교양과 내공이 부족하다는 말인가?"

"그러구만요."

김세종을 제외하고는 생각이 비슷했다. 아직 그렇게 대단한 판에 서기가 여러 가지로 미흡하다고 했다.

"창업이 자네 생각도 그런가?"

정창업은 전주대사습놀이 경연에서 사설을 잊어버려 봉변당한 일이 있었다. 그런 봉변을 이겨내고 명창으로 우뚝 서 있다.

"지한테 허셨던 것 맹키로 허시면……헐 수 있을 것도 같구만요."

정창업이 자신 있게 대답했다. 그 역시 신재효의 지도로 여러 가지가 달라졌다. 교양이 쌓이고 내공도 깊어졌다. 자신만의 더늠을 만들었다. 무엇보다도 기쁨과 보람으로 소리한다. 이름을 날리고 재물을 모으는 것보다 명창으로 살면서 소리하는 일을 더 좋아하며 즐기고 있다.

"근디, 대궐에서 열린담서요? 합하도 임금님도……엄청나게 무선 자린디. 간이 째깐허고 무섬타면 지대로 소리를 헐 수가 있을란가요?"

염려라기보다는 완고한 반대다. 설익은 소리꾼에 불과하다는 평가다. 노련한 소리꾼도 쉽지 않을 자리인데, 양순채의 수준으로서는 가당치 않다고 했다.

그래도 신재효의 생각은 다르다. 대원위 대감이 뛰어난 귀명창이라는 점에 기대하고 있다. 잘만하면 조선 최고의 소리꾼으로 우뚝 설 수가 있다. 신재효는 마음을 굳히고 설령 제자들의 반대가 극심해도 밀어붙일 생각이다. 스스로 위험을 무릅쓰기로 했다. 여차하면 희생을 무릅쓸 각오다.

"한이 한으로만 머물러 있으면 안 된다. 그것을 이겨낸 다음에 소리로 한을 드러내야만 청자들의 위로가 되고 기쁨이 되는 것이다. 그렇기에 소리꾼은 남다른 노력으로 교양을 쌓고 마음을 다스려서 특별한 힘을 만들어내야 한다. 그러면 누구 앞이라도 거리낄 것이 없다. 합하나 임금도 귀를 기울이고 발림 하나하나를 놓치지 않으려고 눈길을 집중하게 만들어야 한다. 소리꾼에게 그보다 더한 영광이 어디 있겠느냐? 하하하."

김세종이나 박유전, 이날치, 정창업, 김세종이 모르는 얘기는 아니었다. 귀에 못박이도록 듣고 실천하려고 애쓰는 가르침이다.

"근디, 채선이도 정말 델꼬 가실란가요?"

김세종이 확인하듯이 묻고 있었다. 여태까지 아녀자 소리꾼은 없었다. 궁전 건립을 축하하는 자리다. 고관대작과 대원위 대감, 임금 앞에 서는 일이다. 아녀자라는 것이 발각되는 순간 어찌 될지 모를 일이다. 진채선도 경험이 일천 하다. 만약에 실수를 저지르면 그것으로 끝날 일이 아니어서 여간 두려운 일이 아니다.

"기예가 항상 거기서 거기이면 외면받는다. 그러다가 결국

사라지고 만다. 늘 새로워야만 살아남을 수 있다. 아녀자 소리꾼이면 어떠냐? 남장하면 어떠냐? 그러다가 낭패당하면 어떠냐? 하하하."

신재효가 비장한 마음을 드러냈다. 여태껏 쌓아 올린 것들이 까딱하면 한꺼번에 무너질 수도 있다. 그런데도 새로운 시험에 나서고 있었다. 문제가 생기더라도 기꺼이 감수하겠다고 했다.

*

아우성이 곳곳에서 들려오고 있다. 걸인들이 길거리에 넘쳐나고 있다. 굶어 죽는 사람이 부지기수다. 그런데도 고을 수령들은 그러거나 말거나 상관하지 않았다. 오히려 갖가지 명목으로 백성들의 고혈을 짜내고 있었다. 그중에서도 고부 군수의 악명은 높았다. 전주의 전라감영 감사에게까지 알려졌다. 하지만 달라지는 것은 없었다. 한양 고관대작을 뒷배로 둔 그의 위세만 더 높아지는 형국이다. 백성들의 고혈을 짜내서 배를 채우기에 바빴다. 조금이라도 나아질 기미는 없다.

이번에는 아우성이 하늘을 찌르는 고부에서 재담을 벌이기로 했다. 세상에 드러나지 않는 문제들을 풍자와 해학으로 고발하고, 사람이 하늘인 새로운 세상에 대해서도 말해 볼 생각이다. 마치 장시가 열리고 있었다. 장문 읍장(지금의 정읍시 고부면 장문리)은 부안과 흥덕, 정읍에서까지 장꾼들이 모여든다.

"여그 농악패 허고 한 바꾸 돌고 올라요."

점백이가 한껏 들떠 있었다. 고부 장문 읍장뿐만이 아니다. 다른 고을에서도 어귀에 들어서면 환대했었다. 하지만 고부는 그와도 또 달랐다. 고부 광대패가 구중교(지금의 강고리 종암교)로 마중 나와 있었다. 홍낙관 일행을 길굿으로 환대한다. 관아 앞을 시끌벅적하게 지난다. 고부 관아를 향해 기세를 올린다. 한편으로는 재인, 백정, 무당을 모아 접을 만들어 수접주가 된 홍낙관을 열렬히 반기고 있다.

"이왕이면 여러 곳을 돌고 오세요. 하하하"

홍낙관은 기분이 좋았다. 근 오 십여 명이나 되는 광대가 꽹과리를 치고 징을 울리며 북을 두드리며 쇄납을 분다. 잡색들이 뒤를 따르며 갖가지 복색과 몸짓으로 사람들의 눈길을 붙잡는다.

"거시기 저 안으로 들어가서 뒤집어야 쓰것다. 하하"

홍살문을 지나칠 때였다. 점백이가 이왕이면 홍살문 안으로 들어가겠다고 했다. 군수가 앉아 있는 동헌은 물론 내아까지 들어가 광대 놀음을 펼치겠다고 했다.

"하하 그거 참 좋은 생각이오."

홍낙관은 그렇지 않아도 그러고 싶었다. 천민들이 힘을 모으면 어떤 힘이 생기는지를 보여주고 싶었다.

점백이가 앞장서서 길굿 가락으로 꽹과리를 두드렸다. 그

뒤를 따라 굿패들이 한 줄로 서서 오른쪽으로 돌아 남문으로 향했다. 나졸들이 성문을 막아섰다. 굿패들이 채굿 가락을 치며 돌다가 갖가지 도형으로 진법놀이를 벌였다. 열두 발 상모돌리기를 비롯한 굿패들의 장기를 드러내고 있었다. 행인들의 눈길을 사로잡았다. 저마다의 풍물(악기)을 힘껏 두드리며 성문을 열라며 시위한다.

"어째서 저러냐?"

병방이 시끌벅적한 소리 때문에 즐기던 오수에서 깼다. 따지고 보면 그다지 마음 둘 일은 아니다. 걸핏하면 일어나는 일이다. 그럴 때마다 혼쭐을 내면 그만이었다. 그러기에 그러려니 여기며 묻는다.

"농악패가 성 안에다가 매굿을 해야 헌다고 성문을 열라고 허구만요."

매굿은 섣달 그믐날 벌인다. 잡귀를 몰아내고 복을 부르는 굿이다. 아직도 섣달그믐이 되려면 멀었다. 그런데도 매굿을 벌이겠다는 말이다.

"상쇠 델꼬 와라."

병방이 고개를 갸웃거렸다. 매굿을 벌이는 까닭을 알아내 군수에게 보고할 생각이다.

"농악패 중에는 므슬 보는 사람이 있는디……땅을 눌러주어야 액땜을 헌다고 해서 이러고 있구만요."

점백이가 병방 앞에 불려 왔다. 말투가 진지하다. 성안에 좋지 않은 기운이 퍼지고 있으므로 잡귀를 몰아내야 한다며 목청을 높여 배짱을 부린다.

"언능 성안을 돌아 댕기면서 매굿으로 몰아내고 판굿으로 복을 불러들일 수 있다고 허는디. 허라고 허면 허고, 허지 마라면 그냥 갈라요"

점백이는 당장 대답하지 않으면 가던 길을 마저 가겠다고 한다. 자신들은 해도 그만 안 해도 그만이므로 알아서 하라고 한다. 마치 당장 떠날 것처럼 얘기했다.

"아따. 언능 사또 나리한테 아뢸 것인게, 쫌만 기둘려. 알았제?"

병방이 재빠르게 대답하고는 화급을 다투는 일처럼 서두른다.

"근디 많이는 못 기달려라우."

점백이가 선심이라도 쓰는 듯이 대답했다. 말투가 달라져 있었다. 듣기에 사뭇 다그치는 투다.

"알았네. 금방 갔다가 오께."

병방이 쏜살처럼 내달렸다. 고부 군수도 모를 리가 없다. 여느 때 같으면 벌써 이런저런 명이 내려졌을 일이다. 그런데도 아무런 기미를 보이지 않는다. 오히려 쥐 죽은 듯하다.

"군수 영감. 매굿허러 왔다는디요."

병방이 밝은 표정을 지어서 고했다. 기분 좋은 소식이라는 투였다. 군수가 염려하는 일이 아니라고 한다.

"오호. 저놈들이 기특하구나. 어서 들라고 해라."

고부 군수도 찜찜하기는 했다. 전주 감영으로 보내는 발고는 겁날 것은 없다. 하지만 한양 조정에 알려지면 체면이 깎이는 일이다. 조 대비의 위세도 예전 같지 않다. 신경이 쓰이는 참이다. 이때 잡귀를 매굿으로 몰아낼 수 있다고 한다. 다행이다 싶다.

"이왕이면 영감마님께서……하하하"

병방이 군수더러 농악패를 직접 나가 맞이하라며 조언하고는 마치 대단한 생각이라도 해낸 듯 우쭐해한다.

"알았다. 허허허"

병방은 고부 군수를 앞장세웠다.

"너희들의 정성이 기특하여 직접 나왔느니라."

고부 군수가 남문 바깥으로 나왔다. 목소리를 높여 얘기했다. 남문을 활짝 열어젖히라며 지시했다.

"개갱갱 개갱갱"

점백이의 꽹과리 소리에 농악패들의 풍물이 불을 뿜어냈다. 마치 전쟁에서 이기고 돌아온 장수의 행렬처럼 남문 안으로 들어섰다. 여러 가락으로 흥을 돋우고 진법놀이를 벌인다. 성안 구석구석을 누빈다.

"아니 아니 저놈은 홍 머시기가 아니어?"

향청을 지나칠 때였다. 조 진사가 잡색들과 뒤섞여 뒤따르고 있는 홍낙관을 알아보았다. 큰일이라도 되는 것처럼 호들

갑이었다.

"저 자가 누군데 이러시오?"

"저놈은 홍 대감 종친인디. 인자는 당골네 서방이 되았구만요. 고창 신재효라는 고약한 중인 놈이 있는디 그 놈이 뒤를 봐주고 있구만요."

"그자는 합하께서 아끼는 자가 아니오? 허허허"

고부 군수도 두 사람의 관계를 알고 있다. 그의 사사로운 감정으로 야기된 것임도 안다.

"아무리 그래도 중인은 중인인디⋯⋯ 군수 영감께서는 속이 좋소잉 허허허"

조 진사가 인상을 심하게 찌푸렸다. 고부 군수를 노골적으로 비꼰다.

"그자를 건드렸다가 봉변을 당했으면서 허허허"

조 진사가 암행어사를 동원했던 사실을 꺼내놓고 반박했다. 물론 고부 군수도 부화뇌동했었다. 암행어사 출두에 힘을 보탰다. 다만 입 밖으로는 꺼내놓지는 않았다.

"그래도 저놈 근본이 역적인디 저렇게 둬도 될랑가 모르것다. 허허허"

조 진사가 혼잣말처럼 얘기했다. 홍낙관을 가리켜 쏘아보고는 고부 군수를 은근슬쩍 자극했다.

"지금은 무부요. 저런 천한 자를 뭐 하러?"

고부 군수가 쏘아붙이듯 얘기했다. 매굿에 임하는 농악패의 풍물이 갈수록 산천초목을 흔들어댄다. 잡색들의 소고놀이와 상모돌리기가 신기했다. 구경꾼들이 몰려들고 있었다. 성안이 발 디딜 틈 없이 북적거렸다. 농악패의 풍물 소리에 흥겨운 사람들이 한 몸처럼 움직였다. 악귀가 달아나는 것만 같았다. 그런 때에 불평하는 말이라서 퉁명스럽게 반박하는 것이다.

"개갱갱 개갱갱"

또 다른 농악패도 남문 안으로 들어온다. 어떤 잡색은 농사짓는 시늉을 하고 어떤 잡색은 양반으로 분장하여 우스꽝스럽게 행동했다. 구경꾼이 그런 모습에 웃음을 터트리며 한데 어우러져 춤을 추기도 한다.

"어허. 어디서 온 자들이냐?"

고부 군수가 화들짝 놀랐다. 농악패와 구경꾼들이 뒤섞여 어우러지고 있어 겁을 내고 있었다. 고을 사람들이 걸핏하면 몰려왔었다. 그때마다 수습하느라 애를 먹었다.

"부안허고 흥덕에서 왔구만요. 우덜만으로는 안 될 것 같아서 얼른 불렀구만요"

점백이가 꽹과리를 치다 말고 고부 군수 앞으로 쪼르르 다가왔다. 두 손을 나란히 모으고 공손히 얘기했다. 여느 농악패 상쇠의 태도와는 확연히 달랐다. 누가 들어도 진심으로 들리는 말이다.

"그래 잘한다. 이왕이면 판굿도 벌려 보아라. 하하하"

고부 군수는 기분이 날아갈 것처럼 좋았다. 그동안 불만을 힘으로 눌렀었다. 그래도 내심으로는 조심스러웠다. 고을 사람들의 불만이 갈수록 많아지고 거세져서 불안했다.

농악패들은 동헌 옆 공터에 자리를 잡았다. 구경꾼들이 구름처럼 몰려들어 농악패 주변을 빙 둘러쌌다. 어떤 사람은 나무 위로 올라가기도 하고 목말을 타기도 했다. 어떤 사람은 담장이나 지붕으로 올랐다. 저마다 구경거리를 놓치지 않으려고 야단법석이다.

"자. 군수 영감을 뫼시고 신나게 놀아 봅시다. 오늘은 우리가 마음껏 놀아야 합니다. 그래야 악귀가 다시는 얼씬거리지 못합니다. 만약 제대로 놀지를 못하면 악귀는 물러가지 않을 것이니 죽을힘을 다해 놀 겁니다. 그러면 악귀가 도망치고 그 자리에 복이 들어옵니다. 내 말 명심하고 상쇠는 풍악을 울리시오."

홍낙관의 목소리가 고부 성안에서 쩌렁거렸다. 그동안 소리 수련으로 단련된 목청이 역량을 제대로 발휘하고 있었다.

"깨갱갱 깨갱갱"

"삐리리 삐리리"

"뎅뎅뎅"

"덩더쿵 덩더쿵"

꽹과리와 쇄납과 징과 장구 소리가 연달아 울렸다. 잡색들도 상쇠의 가락과 장단에 맞추어 열을 지어 갖가지 도형을 만들어냈다. 무동이 쇳꾼 어깨 위로 올라서서 춤을 춘다. 양반으로 분한 잡색들이 백정에게 쫓기다가 붙잡혀 봉변당하기도 하고 매를 맞기도 했다. 그때마다 구경꾼들이 소리를 지르며 박수갈채가 쏟아졌다. 속이 시원하다며 좋아했다.
"너 양반 똥 싸는 것 봤냐?"
잡색이 가운데로 나서더니 느닷없이 내뱉는 말이다.
"양반은 똥을 안 싸는디."
"칙간은 가든디?"
"똥싸로 가는 것 아녀. 글 먹을라고 가는겨."
"아! 그런게 디룩디룩 살 찌는구만잉."
잡색들이 재담을 벌였다. 풍물잡이에 묻혀 눈에 잘 띄지 않던 잡색들이 교대로 나섰다. 한마디씩을 주고받으며 구경꾼들의 눈길을 사로잡았다. 구경꾼들이 박장대소했다. 손바닥이 벌게지도록 손뼉을 치며 좋아하고 있다. 마치 자기가 하려던 말이라도 되는 양 시원해했다. 잡색들이 나올 때마다 무슨 말을 꺼내놓을지 귀를 쫑긋 세워 귀 기울였다. 홍낙관은 그러는 그들의 모습이 안쓰러웠다. 자신의 마음을 다잡아가며 살핀다.

*

경복궁 경회루 낙성연 날짜가 정해졌다. 신재효는 가슴이 두근거렸다. 있는 힘을 다해 준비했다. 하지만 모를 일이다.

아무리 좋은 소리라도 대원위 대감의 마음에 들지 않으면 소용없다. 단지, 대감이 신재효 자신과 엇비슷한 눈과 귀와 가슴을 가졌음이 위안될 뿐이다. 어떤 때는 괜한 약속을 했다 싶기도 했다. 고생을 사서 하는 것만 같았다. 그래도 후회하지는 않는다. 이를 계기로 기예가 새로워지고 좋아지면 그것으로 좋은 일이다.

"나리. 꼭 채선이를 델꼬 가야 헌가요?"

김세종이 걱정스러운 표정으로 다시 물었다. 누구보다도 진채선을 잘 알고 있다. 그녀의 소리는 맑고 청아하다. 그러면서도 때로는 날카롭다. 구슬퍼서 가슴이 먹먹해지기도 한다. 슬픈 소리도 기쁜 소리도 아름답다. 애간장이 녹는다. 저절로 어깨를 들썩이게 만들기도 하고 가슴을 철렁 내려앉게도 한다. 마음을 천 길 낭떠러지로 떨어지게도 하고 하늘을 훨훨 날아가게도 한다. 청자들을 웃기고 울리며 주먹을 불끈 쥐게도 만든다.

"어차피 내가 감당할 일이네. 하하하."

진즉부터 염려하던 일이었다. 세상에 없던 아녀자 소리꾼을 등장시키는 것이어서 무슨 일이 일어날지 모른다. 그런데도 신재효는 담담했다. 설령 잘못되더라도 후회하지 않을 생각이다.

"겁나게 중헌 자린디…순채도 우덜끼리는 흠잡을 디가 없제만, 잘 헐란가 모르것구만요."

김세종이 걱정했다. 양순채의 단전에 홍두깨살이 생겨나 있다. 소리를 밀어내는 힘이 어마어마하다. 대종 소리보다도 묵직한 소리를 낸다. 십 리 밖까지도 깨끗하고 맑게 들릴 정도다. 때로는 폭풍이 몰아치는 것처럼 격렬하다. 잔잔한 호수처럼 고요하기도 하다. 어떤 때는 소리를 내는지 마는지 모를 정도로 낮아도 귓속에 쏙쏙 들어온다. 맹수가 포효하는 것처럼 사납기도 하고 비단처럼 부드럽기도 하다. 새 울음소리를 내면 새가 날아들고, 폭포수 떨어지는 소리를 내면 듣는 이들 모두가 시원해진다.

하지만 낙성연에서도 그러리라고는 장담할 수가 없다. 임금이 앉아 있는 자리다. 하늘을 나는 새도 떨어뜨린다는 대원위 대감 또한 특별한 존재다. 양순채는 간이 콩알만큼이나 작다. 김세종 앞에서는 괜찮다가도 신재효 앞에만 서면 소리가 달라진다. 물론 좋아지기는 했다. 그렇더라도 여전히 소리꾼의 기세로는 불안한 구석이 많다.

"그 또한 내가 감당할 일이네. 하하."

신재효가 어찌 되었든 밀어붙이겠다고 했다. 그 자신도 위험하다는 것을 안다. 그렇지만 진채선과 양순채에게 기회를 주어야겠다며 마음을 굳힌다.

고창에서 한양까지는 팔백여 리이다. 충청도를 거쳐 가야 하는 긴 여정이다. 들판이 변해가고 있었다. 바람이 불 때마다 황금물결이 출렁거렸다. 눈으로 바라보는 것만으로 배가 불러왔다. 그렇지만 연회가 벌어지게 될 경회루의 모습이 떠올랐다. 임금과 대원위 대감과 고관대작들의 반응이 어찌 될지는 모른다. 부담이 가슴을 짓눌러댔다.

"이제 오시는 구만이유. 여적 기다렸구만유."

공주 관내로 들어설 무렵이었다. 낯선 인물이 신재효를 알아보고 반갑게 맞이하고 있다.

"뉘신데…어찌 나를 아시오?"

신재효가 어리둥절했다. 행색이 관속이라서 불안하기까지 했다.

"동리 선생을 감사 나리께서 뫼셔 오시라고 하시는구만유."

"내가 이곳을 지나는지는 어찌 알았소?"

"동리 선생을 모르는 사람이 있간디유? 부보상들이 알려주었구만유."

신재효 일행이 공주 감영 관속을 따라 선화당으로 들어섰다. 선화당 마루에 잔칫상이 차려져 있었다. 이미 많은 사람이 모여 있다.

"오늘은 예서 묵었다 가면 안 되겠느냐?"

공주 감사가 직접 나서서 물었다. 그가 소리를 좋아한다는 말은 들었다. 그래도 이 정도일 줄은 몰랐다.

"영감마님께서 이렇게 환대해 주시니 몸 둘 바를 모르겠습니다. 하오나……."
 공주 감사가 이러는 까닭이 어렴풋하게 짐작되기는 했다.
 "조금 있으면 날이 저물 텐데 내 말대로 하여라. 하하하."
 공주 감사가 석연찮게 여기는 신재효의 태도에 쐐기박듯이 말했다.
 "하오나 영감마님. 조용히 쉬었다 갈 수 있으면 좋겠습니다."
 신재효가 조심하여 말하고 있다. 불호령이 떨어지더라도 어쩔 수가 없다며 대답하는 모습이다.
 "그래도 소리 한 대목은 들어야 하지 않겠느냐?"
 "송구하오나 명을 따르기 어렵습니다."
 에둘러서 얘기할 수도 있었다. 그래봤자 시간 낭비일 것 같아서 대놓고 물리친다.
 "이놈이 어느 안전인데 감히 말대꾸냐!"
 이방을 겸하고 있는 비장(裨將)이 눈을 부라리며 엄포를 놓았다.
 "저 사람들을 보십시오. 혹여 목이 상할까 봐 수건을 둘러 놓았습니다."
 진채선과 양순채의 목에는 수건이 몇 겹씩이나 감겨 있다. 땡볕 아래 한낮은 더웠다. 그런데도 땀을 흘리면서까지 조심했다.
 "이놈이 그래도 꼬박꼬박 말대꾸로구나! 어서 목에 두른 괴

상망측한 헝겊을 걷어 내고 영감마님의 명을 받들어라."
 비장이 길길이 날뛰었다. 당장이라도 곤장을 내려칠 기세다.
 "그럴 수 없습니다. 이 사람들은 상감마마의 안전에서 소리해야 할 소리꾼입니다. 행여 제소리를 내지 못하는 불충을 저지르지나 않을까 싶어서 심려하는 중입니다."
 신재효의 태도는 단호했다. 설령 자신이 치도곤을 당하더라도 어쩔 수 없다는 투였다. 그러자 선화당 앞마당 맨 앞에 앉아 있던 사람이 벌떡 일어났다.
 "하찮은 중인 놈이 뭐라고 허는감?"
 물색 고운 비단옷 차림에 넓은 갓을 쓰고 있다. 얼핏 보기에도 지체가 높은 양반처럼 보인다. 그의 말에 비장이 맞장구치고 나섰다.
 "너는 말을 가려서 해야 한다. 아무리 미풍양속이 무너지는 요즘이지만 너 따위의 입에 오르내릴 상감마마가 아니시다!"
 공주 감사의 난감한 기색이 역력했다. 비장과 양반의 호통을 썩 달가워하지는 않는다.
 "영감마님. 소인이야 어찌 되든 상관없습니다. 못난 소인이 합하께 약조한 중대한 일이 있습니다. 불충을 저지르지 않도록 살펴주시기 바랍니다."
 신재효가 공주 감사에게 사정하듯 말했다. 진심을 내보이려고 머리를 조아리기까지 했다. 그러자 보다 못한 양순채가 앞으로 나선다.

"나리. 지가 허것구만요."

수모를 당하고 있는 신재효를 더는 못 보겠다는 듯이 목에 두른 수건을 풀어내고 있었다.

"야 이놈아! 당장 멈춰라. 내가 알아서 할 것이니 너는 네 할 일이나 해!"

김세종도 그동안 본 적 없는 신재효의 모습이다. 공주 감사와 주변 모두에게 잘 들으라는 듯이 목청을 높여 양순채를 꾸짖는다.

*

경회루 낙성 연회장은 연못가 넓은 공터에 마련되었다. 비단처럼 고운 천으로 만든 차일이 처져 있다. 차일 아래는 무릎 높이의 단이 설치됐다. 그 위 한가운데가 임금의 자리다. 가장자리 양쪽에 홍포를 입은 문무백관이 세 줄로 열 지어 앉았다. 맞은편에 설치된 단의 가운데만 비워놓고 청포 입은 고관들이 여러 줄로 앉았다. 단 아래 땅바닥에도 녹포를 입은 많은 관료가 앉아 있고 그 뒤편으로는 궁인들과 백성들이 발 디딜 틈도 없이 둘러서 있다. 족히 수백 명이 넘는다. 모두가 임금 바로 앞에 둥그렇게 비워놓은 연희자리를 바라보고 있다.

양순채가 임금의 얼굴은 고사하고 입고 있는 용포조차도

제대로 바라보지 못한다. 사방으로 둘러앉은 고관대작들을 바라보다가 주눅이 든다. 다리를 부들부들 떨었다. 함께 서야 하는 고수의 존재도 보이지 않았다. 머릿속이 하얘져서 어찌 할 바를 모르고 허둥거린다.

"모두 너 하나만을 바라보고 있다. 누가 뭐라고 해도 이 무대에서는 네가 중심이고 주인공이다. 당당해야 한다. 네가 최고다. 이 순간을 즐기거라."

기실 신재효가 양순채보다 더 죽을 맛이었다. 그런데도 그런 기색을 내보일 수는 없다. 그의 눈에 대원위 대감만 들어왔다. 대원위 대감이 자신을 쏘아보고 있는 것만 같아 오금이 저렸다.

"지는 지 손으로 거시기를 지져버렸구만요. 무설 것도 꺽정헐 것도 읍구만요. 허허허."

양순채가 스스로 내놓은 다짐으로 긴장을 풀고 있었다. 입가에 옅은 미소를 지어 보였다. 부들부들 떠는 고수의 등을 두드리기까지 했다.

"어이 나가세."

양순채가 고수를 독려했다.

"아따 생각헌 것보다 떨리는 구만잉."

고수는 전주대사습놀이에서도 이름을 날렸다. 그런 그가 긴장을 풀지 못하고 침을 꿀꺽꿀꺽 삼켰다.

"여가 용추폭포라 생각허고, 그때 허던 대로만 허세."

"암만. 자네가 폭포 소리를 이겨 버린 것처럼 해보세. 하하하."

양순채와 고수가 하얀 두루마기를 곱게 차려입고 서로 용기를 주고받으며 가운데로 나섰다. 양순채가 부채를 들어 펼치며 신재효를 쳐다봤다. 신재효가 환하게 웃어젖히며 고개를 끄덕여서 응원한다.

"하늘위 백옥루 달가운데 광한진
 순 임금의 남훈전 주문왕의 영대이며
 노나라 연광전 한나라 미앙궁
 만고천지 헤어보면 좋은 궁궐 많건마는……"

신재효가 지은 방아타령이다. 양순채가 온몸으로 괴력을 뿜어냈다. 평소보다도 목청이 컸다. 소리가 빨랫줄처럼 팽팽히 뻗는다. 용추폭포에서는 제대로 나오지 않던 시시상성과 하탁성이 제대로 터져 나온다. 목 재치가 참기름을 바른 것처럼 부드럽다. 소리가 치켜올려 진다. 꺾어지고 구르고 뒤집고 있다. 마음속의 온갖 것들을 쏟아낸다. 골수에서 한을 끄집어내 사방으로 흩뿌린다.

"냇물같이 복이 흘러 끊어지지 마옵소서
 헌원씨 본을 받아 이십사남 두옵소서.
 남산 북악 높은 봉에 봉황 울고 기린 논다"

양순채와 고수가 마음을 주고받는다. 어떤 때는 애절하게, 어떤 태는 시원하게, 어떤 때는 격렬하게, 어떤 때는 달콤하게 이어간다. 임금과 대원위 대감의 마음을 움직이고 있음이 분명하다. 근엄한 자세로 예의주시하던 대원위 대감의 표정이 밝아지며 어깨가 들썩였다. 입가에 환한 미소를 떠올린다. 그뿐만이 아니다. 멀찌감치 구경하던 궁인들과 백성들에게서도 탄성을 쏟아진다. 너나없이 어깨를 들썩이며 감탄하고 있다.

"새라고 명색하면 내게 심사 다부린다
 맹상군의 함곡관의 너울기를 기다리고
 저 적의 난리 중에 네 소리를 반겼는데……."

소리를 마치고 난 양순채가 비틀거렸다. 땀으로 흥건했다. 그가 죽을힘을 다한 흔적을 온몸으로 드러낸다.

양순채 소리판이 끝나자 대원위 대감이 신재효를 불렀다.

"너는 어떻게 저런 인재를 발탁하였느냐? 저놈을 두고 장담했었구나. 하하하."

"합하. 황공하옵니다."

대원위 대감이 만족했다. 신재효는 가슴을 졸였다. 숨소리 하나까지도 놓치지 않았다. 숨이 길어질 때마다 심장이 터졌다. 대원위 대감의 칭찬에도 마음이 놓이지 않았다.

"저놈에게 벼슬을 내려야겠다. 하하하."

대원위 대감이 파안대소했다. 간혹 벼슬을 내리기는 했다. 하지만 연회장에서 직접 내리지는 않았다. 그야말로 꿈인지 생시인지 모를 지경이다. 양순채가 반쯤은 실신했으면서도 허벅지를 꼬집었다.

"합하. 황공하옵니다. 은혜를 어찌 갚아야 할지 모르겠사옵니다."

"은혜? 이번에 나설 소리꾼이 갚아주겠지. 하하하."

그러고 보니 다 끝나지 않았다. 더 힘든 일이 기다리고 있다. 진채선의 얼굴이 죽을상이다. 툭 건드리기만 해도 쓰러질 것만 같다. 죽을힘으로 버티고 있다. 눈속임해야 한다. 만약 아녀자라는 사실이 발각되기라도 하면 오라부터 받아야 할지 모른다.

"청유리라 황유리라 화장청양 세계온디
　무진각시 나리옵소 설설이 노르옵소서
　청제 올손 가중황제 백제와 흑제로다
　밤은 다섯 낮은 일곱 하루날 열두시의
　사천군웅 팔만황제 대활연으로 놀으소서
　이댁 성조 와가 성조 한뎃간의 공대 성조……"

진채선의 소리가 나뭇잎이 나부끼는 바람에 흔들리듯 하다. 정성스럽고 간절하다. 한 대목이 끝나는가 싶었다. 그런데 어느새 가느다란 꼬리가 온몸을 휘감는다. 성음이 명경지수처럼 맑고 깨끗하다. 너름새가 꽃밭을 나는 나비처럼 사뿐거린다.

"팔만장안 억만가구 복덕방을 골라내어
　이 댁 터를 잡아내니
　북악이 주산이요 종남산이 안산이라

왕십리 청룡이요 등구제 백호로다
동작수구 둘렀으니 천세만세 억만세지 무궁이라……"
어떤 대목은 금강산 일만 이천 봉에 오른다. 어떤 대목은 구름 위를 사뿐사뿐 걷는다. 마음을 갈기갈기 찢기도 한다. 어두컴컴하고 음습한 동굴로 햇살이 든다. 눈을 질끈 감아야 할 만큼 눈부시다. 저절로 주먹이 불끈 쥐어진다. 그뿐만이 아니다. 진채선의 자태가 새벽 햇살에 빛나는 듯이 영롱하고 청초하다. 모두가 약속한 듯이 숨을 죽인다. 마치 내리쬐는 햇볕 소리가 들릴 듯 고요하다.

"아녀자 같은디."

바로 그때 멀찌감치에서 혼잣말이 들려왔다. 어디서 많이 듣던 음성이다. 모두의 시선이 쏠렸다. 조 진사가 눈을 똑바로 떠서 신재효를 쏘아본다. 꿈에서도 생각하지 못한 일이다. 이를테면 수백 릿길을 뒤쫓아 왔다. 가슴이 철렁 내려앉았다. 다리가 풀린다. 금세 진채선이 굵은 오라에 묶여 끌려 나갈 것만 같다.

"어느 놈이냐?"

대원위 대감이 눈살을 찌푸리며 상선을 불렀다. 소리하는 진채선에게 방해가 될까 봐 조심하는 말투로 내리는 분부다.

"합하. 바깥으로 끌어내겠사옵니다."

"그리하라. 마치고 볼 것이다."

그러고 나서 대원위 대감은 언제 그랬냐는 듯이 어깨를 들썩거렸다. 미소를 띠었다가 찌푸리기도 하고 기뻐하다가도 우울해하기도 했다. 진채선의 소리에 흠뻑 빠져들어서 좋아하고 있다.

"상감마마. 소신이 찾고 있었던 소리이옵니다. 시름이 걷히는 것 같사옵니다."

대원위 대감이 임금에게 자신의 느낌을 말했다. 조 진사의 훼방을 의식하여 일부러 건네었다.

"아버님. 소자도 그렇습니다만 왠지 아녀자 같기는 합니다."

임금이 조 진사와 같은 말을 되뇌었다. 만약 남장한 아녀자라면 능멸한 죄를 엄히 물을 일이다.

"상감마마. 하찮은 소리꾼이옵니다. 소리꾼은 좋은 소리를 하려고 이러기도 저러기도 하옵니다. 통촉하여 주시옵소서."

대원위 대감이 나섰다.

"아버님. 죄를 물으려는 것이 아닙니다."

임금이 소리를 마저 듣겠다며 진채선에게 눈길을 보냈다. 귀를 세워 집중하고 있다.

"대문 둘러보니 천금 만금 내왕하고
　오곡 백곡 출입하여 잡귀잡신 모진액을
　천리밖에 소멸하던 울지경덕 놀으시고……."

진채선도 조 진사가 제기하는 의문을 듣고 있었다. 모골이 송연했다. 그래도 죽을힘을 다했다. 그러거나 말거나 소리에만 열중했다. 들통이 나서 당장 목이 떨어지더라도 좋은 소리를 들려주면 그만이라 생각했다. 스승인 신재효가 지은 사설이다. 임금이든 대원위 대감이든 상관없다. 많은 사람에게 들려주는 것이 좋고 그것이 기쁠 뿐이다.

다행히 구경꾼들이 소리에 감탄하고 있다. 하늘을 나는 기분이다. 주변을 둘러보며 위세로 호령하는 대원위 대감이 부럽지 않다. 임금조차도 우러러보이지 않는다.

　　　　　　　　＊

운현궁으로 불려 온 것은 대원위 대감의 은전이다. 한낱 하찮은 소리꾼에게 벼슬을 내렸다. 아내의 면천을 약속했다. 또 한양에 살 집을 마련해 준다고까지 했다. 마다할 이유가 없다. 감읍하여 눈물을 쏟아내야 한다. 그야말로 삭풍에 살을 에는 겨울이 끝나는 참이다. 새 생명이 솟아나는 봄 같은 일이다. 분부에 고개만 끄덕여도 된다.

"싫다는 것이냐?"

대원위 대감이 참다못해 다시 물었다.

"합하. 지도 참 좋구만이요. 그런디……."

양순채가 부들거리며 어렵사리 대답했다. 그런데 태도가 예사롭지 않다.

"하고 싶은 말을 마저 해봐라."

대원위 대감도 어리둥절했다. 대개 이보다 못한 상급에도 감읍하여 눈물을 흘린다. 그런데 토를 달고 있다.

"고관대작들 허고 양반들은 지 같은 천한 소리꾼 소리가 없어도 기댈 거시기가 겁나게 많구만이요. 맴이 아프고 답답할 일도 없을 것이지만, 설사 그런 일이 생겨도 기대고 달랠 거시기는 겁나게 많당게요. 그런디 우덜 같은 천한 것들은 억울허고 서러워도 어쩌케 헐 수가 읎구만요. 속으로 참고 참다가 속병이 생겨가꼬 시름시름 앓다가 누워버리는구만요. 지가 지 고향에 가서 소리를 허게 되면, 지같은 천것들에게는 쪼끔이라도 거시기가 될 틴디……. 여그서는 벨로 거시기 될 일이 읎을 것 같구만요." 양순채가 고개를 쳐들었다. 대원위 대감을 똑바로 바라보고 있다. 표정과 눈빛이 비장하다. 죽기를 각오하는 태도다.

"어허 어리석구나. 냉큼 감읍하다 아뢰지 못하겠느냐?"

대원위 대감의 눈빛이 날카로워지며 노기를 띤다. 청기기가 재빠르게 나서서 양순채를 다그쳤다.

"아니다. 청지기는 조용히 하라."

신재효와 양순채는 물론 진채선과 김세종과 고수가 바들바들 떤다. 이마에 땀방울이 송골송골 맺힌다.

"동지중추부사도 같은 생각이냐?"

대원위 대감의 말투에 노기가 등등해진다. 당장 요절낼 것처럼 찬바람이 쌩쌩 돈다.

"합하. 이 자가, 뱃속에 들어있는 슬픔과 한을 쏟아내면, 그 소리를 듣고 위로와 위안을 얻는 백성들이 많아질 것이라

아뢰옵니다. 통촉하여 주시옵소서."

신재효가 양순채를 두둔하고 나섰다. 동리정사까지 위험해질 수가 있다. 그런데도 망설이지 않는다.

"이놈들이 진정 나를 능멸하고 있구나! 이놈들을 모두 하옥해야겠구나!"

대원위 대감의 불호령이 떨어졌다. 바깥이 소란스러워지며 무사들의 행동이 재빨라진다.

신재효는 물론이거니와 양순채나 고수의 얼굴빛이 사색이다. 금세 오라에 묶여 하옥될 판이라서 진채선의 어안이 벙벙하다.

"아이고, 아이고, 흑흑흑."

대원위 대감의 불호령으로 운현궁이 부산스럽다. 앞뒤가 꽉 막혀 대답하는 양순채가 원망스럽다. 하늘을 날다가 날개가 꺾여 떨어지는 느낌이다. 진채선이 울음을 터트리고 있다. 연회장에서 보였던 담대한 모습이라고는 없다. 오직 아녀자의 여린 모습으로 두려워 울다가 느닷없이 축 늘어진다.

"합하. 아녀자가 맞사옵니다."

청지기가 깜짝 놀라서 진채선을 부축하다 말고 고했다. 그래도 대원위 대감은 오히려 그게 뭐가 문제냐는 표정이다.

"어서 의원이나 불러오너라"

대원위 대감이 지시를 내리고 양순채를 쏘아본다.

"끝내 거역하겠다는 거냐?"

누가 봐도 서릿발이다. 대원위 대감의 한마디에 목숨이 달려 있다. 이를테면 목숨 부지가 경각인 셈이다.

"지는 고향으로 가겄구만요."

양순채의 말투가 단호하다.

"참봉에서 파직할 것이다. 면천도 파할 것이다. 이래도 고집하느냐?"

대원위 대감의 음성이 가늘게 떨린다. 자신의 명이 하잘것없는 소리꾼에게 배척받는 형국이다. 부아를 억누르느라 입술이 부들거린다.

"차라리 소인을 죽여 주씨요."

"진심이냐?"

대원위 대감이 등 뒤에 놓인 장검을 번갈아 바라보며 당장이라도 뽑아 들 태세다.

"합하. 통촉하시옵소서"

신재효가 후다닥 끼어들었다. 자칫하다가는 신재효에게까지 화가 미칠 지경이다. 그래도 앞뒤 가리지 않는다.

"이놈들이 모두 죽고 싶은 게로구나"

"아니어라우. 죽고 싶은 사람이 어딨당가요. 죽고 싶은 사람을 살릴라면 여그보다는 지 고향이 더 좋당게요."

양순채가 말꼬리 잡듯이 얘기했다. 하지만 온몸을 사시나무처럼 떤다. 죽을힘으로 얘기한다. 뱃속에 들어 있는 사무침을 쏟아낸다.

"동지중추부사. 궁금한 것이 있다. 어찌 저런 사무침이 나오는 게냐?"

동지중추부사는 대원위 대감이 신재효에게 내린 벼슬이다. 평소와 다르게 벼슬로 호칭하며 고개를 갸웃거렸다.

"합하. 비장미와 골계미가 만들어내는 힘이 옵니다."

신재효가 대원위 대감도 잘 알지 않느냐는 듯이 대답한다.

"그러면 네놈 뜻대로 해 보거라!"

대원위 대감의 목소리에 분기가 탱천해 있다. 등 뒤의 칼을 건네받아 부아를 터트린다. 체통 따위는 안중에 없는 몸짓이다. 양순채를 부라려서 쏘아보며 당장이라도 휘두를 태세다.

"그러면 소인은 고향으로 가겠구만요."

햇빛이 칼날에 반사된다. 시퍼런 빛이 방안을 휘젓는다. 양순채의 눈동자가 보름달만큼이나 커졌다. 휘둥그레지며 소스라친다. 온몸이 땀으로 삽시간에 흥건해졌다. 굵은 땀방울을 뚝뚝 떨어뜨린다. 그래도 부들거리는 몸으로 눈을 질끈 감아 대원위 대감에게 큰절을 올린다. -끝-